地势坤，君子以厚德载物。

戴老师
高能唐诗课

戴建业 著

北京联合出版公司
Beijing United Publishing Co.,Ltd.

感恩

——自序

奉呈读者面前的这本小书，是我去年在哔哩哔哩（以下简称"B站"）授课教程的上卷，那门课程名为"戴建业高能诗词课"，它是我在B站开设的第一门课程。

"高能"这么高大上的课名，是B站课程负责人取的，这与其说是对我现实水平的描述，还不如说是对我未来工作的期许。每家生了小孩都希望取个响亮的名字，男孩常叫"鹏程""凌志""高远"，女孩多名"娜娜""雅黛""美霞"等。名字只是一种美好的愿望，并不一定就是美好的现实，将来男的要是既没有"鹏程远大"，又没有"壮志凌云"；女孩假如既不像安娜那么高贵，又不像黛玉那么娇媚，更不像朝霞那样光彩照人，谁也不会说他们是骗子。譬如父亲给我取名"戴建业"，虽然到老仍未建功立业，但我并未因此而受到责怪。我能理解B站负责人的良苦用心，自己负责的产品就像自家的孩子，谁不希望它们"高能"呢？可课程名称越是高大，观众的期望自然也会越大；而观众的期望越大，我的心理压力自然就会更大。

多谢B站伙伴们的热情鼓励！从去年上线至今，"戴建业高能诗词课"一直是B站最受欢迎的课程之一，大家的掌声既减轻了我内心的压力，又是鞭策我不断提升的动力。

B站这门"高能诗词课"共25讲，授课内容是唐诗宋词。考虑到有人酷爱唐诗，有人偏爱宋词，B站课程负责人希望"一碗水端平"，既不得罪李杜，又能讨好苏辛，更让唐诗宋词爱好者皆大欢喜。开始策划唐诗宋词各占一半，后来发现唐诗宋词中名家名作太多，这样"公平"地"平均分配"，最后必定流于蜻蜓点水，希望"皆大欢喜"的初衷，可能落得皆不满意的结果。于是，负责人和我重新商定，这次B站首讲以唐诗为主而兼及宋词，其中唐诗占20讲，宋词只有5讲。宋词我选了北宋最重要的几位词人——苏轼、柳永和周邦彦。词坛上其他的名家名作，我在B站还"来日方长"。B站是我授课的课堂，也是上课学习的教室，在与B站年轻伙伴们的交流过程中，我毫无保留地向他们讲授课程，也如饥似渴地从他们那儿汲取新知。

这门课的录音整理稿，出版社今年三月就给我了。自己向来对录音整理稿极不信任，加之这次整理稿我又不太满意，因此我说服了出版社推迟出版。这七八个月以来，我没日没夜地重写这部书稿。马上付梓的唐诗卷和即将付梓的宋词卷，每个标点符号都出自我的手笔。

前不久，出版社编辑在微信中说，去年出版的那本《戴老师魔性诗词课》，已经售出了30多万册，而且读者一直热情高涨。编辑朋友可能有所不知，这个喜讯反而更加重了我的心理负担。我更要使自己的写作一丝不苟，更要把自己的文章越写越好，把自己的课越讲越精，对自己笔下的每个文字负责，对自己的每个读者负责，对自己的每个听众负责。我不能保证时时都不会出错，但我敢保证时时都竭尽全力。

B站负责课程的朋友可以为我做证，在录制课程的过程中，我对着镜头一遍又一遍地重讲，有时B站的朋友已经非常满意，我仍然坚持要重讲一次。本书的编辑也可以做证，为重写这部书稿，我每天都在凌晨两三点就寝，希望能用活泼俏皮的文字，写出自己对伟大诗人和著名作品新的感受。用现在的网络语言来说，我用尽了自己的洪荒之力，以不负这门课的听众，不负这本书的读者。

由于授课时数的限制，这门课宋词讲得太少，为了弥补这一缺憾，这次我加写了南北宋的几位代表词人。同样由于授课时数的限制，对有些唐诗的分析比较简略，这次可以通过文字从容展开。对于爱好唐诗宋词的朋友来说，书与课定能相得益彰，听课会有更直观的感受，看书会有更精细的体会。

这样一来图书部头就弄得很大，出版社不得不把唐诗和宋词分卷出版，拆分为《戴老师高能唐诗课》《戴老师高能宋词课》。这本"唐诗课"付梓之后，《戴老师高能宋词课》也将很快面世。分卷出版每本书仍有近20万字。两本书彼此完全独立，可供读者分册分章阅读，相互之间又有一定联系，它们同为B站"戴建业高能诗词课"的配套教材。

近四五年来，不管走到哪里常有朋友要求与我合影，对朋友们的热情我心怀感激。作为一名普通的大学教师，自己对社会的贡献太少太少，而从社会收到的掌声和鲜花又太多太多，唯有加倍努力地工作以回馈社会。我兢兢业业地写作和讲课，就是自己对社会的一种虔诚感恩。

这两本书先后出版之际，首先要感谢广大读者和网友的厚爱，感谢他们多年来给我加油打气和掌声激励，感谢他们对我的直率批评和有益建议！

感谢师友多年来对我的教诲和帮助，没有师长们的指点，我肯定要走许多弯路，也肯定走不到今天。

感谢学生多年来给我的温暖和支持，我永远忘不了本科生课堂上爆满的教室，忘不了研究生投票评选"我心目中好导师"时的那种赤诚。十年前我曾写过两篇长文——《人间最美师生情》（上下），抒写了自己对大陆和台湾两地学生的谢忱。教学生涯不仅使我感受到了纯真的师生情感，也使我对"教学相长"有了切身的体会。

尤其要感谢华中师范大学古代文学全体同人，我在古代文学教研室工作了36年，从1999年起开始任学科带头人。22年来，我的老师、兄长和年轻朋友，无一不支持我的工作。几年前，我提议召开一个大型国际学术讨论会，很快他们把一切都张罗妥当，请来了那么多国内外著名学者与会，我只上台致了一个开幕辞，张三夕教授上台主持会议，全靠教研室的朋友们在幕后忙碌。对于实际事务和人际应酬，我既无能力也无兴趣，幸亏同事们的热情帮助，学科里不少烦心事用不着我操心，同事们会主动处理停当，这二十多年来我基本都是甩手掌柜。几个月前退休以后，他们担心我一个人在家孤单，还时常来我家聚餐或请我出去吃饭，有事依旧主动为我帮忙跑路。不管外面环境有什么变化，我们教研室里总是温暖的春天。在此，请学科里的师长和年轻朋友，接受我最诚挚的谢意！

　　我的书和课广受欢迎，本该感谢陶渊明、李白、杜甫和苏轼等人，正因为大家都喜欢他们，我又正好研究阐释这些伟人，人们便"爱屋及乌"地喜欢上了我。不过，这里不打算向他们道谢，到底有没有"在天之灵"，我心里一直都没个准。

2021年11月30日于武昌

目 录

唐诗的风景

1. 争奇斗艳

海外汉学家常说，"中国是个诗的国度"，这种恭维我们受之无愧。

你们信不信，无论说这句话的人，还是听这句话的人，估计他们首先想起的就是唐诗。

王国维说"一代有一代之文学"，每一代都有自己最发达的文体，如先秦的散文、汉代的辞赋、元代的曲和明清的小说，而在封建社会鼎盛时期的唐宋，最兴盛的文体当首推诗词，"唐诗宋词元曲"早成了口头禅。不过这三者之中，唐诗不仅比宋词元曲的成就更高，而且影响比它们更大。

大唐王朝（618—907年）在我国历史上是个很"牛"的朝代。我们常常说"汉唐盛世"，中国的主体民族——汉族，就是因汉王朝而得名，而今天海外华人聚居的地方，往往都称为

"唐人街"。

还是从头说起。

唐王朝收拾了短命隋朝留下的烂摊子，迅速把经济推向了全面繁荣，接连出现了"贞观之治"和"开元之治"的盛世，国内堪称清平富庶，对外更是军威远振，即使"安史之乱"后藩镇割据，经济的发展也没有陷于停滞，许多方面还像战乱前一样昌盛繁荣，因而唐朝 —— 尤其是盛唐 —— 的一般士人，对自己的民族和时代充满了自豪感，由衷地赞叹"生死大唐好"（《敦煌曲子词集》中的《献忠心》）[1]。国家的统一使各民族的大混战变为各民族的大融合，与异域的国际文化交流日益频繁，加之相对开明自由的文化政策，对思想学术兼容并蓄的宽宏态度，使各种宗教、各种思想、各种学术、各种艺术、各种风俗相互碰撞、交融、借鉴，活跃了人们的思想，丰富了人们的情感，刺激了人们的想象。

以诗赋取士这一科举制的确立，打破了门阀士族对仕途的垄断，一大批中下层士人有机会在政治舞台上一显身手，社会给他们提供了创造历史的机会，同时也赋予了他们对历史的责任感，激发了他们对事业的远大抱负，培育了他们对自己才能高度的自信心。

1　清末（1900年），在甘肃敦煌莫高窟藏经洞发现的《唐五代词》，写于公元8—10世纪。其中多为无名氏的作品，包含部分民间创作，也有极少数可考知作者的文人词，是研究词的起源和发展的重要资料。

既然诗赋是入仕的阶梯，学诗和写诗就成了士人终身的必修功课，这促进了诗歌的普及和诗艺的提高。特别是经过六朝（222—589年）诗人的艰苦探索，到唐初，一种新型诗体——近体律绝已具雏形，五七言古诗也日臻成熟。以上种种因缘使得唐人在诗歌创作中表现出惊人的才华，涌现出一大批天才勃发且创造力旺盛的诗人。除李白、杜甫这样伟大的诗人以外，还有几十位开宗立派的诗歌大家、名家，在诗国里取得了光前耀后的成就。

《全唐诗》所录的两千多位诗人中，既有当朝天子，也有舟子樵夫；既有莘莘学子，也有赳赳武士。诗体包括古体和近体，从五言、六言、七言到杂言。诗风或雄壮或纤秀，或平淡或秾丽，各种诗体异彩纷呈，各种风格争奇斗艳。

2．济世情怀

唐诗反映生活的广度与深度都超过前人，从诗情到诗风都展示了新的时代风貌。

唐代诗人的主干是一些朝气蓬勃的世俗士子，他们向往和追求的是意气和功业，魏晋以来所津津乐道的"无为而治"与他们的思想情感格格不入，连濡染道家思想很深的李白也声称"怀经济之才，抗巢由之节"（《为宋中丞自荐表》），立志要"申管晏之谈，谋帝王之术。奋其智能，愿为辅弼"（《代寿山答孟少府移文书》)。有唐一代虽然儒、释、道并行，但积极入世的儒家思想仍然或明或暗地是一般士人的精神支柱。

因此，回荡在唐诗中的主旋律是"烽火照西京，心中自不平"的爱国热忱（杨炯《从军行》），是"乘风破浪会有时，直挂云帆济沧海"的雄心壮志（李白《行路难》），是"致君尧舜上，再使风俗淳"的远大抱负（杜甫《奉赠韦左丞丈二十二韵》），是"文章合为时而著，歌诗合为事而作"的介入态度（白居易《与元九书》），是"平生五色线，愿补舜衣裳"的献身精神（杜牧《郡斋独酌》），是"欲回天地入扁舟"的济世情怀（李商隐《安定城楼》），是"诗旨未能忘救物"的历史责任感（杜荀鹤《自叙》）。唐诗中所表现出的颓唐、失望和痛苦，大多是诗人在壮志难酬时的消极反应。唐诗较少抒写对现实的逃避和超脱，很少表现对声色的贪婪占有与享受。

唐诗不像魏晋诗歌那样高风绝尘，也不像南北朝诗歌那样淫靡艳俗，"济苍生"和"安社稷"是它们最突出的主题。

从山水田园的清幽到边疆塞外的烽火，从皇帝后妃的宫廷到平民百姓的白屋，从军国大事到男女相思，现实生活的方方面面都被"采入"诗中。它们真实而深刻地反映了唐代各阶层在国家强盛时的欢乐、昂扬、进取，在国家动乱时的彷徨、苦闷、奋争的精神面貌。展现了唐代社会由盛转衰的历史进程，揭示了伴随这一历史进程的社会心理，并揭露了这一历史进程中各种重大的社会矛盾。诸如上层的穷奢极欲、好大喜功、草菅人命、贪婪残暴，下层人民的疾苦、孤儿寡妇的呻吟、失宠宫女的哀怨……唐代诗人勇于直面社会和人生，无论是揭露腐败还是哀怜孤寡，处处表现出高度的责任感和深厚的同情心。

艺术上，唐代诗人同样具有非凡的创造力。他们以"不薄今人爱古人"的广博胸怀，虚心学习古今中外的艺术经验，却又不拜倒在前人的脚下，而是通过转益多师来独树一帜，通过熔铸百家以自成一家。从初唐的"犹带齐梁艳俗"，发展为盛唐的"声律风骨兼备"，接着是"诗到元和体变新"，直到晚唐仍然"夕阳无限好"，唐诗的艺术特征及其成就是在唐朝一代又一代诗人的不断创新中形成和实现的。唐诗每个发展阶段的成就虽大小不一，但各有不同的特色，各有不同的景观。

3. 初盛中晚

明朝有个叫高棅[1]的诗论家，编了一本《唐诗品汇》，它是很有名的唐诗选本，在这本诗选的总序中，他把唐代诗歌的发展分为了四个历史时期：初唐、盛唐、中唐、晚唐。后世对划分阶段的具体时间虽有争论，但唐诗史一般还是依初、盛、中、晚来划分的。

---

1 高棅（1350—1423年），明代诗论家和诗人，福建长乐（今福州市长乐区）人，博学能文，工书画，尤专于诗，为"闽中十子"之一。有《啸台集》《木天清气集》。

唐初诗坛仍沉浸在"梁陈宫掖之风"中，宫廷诗人上官仪还将六朝以来积累的对偶、音韵等技巧程式化，提出"六对""八对"等名目，一方面使诗风趋于轻靡浮艳，另一方面又促进了格律诗的形成。这一时期只有王绩能自拔于时流，诗风朴质真率。

当然，真正显示出时代特色的是稍后的"初唐四杰"，虽然他们并没有廓清"积年绮碎"，遣词的"华靡"仍"沿陈隋之遗"，但其"骨气翩翩，意象老境"已"超然胜之"（王世贞《艺苑卮言》），更重要的是让诗歌走出了宫廷，面向广阔的现实社会，歌行的笔力恣肆奔放，律绝的音韵也趋于圆美和谐。

沈佺期、宋之问总结前人有关诗歌形式的艺术经验，完成了律诗"回忌声病，约句准篇"的任务，使律诗在形式上基本定型。

陈子昂结束了初唐诗坛，并为盛唐诗坛拉开了序幕。他在诗史上的主要贡献是：在理论上批判了齐梁诗歌"彩丽竞繁，而兴寄都绝"的流风，明确提出了诗歌革新的主张（陈子昂《与东方左史虬修竹篇序》）；在创作上继承了从《诗经》到汉、魏的优良传统，形成了自己质朴刚健的诗风，从而把唐诗的发展引向了健康的道路。

从玄宗即位到代宗登基（712—762年），这半个世纪是唐诗发展的顶峰，文学史家把它称为"盛唐"。

在这之前诗人的技巧还不娴熟，诗歌的色彩不是失之干枯就是过于浓艳，辞藻要么堆垛华靡，要么质木无文。在这之后诗人的精神失去了平衡，他们的艺术趣味也因此显示出般般病态：不是追求轻俗就是追求险怪，或者崇尚奇僻或者偏嗜苦涩。恰恰这半个世纪中诗人的精力弥满趣味纯正，诗歌生气贯注博大浑厚，并完善了各种诗歌体裁，创造了各种诗歌风格，形成了不同的诗歌流派。

　　盛唐社会为一大批士人提供了优裕的物质条件，释、道盛行又激起了他们对山水林泉的向往，对于已入仕的诗人来说，徜徉山水或者是政治失意的补偿，或者是功成身退后的归宿；对于未入仕的诗人来说，它可以作为踏入仕途的"终南捷径"（《新唐书·卢藏用传》），因此，以王维、孟浩然为代表的山水田园诗派应运而生。他们继承了陶渊明、谢灵运的艺术传统，发展和丰富了前人刻画山水的表现技巧。不过，王、孟等人的山水田园诗与陶、谢的山水田园诗在思想情感上有诸多差别：包括陶、谢在内的六朝山水田园诗产生于对现实的灰心失望，诗人们以自然的优美来反衬社会的污浊；盛唐的山水诗人却深感"端居耻圣明"，通常不满足于在现实生活中扮演"坐观垂钓者"的角色（孟浩然《望洞庭湖赠张丞相》，一名《临洞庭湖赠张丞相》），这时的山水田园诗主要表现的是对现实的"介入"和肯定，热爱自然与热爱时代在这些诗中获得了有机的统一，它们反映了那个时代和谐宁静的一面。孟浩然善于从平常的景物中发现隽永的诗意，用白描的手法创造蕴藉含蓄的诗境；王维善于应用各种体裁和驾驭各种题材，尤其是山水诗的取景构图别具匠心，创造了"诗中有画"的优美境界。

相比山水田园诗，盛唐以高适、岑参为代表的边塞诗更能反映那个积极昂扬而又热情浪漫的时代，他们在边塞诗中抒发了战斗的豪情和民族的自豪感，讴歌了戍边将士崇高的爱国主义精神，刻画了"四边伐鼓雪海涌"的战斗场面（岑参《轮台歌奉送封大夫出师西征》），记下了将士们"不破楼兰终不还"的豪迈誓言（王昌龄《从军行》），揭露了"战士军前半死生，美人帐下犹歌舞"的军中腐败（高适《燕歌行》），也留下了"胡儿眼泪双双落"这种战后的惨象（李颀《古从军行》）。边塞诗人笔下多的是悲壮景象，多的是塞外奇观，多的是宏伟场面，多的是浪漫气息。高适往往直抒胸臆，前人称其诗"尚质主理"（陈绎曾《吟谱》，引自明代胡震亨《唐音癸签》），对战事的反映严峻深刻，诗风粗犷厚重。岑参表现了当时普遍的尚武热情，以急促、多变、高亢的语言描绘奇特壮丽的边塞风光，呈现出奇峭奔放的美学风貌。王昌龄的边塞诗则专拣短小的七言绝句，描写征夫思妇缠绵的思念和将士为国立功的壮志，深挚婉曲，格调天然。

"盛唐之音"的杰出代表无疑是李白和杜甫，他们同为盛唐文化孕育出来的诗国伟人，同样具有博大的胸怀、恢宏的气魄、健全的人格、深厚的同情心，以及对祖国和人民无私的爱，他们的诗歌具有史诗般的宏伟风格和高度的艺术技巧。他们以不同的创作方法反映了盛唐的兴盛与衰微，表现了我们民族在这一特定历史时期心灵的骚动。他们身上那种巨大的艺术创造力，那种不可替代的天才，那种对时代走向和本质的敏锐直觉和深刻把握，在中国古代诗人中罕有其匹。他们个性、气质和才情的不同，他们诗歌内容、风格和创作方法的差异，正好揭示了他们所处时代文化内在的丰富性。李白为人热情奔放，豪迈不羁，他的诗歌表现了那个时代蓬勃向上、浪漫豪放的精神；杜甫为人稳健节制，博大深沉，他的诗歌深刻反映了盛唐由盛转衰的痛苦历程。在李白那里的纵情欢乐、无限憧憬、恣意幻想；在杜甫那里则表现为忧心忡忡、痛苦的反思和大胆的揭露。因而，李白的诗风豪放飘逸，杜甫的诗风却表现为沉郁顿挫。李白的笔力变化极于歌行，特别是在七言长篇歌行中，他把神话、幻想、夸张融为一体，语言上随意挥洒，结构上大开大合，为我们展示出雄伟奇幻的艺术境界。他同时是五七言绝句的圣手，喜欢用口头语来写眼前景和抒胸中情，却别具弦外音和味外味。无论是其歌行，还是其绝句，都兼有他天马行空般的豪气和艺术上行云流水般的高妙，只是歌行体的笔势酣畅淋漓，一气奔涌，绝句的笔势则自然流走，含蓄不尽。

杜甫集古今诗歌艺术之大成，前人称其诗"上薄风雅，下该沈宋，言夺苏李，气吞曹刘，掩颜谢之孤高，杂徐庾之流丽，尽得古今之体势，而兼人人之所独专矣"（元稹《唐故工部员外郎杜君墓系铭并序》），长篇、短制和古体、近体无不曲尽其妙。乐府诗"即事名篇，无复依傍"（元稹《乐府古题序》），导中唐元白新乐府的先路；五古七古长篇亦诗亦史，内容汪洋浩瀚，结构往复回旋，被后人誉为"建章之宫千门万户"。他尤能在格律严整的律诗中出奇制胜，五律七律属对精切但不堆砌死板，针脚绵密却又挥洒自如。杜甫的诗歌是我国诗史上的一座里程碑。

"安史之乱"惊醒了一代士人的美梦。大历（766—779年）前后的诗人多数已失去了盛唐诗人那种慷慨豪迈的激情，忙着去追求宁静闲适的生活情调。元结、顾况则对现实采取批判的态度，艺术上偏爱古诗而轻视近体；李益以边塞诗著称，多写将士久戍思归的幽怨；其他诗人如刘长卿、韦应物和"大历十才子"或抒羁旅之愁，或赋节序之变，或写闲适之情，其中虽不乏玲珑精致的佳作，但从整体上看，这些诗歌"气骨顿衰"，诗风由盛唐的明朗壮大一变而为萧散清丽。

从贞元到大和初四十余年是唐朝诗发展的又一高峰。李白、杜甫之后，有创新精神的诗人大都在为诗歌寻找新的突破口，元、白朝坦易这个方向发展，韩、孟朝奇崛这方面探求，因此形成了不同的诗歌流派——一派以白居易、元稹为代表，张籍、王建、李绅等为羽翼。元、白等人提倡"歌诗合为事而作"，强调诗歌创作必须真实地反映现实，批判了创作中"嘲风雪、弄花草"的倾向（白居易《与元九书》），他们的新乐府

"不务文字奇，惟歌生民病"（白居易《寄唐生》），诗风通俗、平易、畅达。此外，白居易的感伤诗具有浓郁的抒情味，情节曲折动人，描写细腻委婉，音调更和谐流丽。元稹的悼亡诗以浅语写深情，其至情至性打动人心。一派以韩愈、孟郊为代表，韩孟等人强调不平则鸣，主张诗歌要抒发真情，在艺术风格上追求奇险古拙，创作态度上重视苦吟。韩愈的诗风雄健奇崛，孟郊的诗风瘦硬精警，贾岛清冷奇僻，李贺瑰丽奇诡，每个人都有其独特的艺术个性。韩愈以文为诗，抒情写意铺张扬厉，给后来的宋诗以巨大的影响。这两派之外，刘禹锡在当时有"诗豪"之称，其诗音节响亮明快，风调酣畅爽朗。柳宗元与韦应物并称"韦柳"，其模山范水之作峻洁澄澈。

晚唐的诗人们一方面把眼光从现在移向过去，一方面又从社会缩回闺房，因而涌现出大量的咏史诗和爱情诗。这时诗坛上杰出的诗人是杜牧和李商隐。杜牧的古体诗多写社会政治题材，风格豪健遒劲；近体诗多写爱情和咏史，诗风俊爽轻利。李商隐诗歌的艺术成就是多方面的，其中最突出的是七律和绝句。律诗通过华丽的辞藻、繁密的意象和婉转的音节，构成了一种朦胧优美的意境，但少数诗流于晦涩难解；绝句则以措辞婉谐而寄托遥深见长。另外，温庭筠的近体诗也时见精彩，设色浓艳而意象精巧，在当时就与李商隐并称"温李"。

唐末，农民起义此起彼伏，藩镇之间连年混战，中央完全失去了号令全国的权威，民气消沉，精力耗尽，诗人的创造力自然日渐枯萎。其间只有杜荀鹤、聂夷中、皮日休等用明白朴素的语言来倾诉时代的深重苦难，来喟叹人生的悲惨凄凉，而韦庄、司空图、韩偓等或遁迹山林，或沉溺声色，追求幽约的情致，表现末世的悲哀。此刻，唐诗已和唐朝一起走到了尽头。

我们再来归纳一下：从唐高祖武德元年（618年）到唐玄宗初年，约百年的初唐诗坛，从王绩到陈子昂，从虞世南、上官仪到沈佺期、宋之问，许多诗人从不同侧面为盛唐诗歌积累了大量的经验。开元十五年（727年）前后，孟浩然、王维、李白、杜甫、岑参等人先后登上诗坛，这就是诗国的"盛唐"，唐朝诗歌大放异彩，甚至不仅仅使唐朝，也使中国古典诗歌步入黄金时代。中唐诗坛上出现了韩愈、白居易、刘禹锡、柳宗元、李贺、孟郊等著名诗人，中唐诗坛仍旧百花齐放。即使到了晚唐，也涌现出了杜牧、李商隐、温庭筠，那时的诗坛仍旧"夕阳无限好"。后世不少诗人效法晚唐诗，如北宋初年就有"晚唐体"。

如果说盛唐的李白与杜甫，是珠穆朗玛峰的顶峰，它的壮伟雄奇让人震撼；中唐的白居易、韩愈、柳宗元、刘禹锡等人，就是珠穆朗玛峰的山腰，它多彩多姿的景象仍然非常壮观；而晚唐的"小李杜"等人，就是珠穆朗玛峰的山麓，它独特的风景照样让人迷恋。日本近代汉诗人大沼枕山也说："一种风流吾最爱，六朝人物晚唐诗。"这又有点像汹涌的海潮，最高的潮头过后，退潮照样波涛拍岸，响声震天，哪怕退潮尾声，依然波光潋滟，不无可观。

这次课程共二十一讲：初唐，从上官体讲到王绩、"初唐四杰"、陈子昂；盛唐，讲李白、杜甫、王维、孟浩然、岑参、高适、王昌龄、王之涣；中唐，要讲到刘禹锡、柳宗元、白居易、韩愈；到晚唐，讲"小李杜"，也就是杜牧、李商隐。总之，唐诗中的牛人都会讲到。

第 1 讲

这么艳，这么媚

　　这一讲将以上官仪为中心，和大家一起聊聊初唐诗坛。中文系的朋友可能有点诧异，大学课堂对上官仪从来是"点到为止"，怎么用一讲的时间在他身上呢？其实，我们如今讲文学史，也像学历史一样，往往以后来人的眼光来打量前人。现在大家可能认为唐诗发展史上，有他上官仪不多，没他上官仪不少，他是一位可有可无的小人物。但在初唐的诗坛上，"上官体"可是风靡一时，是当时精英争相模仿的对象，而上官仪本人在同辈眼中更是"望之若神仙"。

　　为了便于大家了解初唐诗人走向盛唐的艰难历程，感受一下初唐诗坛上诗风的嬗变，后面会讲到陈子昂，你们很快会品味到婉媚与风骨两种诗风。之所以讲完上官仪，马上就讲陈子昂，是因为这就像浓妆艳抹的女郎刚一下场，全身披挂的关东大汉立即登台，好使大家在强烈的对比中，充分领略两种诗风的艺术魅力。

1. 士林中的"男神"

上官仪[1]的一生有点像坐过山车，一下子登上绝顶，一下子又坠到绝谷，真个是跌宕起伏，刚要庆祝大喜，转眼就陷入大悲，以喜剧开场，以悲剧结尾。

隋朝末年，也就是618年，右屯卫将军宇文化及在扬州发动兵变，弑杀了隋炀帝。上官仪的父亲上官弘刚好是扬州江都宫副监，所以也被乱兵所杀。

当时的上官仪年龄很小，机灵地藏了起来，好不容易躲过一劫。他为了保命，跑到庙里面做了一段时间的和尚。到了贞观初年，上官仪才出来参加科举考试。考上进士以后，他历仕三朝。麟德元年十二月（665年1月），为唐高宗起草废后诏书，得罪了武则天，被武则天以谋反罪处死。死后又追赠中书令，追封楚国公。

上官仪既有学问，也有才华，又有权势，还有风度，是当时众人仰慕的"男神"，是士林中的偶像。

我们来看上官仪的一首名诗——《入朝洛堤步月》。

古代的朝官天还没亮就要上朝。中唐以后才有了待漏院——大臣在上朝之前如果来早了，可以到里面去休息的地

---

[1] 上官仪（约605—665年），字游韶，陕州陕县（今河南省三门峡市陕州老城）人，才女上官婉儿的祖父。诗多应制、奉和之作，但因婉媚工整，适合宫廷需要，士大夫纷纷效仿，称为"上官体"。

方。一定要等到规定的时间点，再去上朝。

洛堤在东都洛阳，是百官上朝的必经之路，因临洛水而得名。当时身为宰相的上官仪，凌晨上朝时，月亮还没有完全西沉。"步月"就是天刚刚亮，还有月亮，走在洒满月光的堤上。他在去上朝的洛堤上吟唱了这首诗。

> 脉脉广川流，驱马历长洲。
> 鹊飞山月曙，蝉噪野风秋。

"脉脉"本指动情凝视的样子，此处形容洛水悠长徐缓，就像人含情脉脉一样。"广川流"的意思是说，那条又宽又长的洛河缓缓流淌。"脉脉"是形容"流"的样子。

"驱马"就是扬鞭一声"驾"，打着那匹马前行；"历"就是经过，这里可以想见上朝那悠然从容的模样；"长洲"指驱驰在很长的洛堤上。

"鹊飞山月曙"，暗用曹操"月明星稀，乌鹊南飞"（《短歌行二首》其一）。喜鹊报喜，曙光微明，既切题意"步月"，又暗示朝野喜气洋洋，流露出内心的得意。此时季节已经入秋，暑气刚刚散去，秋寒又尚未到来，清晨处处是蝉噪，不仅不使人感到心烦，反而衬托出都城的宁静，使人想起王籍的"蝉噪林逾静"（《入若耶溪》）。

前面拉着马车奔驰的是骏马，马车上坐的是英俊的宰相。

上官仪不仅有学问，还有气质和风度，既有才，也有型。当时的上官仪贵为宰相，一人之下万人之上。我告诉大家，一个男人该有的，那时的上官仪样样都有。

这正是他志满意得的时候，你看他上朝时的丰采，从容不迫，雍容华贵，难怪其他大臣看到他步月上朝的样子，都说远远望去犹如神仙。

2. 齐梁脂粉未全消

上官仪的诗歌，被称为"上官体"，上官体在当时产生了巨大的影响，是诗人一时模仿的楷式。可以说，上官体上承虞世南[1]，下启沈佺期[2]、宋之问[3]。也可以说，没有上官仪，就没有后来的沈佺期、宋之问。格律诗的定型至少要推迟很长时间。

沈佺期、宋之问是格律诗的定型者，而上官仪为格律诗做了可贵的探索，积累了丰富的经验。沈佺期、宋之问是在上官仪的肩膀上，才有了后来这么高的成就。

我们现在的文学史稍稍有一点偏颇，就是在强调"初唐四

1　虞世南（558—638年），字伯施，越州余姚鸣鹤（今属浙江慈溪）人，能文辞，工书法，与欧阳询、褚遂良、薛稷并称为"唐初四大书家"。
2　沈佺期（约656—716年），字云卿，相州内黄（今河南内黄西）人，诗多应制之作，律体谨严精密，对律诗体制的定型颇有影响。与宋之问齐名，并称"沈宋"。
3　宋之问（约656—713年），字延清，汾州（今山西汾阳）人，多应制唱和之作，文辞华丽。有《宋之问集》。

杰"的同时，贬低甚至忽视了上官仪这一派人的作用。其实，在初唐诗坛上，影响最大的也许是虞世南、上官仪、沈佺期和宋之问。

初唐是紧随齐梁而来的，诗歌也就带有齐梁的流风余韵。后来，因上官仪这一派还没有摆脱齐梁的余风，所以往往被忽视甚至蔑视。事实上，每个人的审美趣味都有继承性，不只上官仪一人，那个时期的诗写得都很浓艳，但在浓艳之外，上官仪探索并总结了大量的艺术技巧。

和一个人吃饭的口味一样，个人的审美趣味是长期习得的。比方说，我喜欢吃我妈妈做的菜，因为从小吃习惯了。我跟太太婚后半个多月，她便下厨做饭，炒了两个菜便对我说："你试试，看我做得好不好吃。"我拿筷子夹起来一尝，心里凉了半截，暗暗地对自己说：戴建业你的命好苦——我实在吃不下去。过了十几年，我才慢慢能够接受她做的菜。林语堂先生把"躺在自家的床上，吃妈妈做的菜"，作为人生的乐事。妈妈做的菜好吃，不一定是妈妈厨艺高，而是我们从小习惯这种味道。当然，如果林语堂生在今天，他应该改口说，人生乐事是"吃爸爸做的菜"——今天哪还有妈妈做菜呢？前几天，我听一位年轻太太夸奖她的先生说："他是个暖男，上得了厅堂，下得了厨房。"

这是后话，还是先来说上官仪。

上官仪的诗写得浓艳，既得自小时候诗风的熏陶，也源于当时整个社会环境的濡染。

比方说，武则天时期，有个大臣叫李义府[1]，他猛烈地抨击当时的诗歌没有风骨，但是他自己写出来的又跟上官体一模一样，甚至比上官仪更加软绵绵。

> 懒整鸳鸯被，羞褰玳瑁床。
> 春风别有意，密处也寻香。

"懒整""羞褰"，和上官体诗一样香软，"密处也寻香"更暗示着色情。

每个人都是环境的产物，后来的李白和杜甫也受到过上官仪的影响。到了开元十五年（727年）以后，声律与风骨兼备，唐朝诗歌这才真正唱出了"唐音"——既有风韵又有风骨。风韵的那部分，无疑受到从上官仪一直到沈佺期、宋之问等人诗歌的影响。

上官仪是一个非常重要的人物，上官体也有它的历史承担。他在原来的事对、言对、正对、反对之外，又增加了双生对、叠韵对、扇对；在艺术形式上，包括音韵、句型、对偶等，也做了很多探索。

---

1 李义府（614—666年），瀛洲饶阳（今属河北）人，显庆二年（657年）任中书令。时人畏其笑中有刀，称其为"李猫"。李义府恃宠用事，卖官市狱，怨者盈路，得罪除名，流巂州（今四川西昌）而死。

3. "绮错婉媚"

上官体最主要的特点是绮错婉媚。

绮，就是本色是平纹底，上面有起花的一种丝织品。比如说，这块布是平面的，上面不是绘花和印花，而是织的凸起来的花纹，这叫绮。

错，就是用金粉描绘的花纹。

在诗歌中，"绮错"就是指诗歌的语言华美，色彩浓艳。

婉，就是和顺、婉转。比如，我说话就不算"婉"，直来直去的。媚，就是指仪态、声情的娇美可人。

那么在诗歌中，"婉媚"就是形容诗风和婉美丽，美艳动人。

我们要是说一个男人"媚"，那显然是在侮辱这个男人，过去骂一个男性没有阳刚之气，就骂他像个"媚娘"。可见绮错婉媚，是指一种阴柔美。在审美中，有壮美，有优美，绮错婉媚就是一种优美的风格。

上官体在初唐的影响很大，很多人都模仿它。任何一种样式，任何一种诗风，久必生厌。模仿了几十年以后，到了"初唐四杰"的杨炯，他开始猛烈地抨击上官体。他说初唐的诗歌，"骨气都尽，刚健不闻"，一点骨气都没有。

接下来，我重点讲"上官体"的一首代表作——《咏画障》，看看"绮错婉媚"表现在哪些地方。

芳晨丽日桃花浦，珠帘翠帐凤凰楼。

蔡女菱歌移锦缆，燕姬春望上琼钩。

新妆漏影浮轻扇，冶袖飘香入浅流。

未减行雨荆台下，自比凌波洛浦游。

先讲标题"咏画障"，所谓"画障"，就是画屏、屏风。我们在餐馆里吃饭，可以看到一扇屏风把空间隔开，屏风上面会画很多画，有山水画，有人物画。其实，《咏画障》就是一首咏画的诗。

在古代，屏风很常用，现代很多年轻的朋友可能还没见过画屏，其实就是一个竖的可以折叠的隔断，上面画了各种各样的画。那么，这扇画障上面画的是一幅美女图，古人叫仕女图。

第一句，"芳晨丽日桃花浦"，大家注意到了没有？没有一个动词，只有三个意象——"芳晨""丽日""桃花浦"。晨，他说是"芳晨"；日，就是太阳，他说是"丽日"，这就像一个女孩子化妆，已经化了一层妆，还要化一层，就叫"丽日"；他还觉得不过瘾，"浦"就是河流，他说是"桃花浦"。

其实，这三个意象就是早晨、太阳、河流。我这样说光溜溜的，就像一只鸡，鸡毛全部被拔光了，只剩下一个肉身，那就丑死了。它化妆化得特别浓艳，用英语来讲，就是"morning sun and river"，可这样光秃秃的毫无美感，经上官仪这么一装点就显得十分亮眼，"芳晨""丽日""桃花浦"，这叫浓艳。

再看，"珠帘翠帐凤凰楼"，上官仪这两句诗，没有一个动词，艺术水平极高。帘，是"珠帘"；帐，是"翠帐"；楼，他不单说楼，还说是"凤凰楼"，非常浓艳，金碧辉煌，珠光宝气。

我和大家讲，过分的艳丽，我们叫浓艳；浓艳得过分了以后，我们叫艳俗。艳和俗之间，二者是有界限的，艳不一定俗。

那么，什么情况下艳就变成了俗呢？英国有一个美学家说，"过分则俗"。比如说，一个女孩子略施粉黛很好看，但如果脸上的妆化得很浓艳，那就俗了。戴一枚金戒指优雅，手上全戴上金戒指就很俗。

"芳晨丽日桃花浦"描写的是什么呢？大家看看，时间、地点是大的背景；"珠帘翠帐凤凰楼"是小的背景。

我们想象一下，在芳晨之时，在丽日之下，在桃花浦之边，在凤凰楼之上，要是走出个关东大汉来，那才真是滑稽搞笑。

走出来的肯定是美女，所以三四句就来了，"蔡女菱歌移锦缆，燕姬春望上琼钩"。

"蔡女"就是今天河南东南一带的美女；"燕姬"泛指河北一带的美女。从《战国策》中可以看到，古人认为，河南、河北一带都是出美女的地方。当然，现在来看哪个地方都有美女。"蔡女"和"燕姬"都是泛指，是美女的代名词。

"蔡女菱歌移锦缆"，大家注意，这里用了倒装，就是"移锦缆蔡女菱歌"，什么意思呢？

"缆"就是缆，他说是"锦缆"。"锦缆"就是纤夫的纤绳。古人没有机动船，"蔡女"采菱的时候，缆绳被不断地朝前拉动，"蔡女"边采菱边唱歌。

"燕姬春望上琼钩"，这句也是倒装，"上琼钩"以后，"燕姬"才能"春望"。"琼"就是一种美玉。什么叫"上琼钩"呢？古人没有我们今天这种窗帘，它是怎么样的呢？比如说，一个窗子，这边一个钩子，另一边一个钩子，两边的钩子把拉开的窗帘钩住。

这两句的语言同样华美，缆是"锦缆"，钩是"琼钩"，不是锦绣，就是美玉。

再来看看前四句的结构，古人叫章法。要是没有弄清一首诗的章法，你就别想读懂古诗。"菱歌"，是边采菱边唱歌。在哪个地方采菱呢？肯定是在水里，因而，第三句在结构上紧承第一句"桃花浦"。

"燕姬春望上琼钩"，在哪个地方"上琼钩"呢？把窗帘拉起来，肯定是在凤凰楼上，第四句紧承第二句。前面四句，句句相承。今天把这叫"结构紧凑"，古人叫"环环相扣"。

"新妆漏影浮轻扇，冶袖飘香入浅流。"上四句和下四句之间，怎样才能紧密衔接呢？第五句紧承第四句，与第二句相应，第六句紧承第三句、第一句。

什么叫"新妆漏影浮轻扇"？古代用的是折叠扇，女孩子怕晒黑了——有芳晨、有丽日，而且已经上了琼钩，窗帘拉开了，太阳照进来了，女孩子就把扇子举到头顶，阳光从扇骨缝隙中漏下来了。"浮轻扇"就是把扇子举起来。这句是倒装，先"浮轻扇"后才"漏影"。

"冶袖飘香入浅流"，"冶袖"就是水袖。古代女孩子的袖子很长，在采菱的时候，袖子落了水打湿了，打湿了以后散发出淡淡的幽香，所以"冶袖飘香入浅流"。

从内容上看，第五句与第四、第二句相呼应，第六句紧承第三句、第一句。

"未减行雨荆台下，自比凌波洛浦游。"这两句用了两个小典故，"未减行雨荆台下"，暗用宋玉的《高唐赋》，巫山神女对楚襄王说："妾在巫山之阳，高丘之阻，旦为朝云，暮为行雨。朝朝暮暮，阳台之下。"此诗改为，朝为行云，暮为行雨，朝朝暮暮，"荆台"之下。就是说，这幅画上的美女，比巫山的神女还要美丽。

"自比凌波洛浦游"，就是说这些女孩子，觉得自己像洛神一样美丽。

曹植[1]有一篇很有名的赋，叫《洛神赋》，说那些美丽的洛神"凌波微步"，就是迈着很碎的步踩在水上。像我走路"啪啪啪"，走得很重，那就不是微步。她们是踩得很轻，在水上走。罗袜生尘，形容步履轻柔优雅，是说那些女孩子特别轻盈美丽。

这首诗全部是用色彩艳丽的意象，非常华美的辞藻，而且装点得珠光宝气，诗风诗语都是很典型的"绮错婉媚"，就是浓艳、富丽、柔美。

这首诗可以说有风韵而无风骨，难怪后来杨炯对它火力全开了，它柔美，但没有骨，没有劲。

通过对这首诗的细读，大家对上官体的"绮错婉媚"有点感性认识了吗？

1　曹植（192—232 年），字子建，沛国谯县（今安徽亳州）人，诗歌多为五言，前期之作多抒写人生抱负及宴游之乐，后期诸作集中反映其受压迫的苦闷和对人生悲观失望的心情。其诗善用比兴手法，语言精练，辞采华茂，对五言诗的发展有显著影响。曹植也擅辞赋、散文，《洛神赋》尤为著名。

第2讲

气局一新

1. 难兄难弟

"初唐四杰"登上诗坛以后，唐代诗歌的气象和格局焕然一新。真正在诗情上给初唐诗歌注入新鲜血液的，就是"初唐四杰"。

初唐诗歌仍承袭齐梁诗的流风余韵，色泽无不浓艳，遣词都很精工，杨炯曾严厉地批评上官体"骨气都尽，刚健不闻"。当然，人们的眼睛总容易看到别人脸上的黑痣，从来看不到自己眼角的眼屎。说起来，"初唐四杰"的句法和声调，也没有完全摆脱齐梁诗的积习，但他们的激情、他们的气势、他们的骨力，都开始唱出了"唐音"——显露了时代特色。

所谓"初唐四杰"，就是王勃[1]、杨炯[2]、卢照邻[3]、骆宾

1　王勃（约650—约676年），字子安，绛州龙门县（今山西河津）人。唐朝文学家，儒客大家，文中子王通之孙，"初唐四杰"之一。

2　杨炯（650—693年），字令明，华州华阴（今陕西华阴）人。唐朝大臣、文学家，常山郡公杨初曾孙，"初唐四杰"之一。

3　卢照邻（约637—约686年），字昇之，号幽忧子，幽州范阳县（今河北涿州）人。唐朝诗人，"初唐四杰"之一。

王[1]。这四位人物我先一个个地简单介绍一下。

王勃和杨炯反而比卢照邻和骆宾王年龄要小上十来岁，后面的两位是哥哥，前面两位反而是弟弟。

大家都知道，中国的排名大有讲究。王勃排得第一，杨炯排得第二，卢照邻排得第三，骆宾王排在第四。听说杨炯很不高兴，"愧居卢前，耻居王后。"他说，"卢照邻老兄是我的兄长，把我的名字排到他前面，问心有愧。但把我的名字排到王勃这个小子后面，深以为耻。"他说的"愧居卢前"是假谦虚，说的"耻居王后"才是心里话。

在王、杨、卢、骆这四位兄弟之间，以杨炯的文学成就，把他排在第二，似乎并没有亏待他，但是他自己觉得好像受了天大的侮辱。

在我们这个世界上，没有人满意自己的财富，可从没有人不满意自己的才华。杨炯就是个典型。骆宾王和卢照邻，好像也相互不买账。

卢照邻在乐山那个地方，曾经有个姓郭的女朋友，他进京之前，曾跟姓郭的姑娘拍胸脯说："我到了京城以后，一定要把亲爱的接过去。"一年没有接，两年没有接，三年也没有接。

后来，骆宾王到了姓郭的姑娘的家乡，姑娘哭得一塌糊涂，跟他说："卢照邻不是个好东西，把我甩了，原先跟我海

誓山盟，如今这些都成了耳边风。"骆宾王听了以后很气愤，马上就写了一首诗，叫《艳情代郭氏答卢照邻》，把卢照邻臭骂了一顿。

其实在这一点上，骆宾王也不是什么好东西，在风流韵事方面，他从来就不甘落后。这几个人在当时的声誉都不是很好，难怪时人断言他们"才名有之，爵禄盖寡"。意思是说，这四个人都很浮躁，虽有才气，却缺胸襟，都当不了大官。

的确，这四位的人生下场都很惨。王勃还不到三十岁，就落水死了；卢照邻得了一身疾病，非常痛苦，后来他自己在河南颍水溺水而死；骆宾王后来参加了徐敬业起兵讨伐武则天的军队，兵败。有人说他跳海死了，有人说他当了和尚，总之下落不明。

他们之中，唯独杨炯善始善终。杨炯说："宁为百夫长，胜作一书生。"真是一语成谶，他一辈子就没当上什么大官。

这四个人都非常有文学才华，但并没有与他们才华相应的社会地位。因为有才华，他们恃才傲物。因为没有社会地位，所以他们长期愤愤不平。

2. 兄弟，要像个爷们儿！

我简单地讲一下卢照邻的《长安古意》，这是一篇值得称道的七言古诗。

骆宾王和卢照邻都擅长写七言长篇古诗，像骆宾王的《帝京篇》，还有卢照邻的《长安古意》，都写得波澜壮阔。

我们来看看这首《长安古意》，他一起笔就写得特别好。"长安大道连狭斜，青牛白马七香车。玉辇纵横过主第，金鞭络绎向侯家。龙衔宝盖承朝日，凤吐流苏带晚霞。百尺游丝争绕树，一群娇鸟共啼花。"写得真是太漂亮了。可惜太长了，在有限的篇幅里，无法把它讲透。

这一讲我重点聊王勃和杨炯的五言律诗，王勃、杨炯和骆宾王的五律都写得很出色，这次要把骆宾王冷落一下，以后再讲他。

先讲一首王勃的代表作《送杜少府之任蜀州》。

这是一首非常有名的诗，清代选入了《唐诗三百首》，现在选入了中学课本。

"少府"是个官名，唐代把县令称为明府，县尉是副手，称为少府。杜少府，生平不详。"蜀州"一作"蜀川"，此处指四川的一个地方，就是今天的崇州市。"之任"就是到蜀州去赴任。

古往今来，中国人都喜欢当京官，不喜欢到地方上去当官。杜少府被外放到蜀州去当县尉，他窝了一肚子火，情绪非常不好，自然是不想赴任。王勃当时在京城，杜少府赴任之前，王勃特地给他送别。

题材上，这是一首送别诗；体裁上，它是一首五言律诗。

送别诗有一些基本的格式，我们下面会细细道来。先看原诗。

城阙辅三秦，风烟望五津。

与君离别意，同是宦游人。

海内存知己，天涯若比邻。

无为在歧路，儿女共沾巾。

第一句"城阙辅三秦"，"阙"是宫阙，是指整个首都那些巍峨壮丽的宫殿。"辅"本意是辅佐，在这里是环卫、拱卫的意思。所谓的三秦，就是项羽破秦以后，把整个八百里秦川分封给了秦国投降的三个将军，所以称为三秦。"三秦"指八百里秦川，以秦川的三个地方，来泛指整个秦川大地。

"城阙辅三秦"，这句是倒装句，应该是"三秦辅城阙"，就是整个八百里秦川环卫着巍峨的首都。这一句交代二人的相送之地。

"风烟望五津"，"五津"就是四川岷江的五个渡口，这句应该是"望五津风烟"。这一句点明杜少府将到之处。

我把这两句翻译一下，"城阙辅三秦"，是说八百里秦川环绕着我们巍峨壮丽的首都。"风烟望五津"，是说远远地眺望蜀州，眼中是一片烟水葱茏。

这是什么意思？他为什么要这样写呢？

我觉得我们从来都没有把这两句讲明白。

"城阙辅三秦"，唐朝长安就是今天的西安，建立在关中平原上，关中平原辽阔又平坦。他说辽阔的关中平原啊，你环绕着我们巍峨壮丽的首都。

杜少府明明不想离开，王勃为什么要这样写？

我现在在上海讲课，举上海的例子，上海一名牌大学有个教授，从偏远的农村考到上海读书，后来在大学当了教授。一当上教授后就开始鬼混，不知不觉中铸下大错，要把他遣送到他原来的农村去。大学里的朋友和同事就给他送行。他本不想离开上海，那要怎样送行呢？一般的送行人会说，离开上海也没有什么了不起，这个鬼地方，房子又狭窄，空气又浑浊，工资上涨永远赶不上房价上涨，没事时出门人挤人，有事偏又找不到人。你到乡下去，吃自己养的鸡鸭，吃自己种的新鲜菜，空气清新，人更纯朴，也没有什么不好。

虽然明明知道说的是假话，但是给了他心理安慰。如果哪个来送行的人说，上海真好，地面上黄浦江静静地流，地下面地铁快快地跑，经济繁荣，文化昌明，在这儿待习惯了，到乡下哪过得惯？他明明不想离开上海，还要把上海说得这么好。不扇说这话的人一个耳光才怪！

"城阙辅三秦，风烟望五津"这两句名诗，可惜千百年来人们都没发现，它显然违反了人之常情。

问题是，可王勃为什么要写呢？

有哪位朋友想过这个问题吗？想过能够说清楚吗？

这两句诗的意思是说：老兄，你干吗要愁眉苦脸呢？我们大唐帝国的江山处处都是一样美好，首都固然巍峨壮丽，四川也是烟水葱茏，大唐帝国处处都一样迷人。你从京城调到蜀州，不过是从一个美好的地方到另一个美好的地方，哪值得像你这样凄凄惨惨的呢？

初唐的五言律诗，跟后来成熟的五言律诗，形式上稍稍有点不一样。大家注意到没有？

首联，"城阙辅三秦，风烟望五津"，这两句是可以不对偶的，但是王勃对得特别工整。"城阙"对"风烟"，"辅"对"望"，"三秦"对"五津"。动词对动词，名词对名词，是工整的对偶句起笔。

"与君离别意，同是宦游人"，颔联本应对偶，他却偏偏不对。"离别意"对"宦游人"是对了，但是"与君"与"同是"完全不对。

为什么成这个样子？该对的不对，不该对的对了。在初唐，五言律诗还不是那么成熟，不像后来格式特别固定。

那么，颔联写的是什么意思？"宦游人"就是在外面当官的人。

王勃是王通的孙子，他们是山西人。山西人王勃来到首都京城当官，他自己是宦游人。从京城到蜀州去当官，杜少府也是宦游人。看看他是怎样劝杜少府的："老兄，你干吗愁眉苦脸呢？要说是宦游人，我跟你一样都是宦游人。你从首都到蜀州，我从山西来到京城，我们都是宦游人。"

他从哪个角度去劝？他的意思是说："兄弟，男儿志在四方，老死家乡又算什么幸福呢？我都不忧愁，你忧愁个啥呢？"颔联是从事业和功名的角度来劝慰朋友。

我们再看看颈联："海内存知己，天涯若比邻。"这是从哪个角度来劝呢？从个人友情的角度来劝杜少府。他说："兄弟，你别愁眉苦脸，只要我跟你两个人志向相同，我们即使是远在天涯海角，也会像邻居一样心心相印。我们还是好知己，还是铁哥们儿。"曹植《赠白马王彪》说过，"丈夫志四海，万里犹比邻"，王勃这两句显然是从曹植那儿化出，但它提炼得更为精美醒豁。

最后两句，"无为在歧路"，"歧路"就是岔路口。"儿女共沾巾"中的"儿女"是个偏义复词，此处的意思是说，别像女孩子一样。他说："老弟，你千万别在岔路口哭哭啼啼的，像个小姑娘似的，一定不要哭。"这两句是王勃勉励友人，"无为在歧路"，我们一定要表现得像男子汉，而不能"儿女共沾巾"。

这首诗的第一联，从大唐帝国的江山处处都一样美好，来劝慰杜少府到蜀州去赴任，这不仅没有什么可悲凉的，反而是人生难得的机会。第二联，从事业和功名的角度来鼓励他，男儿应该志在四方。第三联，从个人友情的角度，说离开了没有什么问题，只要我们心心相印，只要我们志向相投，即便我们远在天涯海角，仍然还是好兄弟，还是铁哥们儿。尾联，是直抒胸臆，是郑重叮咛，一定要高昂，一定要乐观。

中国古代的送别诗或离别诗，特别发达，是什么原因造成的呢？其一，古代的交通特别不方便，这就造成"别时容易见时难"；其二，这与我们民族的文化心理和文化传统有关，在漫长的农业社会时期，我们整个社会都是建立在世族血缘之上的。它有哪些特点呢？它不仅有政治上的服从，也有经济上的依附，还有血缘上的相近，以及情感上的依恋。所以我们这个民族一直重视离别，不仅亲友难别，而且故土难离，喜欢一辈子守在家乡。古代有很多这方面的名言，比如，"在家千日好，出外一时难""外面的金窝银窝，不如家里的草窝"。为此还要用动物为自己垫背，说不仅人是这样，动物也是同样。远在汉代就有谚语说，"代马依北风，飞鸟栖故巢"，北方的马依恋北方，飞鸟总喜爱旧巢。《礼记》中也有"狐死正首丘"的说法，说狐狸死时头向老窝。

再加上先贤孔子反复叮咛，"父母在，不远游"。老子更郑重告诫，"使民重死而不远徙"。国是家的扩展，君臣关系是父子关系的延伸，我们古代礼制特别重视亲情，所以中国古代的送别诗，通常都写得哭哭啼啼。江淹《别赋》一起笔就感叹："黯然销魂者，唯别而已矣！"

古希腊因商业而繁荣，希腊文明也是一种商业文明，农业文明安土重迁，商业文明则看重四处奔走，所以古希腊人说，

"无家可归是一种莫大的幸福"。现代西方人也认为，"哪里好，哪里就是我的家"。

王勃的这首诗，代表了一种全新的观念，他之前的送别诗都写得痛苦、凄楚，写得哭哭啼啼。《送杜少府之任蜀州》在送别诗中是一首别调，在我们民族的送别诗中，建立了一种新的情感体验模式：变传统的送别诗中的哭哭啼啼为乐观的鼓励，化消极感伤为豪迈旷达，他表现了初唐一代诗人积极进取、开阔坦荡的胸襟。

"城阙辅三秦，风烟望五津。"他一起笔就气势不凡，境界开阔。我觉得所有人都要认真地背这首诗，它能够培养我们一种健康的情感，一种乐观的人生态度。

尤其是最后，"无为在歧路，儿女共沾巾"。他表现了分别时候的那种豪迈、那种激烈、那种壮怀，至今读来还让人热血偾张！看到现在一些青年，一分手便哭哭啼啼，一有挫折便唉声叹气，我就自然而然想起王勃这首诗。

3. 虎虎生风

把王勃的名字排在前面，杨炯本来就大为恼火，现在我一直讲王勃的诗歌，杨炯要是地下有知，一定会气得复活过来。

为了"照顾"杨炯的情绪，我们再来讲杨炯的《从军行》，这同样是一首最能反映时代风貌的名篇。

《从军行》是乐府的旧题，但这首诗是用旧题来写格律诗，它是一首五言律诗。

> 烽火照西京，心中自不平。
> 牙璋辞凤阙，铁骑绕龙城。
> 雪暗凋旗画，风多杂鼓声。
> 宁为百夫长，胜作一书生。

"烽火照西京"，"西京"就是长安，这句是说，岂有此理，敢把战火延烧到我们京城！"心中自不平"，心中不平是指激昂愤慨，敌人敢于进犯大唐京城，他怒火中烧。

"牙璋辞凤阙"，"凤阙"就是宫殿，"牙璋"就是古代的兵符，"璋"是一种玉器。就是把这块玉一剖两半，有一半存在朝廷，有一半拿在将军手上，两半一合，就是一个完整的璋。"牙"就是把一块玉的边缘切成像牙齿一样，两边合在一起，就叫牙璋，就是兵符。

"牙璋辞凤阙，铁骑绕龙城。"三四句紧承"烽火照西京"，他愤怒了，"心中自不平"，马上就出兵。颔联紧承首联，心中一怒便立马出击——"牙璋辞凤阙"，大军刚一离开京城，很快便包围了敌国的都城——"铁骑绕龙城"。

颈联写战争的激烈残酷。"雪暗凋旗画"，"凋"是凋落。就是在战争中，旗帜上那些色彩很鲜艳的画，或暗淡，或凋落。"风多杂鼓声",因为打仗进攻的时候要击鼓,以激励战士冲锋陷阵,咚咚的战鼓声,与呼呼的风声混在一起。这两句写战争的惨烈,条件的艰苦。

最后两句说,即使战争再残酷,条件再艰苦,为了国家,他仍然愿意走向战场。"宁为百夫长,胜作一书生。"他说,我宁可在部队当个下级的军官,也不想当一个手无缚鸡之力的书生。

初唐和盛唐的读书人,大多喜欢出外闯天下,很多人还愿意奔赴边塞投笔从戎,哪怕是"书呆子"王维,也喊出了"孰知不向边庭苦,纵死犹闻侠骨香"(《少年行四首》其二)。

这首诗是唐朝边塞诗的先声,写得慷慨激昂、虎虎生风。

此诗以响亮的音节,抒激烈的感情,气势豪迈,风格雄浑,语言精工而又气势雄壮,更重要的是在整饬的对偶中,仍然能够听到杀伐之声,所以它开了盛唐边塞诗的先河。它是一首声情激越的名诗,看来杨炯有狂傲的本钱。

当然杨炯在当时并不是一枝独秀,骆宾王也有一些漂亮的五言律诗,如《在狱咏蝉》今天还广为传唱,这是他在牢里的作品,痛苦的泪水凝结成了闪光的珍珠。

西陆蝉声唱,南冠客思深。

那堪玄鬓影,来对白头吟。

露重飞难进,风多响易沉。

无人信高洁，谁为表予心？

这首诗，以和谐的音调来倾诉沉重的情感，对偶工整并且语言流畅，同样是一首漂亮的五言杰作。

"初唐四杰"去世以后，很多人攻击他们。杜甫在《戏为六绝句》中，专门为他们辩护。

王杨卢骆当时体，轻薄为文哂未休。
尔曹身与名俱灭，不废江河万古流。

他说，你们这些轻薄之徒，不断地写文章攻击"初唐四杰"，将来你们死了声名俱灭，而"初唐四杰"却像江河一样，万古长流。

第3讲

"合著黄金铸子昂"

1. 呼唤风骨

从上官仪、"初唐四杰"到陈子昂，大唐帝国的诗歌才真正地摆脱了齐梁诗风的影响，唱出了自己时代响亮的唐音。

我们总是说唐音与宋调，到陈子昂才开始唱出真正的唐音。难怪金代元好问在《论诗三十首·其八》中为陈子昂大唱赞歌："沈宋横驰翰墨场，风流初不废齐梁。论功若准平吴例，合著黄金铸子昂。"

陈子昂[1]在文学史上有很高的地位，这表现在：

第一，他在诗歌理论上廓清了齐梁诗风的影响，为后来的诗歌创作指明了方向，也就是以刚健的语言、有力的节奏来抒发慷慨激昂的情感，使诗歌重新回到风雅和汉魏的传统，他理想的诗歌，应当"骨气端翔，音情顿挫，光英朗练，有金石声"。

1　陈子昂（659—700年），字伯玉，梓州射洪（今属四川）人。其诗标举汉魏风骨，强调兴寄，反对柔靡之风，是唐代诗歌革新的先驱，对唐诗发展颇有影响。其文也反对浮艳，重视散体。作品有《陈伯玉集》。

第二，他自己的诗歌创作，情感激昂慷慨，语言质朴苍劲。他诗歌的基本主题是抒写美好的理想不能实现、美好的事物遭到摧残的悲哀，寻求对于英雄和天才的理解与承认。他自己从来都是以天才自居，也希望别人对他以天才相许。但他没有实现他的理想，他的才情没有得到承认，所以他感到非常悲痛。

我们先讲陈子昂的文学理论——《修竹篇序》，这是一篇非常重要的理论文献。

> 东方公足下：文章道弊，五百年矣。汉魏风骨，晋宋莫传，然而文献有可征者。仆尝暇时观齐、梁间诗，彩丽竞繁，而兴寄都绝，每以永叹。思古人，常恐逶迤颓靡，风雅不作，以耿耿也。一昨于解三处，见明公《咏孤桐篇》，骨气端翔，音情顿挫，光英朗练，有金石声。遂用洗心饰视，发挥幽郁。不图正始之音，复睹于兹，可使建安作者，相视而笑……

"东方公足下"，这是一封信，"东方"是复姓。

他说，"东方公足下：文章道弊，五百年矣。汉魏风骨，晋宋莫传"。"文章"在古代指各种文体的作品，盛唐杜甫说"文章千古事，得失寸心知""文章憎命达，魑魅喜人过"，中唐韩愈说"李杜文章在，光焰万丈长"，一直到明末夏完淳还感叹"千古文章未尽才"，可见，古代的"文章"并非指应用文或记事抒情一类的散文。它具体所指要看上下文，如韩愈的"李杜文章在"，明显是说李白杜甫的诗歌。"文章道弊"中的"文章"，根据上下文应指诗而不是文。

"文章道弊，五百年矣。"他说，诗歌那种的优良传统，已经中断五百多年了。

"汉魏风骨"，也叫"建安风骨"。"晋宋莫传"，到晋朝、到宋——宋齐梁陈，南朝的宋，已经失传了。

然而，"文献有可征者"，就是说，我们还能看到从《诗经》到汉魏那个时候的诗歌。

"仆尝暇时观齐、梁间诗"，"仆"是谦称，不管有官无官或官大官小，古代男性都谦称为仆，不论出身贵贱，古代女性都谦称为妾。他说，我空闲的时候翻阅齐梁间的诗歌。

"彩丽竞繁"，是说诗人一个比一个写得浓艳。

"而兴寄都绝"，"兴"原是《诗经》"六艺"之一，"赋比兴"中的"兴"，是诗歌的一种抒情手法，特点是托物或因物以引起情感。"寄"的意思是寄托，就是将情感寄托于外物。"兴寄都绝"说诗歌内容情感贫乏空洞，诗中一点寄托都没有，只有浓艳的色彩、漂亮的辞藻。

"常恐逶迤颓靡，风雅不作，以耿耿也。"诗歌创作会越来越颓丧萎靡，诗中见不到一点"风雅"。我常常感叹，像这样下去怎么得了，时常因此而难过。

"一昨于解三处，见明公《咏孤桐篇》"，昨天我在解三的家里，无意中看到了你这篇《咏孤桐篇》，大作让我眼前一亮，真的写得太棒了！

"骨气端翔，音情顿挫，光英朗练，有金石声。"这是他的诗歌理想。

"骨气端翔"，就是骨端气翔。"翔"就是飞翔，"骨端"就是骨骼紧凑、结实，"气翔"就是气势飞动。

"音情顿挫"，"顿挫"是书法中的用语。什么叫"顿"呢？古人使用毛笔，把笔尖落到纸上轻轻地揉一下、停一下就叫"顿"，急剧地转折就叫"挫"。"音情顿挫"，就是随着感情的波澜起伏，诗歌的音节也随之抑扬亢坠。

"光英朗练"，就是诗歌的格调非常明朗。"有金石声"，就是节奏铿锵有力。

"遂用洗心饰视，发挥幽郁"，一读到你这首杰作，我的精神倏地为之一振，所有的担忧都跑得无影无踪了。

真没有想到，"不图正始之音，复睹于兹，可使建安作者，相视而笑"。我在解三这儿有幸听到了正始之音，看到了建安风骨。

大家注意，这篇文章的中心点就是推崇壮美的风格，呼唤诗歌的力度，复兴文中所谓"建安风骨"[1]或"汉魏风骨"。

---

1 建安时期（196—220年），文学作品真实地反映了现实的动乱和人民的苦难，抒发了建功立业的理想和积极进取的精神。同时流露出人生短暂、壮志难酬的悲凉幽怨，意境宏大，笔调朗畅，具有鲜明的时代特征和个性。其雄健深沉、慷慨悲凉的艺术风格，文学史上称之为"建安风骨"或"汉魏风骨"。

那么，什么叫诗中的风骨呢？

风骨，本来是个中医的概念。风，中医认为就是气。我们现在有人患高血压，突然地休克甚至死亡。突然地休克，中医叫中风，西医叫脑出血，或者叫心肌梗死。骨，就是骨骼、骨架。

在诗歌中，风骨是指强调一种壮美的风格。所谓风骨，就是以刚健遒劲的语言、铿锵有力的节奏来抒写慷慨激昂的情感，具有宏伟的气势、雄强的力量。

2."奇杰过人"

讲陈子昂的重点还是他的诗歌与诗论，看看他的诗歌创作，是如何实践他的风骨理论的，他诗中的风骨表现在哪些地方？我一定要用他的代表作，使大家品味一下"风骨"，看看这种诗风的"韵味"。就像我们吃羊肉一样，一定要尝尝涮羊肉是什么味道。

不过，在讲陈子昂诗歌之前，我们先看看陈子昂其人。

陈子昂不像我长得精瘦，只是能够读一点书，讲一点诗，写一点文章，他不是这种人。

史书上说，陈子昂"奇杰过人"，他是个英雄豪杰式的人物。"姿壮岳立"，"岳"是山岳，就是长得像一座山；"驰侠使气"，他像侠客一样慷慨豪迈，是位贵介公子。

陈子昂十几岁以前不大喜欢读书，他拿着个鬼弹弓到处瞎打，有一次打到私塾先生的家里去了。私塾先生对他说："小子，过来过来，你认不认识这个字？这个字认识不？下一个字认得吗？"私塾先生点的那几个字，陈子昂真的"一字不识"，先生当众把他羞辱了一顿。

陈子昂从此在家里闭门谢客，认真读书。他非常聪明，十几岁还不知道读书，到了二十多岁，他的文章就写得相当漂亮了。

他二十一岁进京赶考。这个家伙特别自信，把任何事情都看得"唾手可得"，他以为一考就会上，没有想到一考就掉。

第二次去考，照样名落孙山。

《太平广记》中有个关于他急于想出名的故事。

大家都知道，张爱玲说过，"出名要趁早"。在这一点上，陈子昂可谓无师自通，对于出名比任何人都要迫切。

古人出名是很难的，不像今天出名那么简单。一个姑娘唱了一首歌，跳跳舞就出名了。在古代出名没有今天这么容易，进士没有考上，人家又不认识他，他怎么出名呢？

没考上进士，他就在街上闲逛。反正家里很有钱，他出手一向都很大方。一天，他在街头看到一个卖胡琴的。人们都围过来看"稀奇"，古代交通不方便，信息传播同样困难，不像现在这样容易"见多识广"，大家都没有见过这种乐器。他上前问道："你这把琴怎么卖呀？"那个卖琴的人说："一百万，不还价。"他二话没说，百万就百万，马上就一手交钱一手交货。他那时真的"穷得只有钱了"，渴望的是美名，而不在乎金钱。

很多人十分好奇地说："小子，你会弹这把琴？"他说："会弹。"大家说："弹给我们听一听。"他说："不弹。明天什么什么时候，我在某某酒楼前面给大家演奏。来听我弹琴的人，免费供一顿饭。"

毕竟，有很多人喜欢吃免费的午餐。

那天，某某酒楼前面人山人海，他跑到酒楼前的一个台子上，先自我介绍说"蜀人陈子昂"，因他是梓州射洪人士。接着说，"弹琴都是小人物干的事情，我一个大男人干吗去学弹琴呢？大家看看我的诗写得多好"。他立即把自己的诗文传给在场的听众，陈子昂的大名很快传遍东都。

这个小子在京城一夜成名，大家可以看得到，陈子昂是个了不起的人物，非常之人才能干这种非常之事。

很快，他就引起了武则天的注意，并得到了武则天的赏识，让他当了朝官。因为他懂得兵法，又多的是"鬼点子"，后来当了武则天侄儿武攸宜的随军参谋。他在仕途上升得很快，但是跌得也很惨。我后面再详细地讲。

陈子昂足智多才，豪爽自信，他绝对不是一个循规蹈矩、胆怯怕事的书生。如果放在一种特定的历史条件下，陈子昂可能是杰出的政治家。王夫之在《读通鉴论》中说："陈子昂以诗名于唐，非但文士之选也，使得明君以尽其才，驾马周而颉颃姚崇，以为大臣可矣。"在王夫之看来，如果有幸遇上唐太宗那样的明君，他定能超过贞观时的宰相马周，能比肩开元时的宰相姚崇。他是宰相之器，不仅仅是个诗人。

3. 天才自居，豪杰自命

陈子昂自己也从来都是以天才自居，以豪杰英雄自命。我们看他的一首诗 ——《燕昭王》。

燕昭王是战国时期燕国第三十九任国君。燕昭王的父亲是燕王哙，那时的燕国是个小国，被邻近的齐国打得大败，燕王哙本人也被杀。燕昭王想报仇雪恨。但齐国是个庞然大物。他就问大臣郭隗："我想报仇雪恨，怎样才能了却这桩心愿？"郭隗说："大王，你想报仇雪恨，就要把燕国建成强国。"他说："我们燕国这么小，怎么强大得了呢？"郭隗说："没有问题，只要有天才来帮你治理国家，还愁燕国不能强大吗？"说到这儿，燕昭王就更急了，他说："哪个天才会到我们这个蕞尔小国来呢？"郭隗说："只要大王您尊重天才，天才就都会齐聚燕国。"燕昭王说："哪个知道我尊重天才呢？"郭隗这家伙鬼得很，他马上就觉得机会来了。他说："大王，您要尊重天才，就从尊重我做起吧。您连我这种庸才都尊重，那么对天才不就更尊重了吗？"燕昭王听了郭隗的话，就在燕国的宫廷前面搭了一个黄金台拜郭隗，以示尊重。

后来，神州大地的天才人物都朝燕国跑，人们说，连郭隗都能受到燕昭王尊重，那我们去了就更受尊重了。

陈子昂的《燕昭王》写于武则天神功元年（697年），前一年（万岁通天元年，696年），他跟武则天的侄儿武攸宜一起去远征少数民族契丹，在这期间他和武攸宜产生了很深的矛盾，从而被排挤、冷落，由随军参谋贬为书记，可以想象陈子昂内心的痛苦。顺便交代一下，当时的书记和今天的不同，并不是"一把手"，只相当于今天的秘书。我们来看看这首《燕昭王》。

> 南登碣石馆，遥望黄金台。
> 丘陵尽乔木，昭王安在哉？
> 霸图今已矣，驱马复归来。

"南登碣石馆，遥望黄金台。"他在人生低潮的时候，特别希望能遇上燕昭王这样的伯乐，特别羡慕当年的郭隗被尊重和重用。他"南登碣石馆"，就是为了"遥望黄金台"，但愿当年的燕昭王再世，来发现他，来欣赏他。

"丘陵尽乔木，昭王安在哉？"找不到燕国当年的旧都，更找不到当年的燕昭王，他在心里呼喊，燕昭王您在哪里？

"霸图今已矣"，今天我一肚子雄才大略，到哪里去实现呢？算了吧，算了吧！"驱马复归来"，驾，陈子昂，赶着马回去吧!

这首诗是典型的"吊古伤今",抒写自己怀才不遇的痛苦,渴望施展自己"霸图"的抱负。

顺便说一下,此诗中的"碣石馆"在哪里呢? 这至今还是一本糊涂账。有人说诗中的碣石馆,就是今天的碣石宫。碣石宫在辽宁省葫芦岛市,离山海关约十五公里。如果在辽宁葫芦岛市,那就不能说"南登碣石馆",而应当说"东登"或"北登"了。黄金台在今天河北易县,位于今天北京市南面。如果跑到山海关那边去,那不是离黄金台更远吗?《燕昭王》是《蓟丘览古赠卢居士藏用七首》之一,这组诗前的小序说:"丁酉岁,吾北征。出自蓟门,历观燕之旧都。"丁酉岁即神功元年(697年)。"燕之旧都"蓟在北京西南面,诗题中"蓟丘"的旧址在北京市德胜门外。由此可以看到,碣石馆在"燕之旧都",不是今天葫芦岛的碣石宫。这里我还必须分清"碣石馆"与"碣石",碣石在何处也有三说,有的说在河北昌黎,有的说在河北乐亭,有的说在山东无棣县。三处都在今天的渤海湾,它们都离"燕之旧都"很远,碣石馆在"燕之旧都",它不一定建在碣石。

言归正传,我们再看这首《郭隗》。郭隗是燕昭王的一个大臣,陈子昂对郭隗的才能十分不屑,而对他的运气又十分羡慕。

> 逢时独为贵，历代非无才。
>
> 隗君亦何幸，遂起黄金台。

"逢时独为贵"的意思是说，凭你郭隗这么个鬼才能，竟然还弄得这么显贵的地位。"历代非无才"，你郭隗这样的庸才，哪个朝代都是大把大把地抓，可是人家比你才高，却没有你的命好呵！

"隗君亦何幸"，郭隗啊，你真是走狗屎运啦，遇上了燕昭王这样的圣主，才有"遂起黄金台"的荣耀。

字面上是说郭隗只是一个庸才，背后是说自己才是天才。庸才偏偏显达，天才却遭排挤，我陈子昂怎么这样倒霉呢?

4. 悲剧与崇高

《登幽州台歌》不只是陈子昂的代表作，还是唐诗中的杰作，甚至也是古代诗歌中的杰作，中学语文课本上一直有选它。

> 前不见古人，后不见来者。
>
> 念天地之悠悠，独怆然而涕下。

《登幽州台歌》写作时间与上两首诗相同。当时，契丹的首领李尽忠、孙万荣攻陷了营州。这两位契丹的首领，他们本来投降了唐朝，中途又变卦。武则天一气之下，就派他的侄儿武攸宜前去征讨，陈子昂作为随军参谋。

我顺便说一下，我对武则天佩服得五体投地。湖北省国学院曾邀请我去演讲过一次，我说："武则天要是我们省里的领导，我今天被打死也要去考公务员。"我真的很喜欢她。

中国古代，有两个女性我佩服得五体投地，一个是武则天，另一个就是李清照。一千多年前那种男尊女卑的时代，武则天能把我们男人治得服服帖帖，你不服还真的不行。武则天让男人知道，女性有多狠，有多能。李清照的才气同样让你心服口服，男性能写得多好，女性不仅同样能写得多好，甚至她们会写得更好。

不过，武则天是位女中豪杰，而武攸宜却是个十足的蠢货。他刚愎自用，又轻率少谋。远征契丹刚一接战，前锋就全军覆没。

陈子昂是他的参谋，陈子昂就说这个仗不应这样打，他提的意见越好，武攸宜就越忌恨他。后来，陈子昂就由参谋贬为书记。那时的书记不过就是个小秘书，可不是我们今天的"一把手"。

以陈子昂那刚烈的个性，可能跳楼的心都有了，幸好他没有跳楼而是去登楼，否则就没有今天我讲的名篇了。

这首诗不是五言，也不是七言，是一首杂言古诗。它前两句是五言，后两句又是六言，更要命的是"念天地之悠悠"，一个"之"字，"独怆然而涕下"，一个"而"字，有两个虚字，读起来不像诗歌的音节。

"幽州台"在今天北京的南边。在那时的华北平原上，幽州台是最高的一座楼，当然那个时候楼能够高到哪里去呢？因为当时没有什么高楼，华北平原又一马平川，所以他登上去可以看得很远。

他一登上幽州台，不禁悲从中来："前不见古人，后不见来者。"

这两句好在哪个地方？我们每个人都是"前不见古人，后不见来者"。至少，我就没有看到过陈子昂。"后不见来者"，我后来还有哪些人我也不知道。现在要问的是，他这是要抒写什么情怀呢？

幽州台在燕国的大地上，"前不见古人"是说，在华北平原这片伟大的土地上，在我陈子昂之前，有多少明君贤相，一代又一代演出了无数悲壮的历史剧，千军万马，金戈铁马，气壮山河，是那么激动人心，那么宏伟壮丽，可惜我陈子昂生得太晚了，没有赶上。

"后不见来者"是说，在我死了以后，在燕国的大地上，又将有一代又一代的明君贤相，伟大的政治家、军事家，在这片土地上逞才献技，纵横驰骋，再创辉煌，可惜我陈子昂又生得太早，又等不及了。

不早不晚，我不幸生在这个倒霉的时候，长在这个倒霉的地方！

这两句表面上是写生不逢时，实际上是写人生的偶然性。他已经跳出了具体的历史悲欢，抒写整个人生的悲剧——人生的偶然性，人生的荒谬性。

人生是个很偶然的东西，人生的偶然性和荒谬性，现代作家如加缪就感觉很强烈，他说："人生是偶然的，而且是荒谬的。"为什么呢？我的父母还没有跟我商量，就把我生下来了，我能不要他们做我的父母吗？我们可以移民重新选择国家，可以离婚重新选择伴侣，但谁都无法重新选择父母，父母都是"天生"的，因而也是命定的。生在哪个家庭无法选择，生在哪个时代也不能做主，所以人们常调侃说，投胎是个技术活儿。

前两句，"前不见古人，后不见来者"，意思是从历史的长河中看，人生只是短暂的一瞬，而我陈子昂恰好是在那倒霉的一瞬。

"念天地之悠悠，独怆然而涕下。"这两句是从空间上写，他爬到了幽州台，我的天哪！浩渺的苍穹，无垠的大地，天地悠悠一眼望不到头，此时此刻，他觉得自己特别渺小，独自站在幽州台上活像一只蚂蚁。平时陈子昂极度自信，觉得自己是盖世的天才，是治国的能手，此刻在"天地之悠悠"之中，他才突然意识到，自己不过就是一只渺小的蚂蚁，看透了人生残酷的真相，不禁"怆然而涕下"，眼泪鼻涕一齐流。

我再总结一下这四句，前两句是说，在历史的长河中，人生是极其短暂的一瞬，而且是极其偶然的一瞬，有些人还是在倒霉的一瞬。在悠悠的天地中，人只是渺小的一点。人生短暂而又渺小，陈子昂写的是这种人生的悲剧，也是一种历史的宿命。

我刚才说，虽然他写的是人生的悲剧，但我们读起来感到很振奋。

这是为什么呢？

朋友们，悲剧的前提就是崇高，没有崇高就没有悲剧。他之所以能深刻地体验到人生的悲剧，就是因为他深深地感受到了人生的崇高。我这样讲可能还是不容易懂，我再来举个例子：

如果没有爱情的崇高感，就没有爱情的悲剧感。刚才说了，悲剧的前提就是崇高。你们听懂了没有？

看过《孔雀东南飞》的都知道，妻子刘兰芝死了，丈夫焦仲卿随之殉情。《罗密欧与朱丽叶》中这对宝贝，罗密欧死了，朱丽叶也跟着殉情；假如朱丽叶先死，罗密欧同样也会殉情。他们觉得爱情非常崇高，这一半既然死了，另外一半就失去了存在的依据，再活下去就成了行尸走肉。

我们今天已经没有爱情崇高感。我举个例子，二十世纪的上半叶，英国还在流行古老的谚语，"一离开了你，我就要死"。到了下半叶，又有一个新的说法，"这个世界上，没有谁离不开谁"。

你们说说看，要是没有谁离不开谁，还有什么爱情的悲剧呢？

当代诗人汪国真，他有首诗叫《如果》。他跟他女朋友谈恋爱，女朋友把他甩了，他本来很痛苦，可你们看看他怎么写的？他说："要走，你就潇洒地走。……失去了你，我也并非一无所有。"

我读了这首诗以后，感到很难过。他的女朋友走了，他说："要走，你就潇洒地走。……失去了你，我并非一无所有。"言下之意是，你走了我再谈一个。

再打个比方，我现在在上海讲学，还是以上海为例。上海的一对情侣，女孩子把男孩子甩了，说我们谈不来，拜拜。男孩子一下子想不开，纵身跳下了黄浦江。没有谁觉得这是个爱情悲剧，心理学家可能还会说，这个小伙子心理有疾病，至少是心里不阳光，天涯何处无芳草，这个不行再谈另一个，何必这么死脑筋呢？

为什么没有哪个觉得这是个爱情悲剧？因为我们今天再没有哪个人觉得爱情非常崇高，值得用命来偿还。

刚才说，陈子昂之所以体验到人生悲剧，是因为他体验到了人生的崇高感。

比方说，我从来没有感觉到自己人生的崇高感，我要是跑到武汉的黄鹤楼上，鹦鹉学舌地念"前不见古人，后不见来者。念天地之悠悠，独怆然而涕下"，那游黄鹤楼的人都要说，这个老头儿今天是不是喝高了？有人可能会赶快跑开，以为身边这个老头子肯定疯了。我并没有体验到人生的崇高感，装模作样地念出来就很滑稽，很搞笑。

这首诗，抒写的是一种颠倒过来的自负，是一种人生悲壮的崇高感。

在那个伟大的时代，他感觉自己承担着巨大的历史责任，但是他又不能完成这个历史责任，所以他感到了人生的悲剧。

从诗歌风格上看，这首诗也是风骨的典范。"念天地之悠悠，独怆然而涕下"！这才是遒劲的风骨，读来让人震撼，甚至震颤，宏伟、悲壮、刚健、强悍，它是诗中的爷们儿，是爷们儿笔下的诗篇！

这首诗在艺术上也值得称道：一、舍弃了一切激发感情的外在因素，直接抒发对人生的悲剧性体验，由于不是对某一具体事物的反映，反而更富于人生内涵和历史深度，诗情也具有广泛的适应性，能打动一代又一代的读者；二、诗人成功地运用了对比的手法以突出抒情效果，人和其他客观存在物一样，存在于具体时间与空间之中，诗人将自己从时间和空间中剥离出来，让永恒的时间与转瞬即逝的人生对比，让悠悠天地与有限的个体对比，突出和加强了个体生命在时间上的短暂，在空间中的渺小，使人生的悲剧感受具有更为震撼人心的艺术效果。

　　当然，陈子昂的诗歌还留下许多遗憾：多的是凛然风骨，但少了一点风韵。它们都有点像我，全身都是骨头，没有什么肌肉，看上去有峰棱而欠丰满。

第 4 讲

走向盛唐

1. "吾祖诗冠古"

杜审言[1]是杜甫的祖父，杜甫对这位祖父是非常自豪的，说"吾祖诗冠古"，我的祖父，那可是诗国的牛人，他的诗歌是前无古人。当然，孙子说自己的爷爷了不起，这是可以理解的。

杜审言的祖籍是湖北襄阳，他本人是河南巩县人，就是今天的河南省巩义市，在洛阳和郑州之间的一个小城。

杜审言出身名门，他的远祖杜预[2]是晋朝的开国元勋，也是著名的经学家，他的名著《春秋左氏经传集解》，被清人收入《十三经注疏》。杜审言是位著名诗人，也是个有名的狂人。

杜审言狂到了什么程度，他说"吾文章当得屈宋作衙官"，就是我写的诗，屈原、宋玉只能给我做一个小跟班。"吾笔当得王羲之北面"，我的书法我写的字，王羲之要向我俯首称臣。

---

1 杜审言（约 645—约 708 年），字必简，河南巩县人，唐代"近体诗"的奠基人之一。
2 杜预（222—285 年），字元凯，京兆郡杜陵县（今陕西西安）人，魏晋时期著名政治家、军事家和学者。

我不知道他自我感觉怎么好到这个程度，他一直到死自我感觉都很好。

有一次，苏味道作为吏部侍郎主持铨选，也就是官吏选拔考试，正巧那次是考判文，未来的官吏要会写判决书。唐朝的公文都用四六骈文来写，句式必须骈四俪六，语言必须华丽典雅。这正是杜审言的拿手好戏，交卷一离开考场，他就扬扬得意地说，考官苏味道这次死定了。人家说苏味道是在考你，即使考场要死人，再怎么说也会是你死，怎么他会死定了呢？他说，姓苏的一看到我的考卷，他要不羞死才怪了。

杜审言临死之前，他的好朋友宋之问等来看他，他对宋之问说：之问，你今天来看我，我很感谢。我死了对你也好，我这辈子一直把你压得抬不起头来，我死了就没有人压你了。我现在唯一遗憾的是，我死了以后，哪个做我的接班人呢？

一个人能自信到这等程度，我觉得他肯定很幸福。在这点上，杜审言与德国哲学家叔本华有得一比，叔本华年轻时的代表作《作为意志和表象的世界》，出版后十几二十年悄无声息，有一天，他在书店拿起自己这本满是灰尘、无人问津的著作，信心满满地自言自语道：不是我叔本华配不上这个时代，是这个时代配不上叔本华。

杜审言自信到那种程度让人不可思议，后来他的孙子杜甫同样也自信到爆棚，读一下他的"会当凌绝顶，一览众山小"，不难感受到他目空一切的气概，祖孙在这一点上是相通的。

话说回来，杜审言的确有自负的资本。

虽然是初唐的诗人，但他的诗歌境界开阔，逐渐展现了盛唐的一些气象。我们看看他的两首五言名诗，第一首《和晋陵陆丞早春游望》。

> 独有宦游人，偏惊物候新。
> 云霞出海曙，梅柳渡江春。
> 淑气催黄鸟，晴光转绿蘋。
> 忽闻歌古调，归思欲沾巾。

"晋陵"就是今天的常州。"丞"就是县令的副手。刚开始在江南当小官的时候，杜审言的情绪很不好，他当官的地方是常州的隔壁县，所以他跟陆丞的关系比较好。姓陆的这位老兄其人不详，他写了一首诗叫《早春游望》。杜审言这首诗就是和陆丞的《早春游望》，是一首和诗。

从诗题《早春游望》看，是写初春时节春游眺望的所闻所见。由于杜审言是河南人，他任职的江南这一带，春天来得早一些，所以他对气候的变化特别敏感。

他一起笔就出手不凡："独有宦游人，偏惊物候新。"他对气候的变化、春天的到来感受强烈。当时的常州离海比较近。为什么是"独有"呢？因为江南本地人司空见惯，觉得这个时候本来就应该春意满眼，只有来自北方的外地人"偏惊"：春天来得这么早呀！起句"独有""偏惊"峭拔有力。

"物候"怎么个"新"法呢？"云霞出海曙，梅柳渡江春"，这两句他写得很大气，"云霞""海曙""江春"，以阔大的意象展现了开阔的境界。连鸟儿也来凑热闹——"淑气催黄鸟"，连春光也不甘寂寞——"晴光转绿蘋"。春天来了，"园柳变鸣禽"（出自谢灵运的《登池上楼》），鸟儿开始叽叽喳喳地叫个不停，春天和煦的阳光照在青翠的绿蘋上，到处花红柳绿，春意盎然。

"忽闻歌古调"，"古调"就是赞美陆丞的《早春游望》这首诗。"归思欲沾巾"，陆丞能"早春游望"，春天来了，自己却不能回到故乡，所以他说"归思欲沾巾"。

这首诗由于仕途蹭蹬，也由于想家，尽管诗的情调有点压抑，但全诗境界阔大而又意脉连贯，对偶工整而不失其自然。大家从"云霞出海曙，梅柳渡江春"中，难道没有听到盛唐越来越近的脚步声吗？

我们再看看另一首诗《登襄阳城》。

这首诗作于他得罪了武后以后，被贬到一个非常远的地方——峰州，算是今天的越南。从长安到峰州，要路过他的老家襄阳城。这首诗也让我们看到了盛唐气象的"云霞"。

旅客三秋至，层城四望开。
楚山横地出，汉水接天回。

冠盖非新里，章华即旧台。

习池风景异，归路满尘埃。

"旅客三秋至，层城四望开。"一上来视野就辽远敞亮，"三秋"就是深秋，秋天的最后一个月。大家注意，他一开始就写登襄阳城，古代的城市有围墙，"层城"就是围城。

中间两联就是"望开"的所见，他"望"到了什么东西呢？"楚山横地出，汉水接天回。""横地出"奇崛有力，"接天回"更气象阔大，无愧初唐名句。"楚山"是一座山。就是突然地冲出来一座孤零零的山。这两句写得很漂亮，很有气势。

我之所以说他走向盛唐，是因为大家看得到，盛唐气象不会一下子从花果山里蹦出来，而是一代代诗人孕育出来的。

"冠盖"和"章华"都是襄阳城的两个地方。"冠盖非新里"，原来就有冠盖这个地方。"章华即旧台"的意思是说，冠盖和章华有古老的历史，不是新的建筑物。

"习池风景异"，"习池"是个风景点，他说现在变得更加漂亮。"归路满尘埃"，很多人到习池去玩，因为古代没有柏油路，也没有水泥路，所以一路都是灰尘。

这两首诗的共同特点是境界开始从小巧走向开阔，语言开始从浓艳转为清新。当然，在走向盛唐的过程中，杜审言只是一个小的节点。对五七言律，在艺术上做的贡献最多，当然还是沈佺期、宋之问，就是我常常说的"沈宋"。

2. 诗国的春天来了

说完了初唐后期的杜审言，再来聊聊盛唐初期的王湾。

王湾[1]的《次北固山下》，不仅让他扬名当世，也让他留名万代。王湾让《次北固山下》成为不朽的名作，《次北固山下》让王湾成为不朽的诗人。所有唐诗选本都选它，所有读者都爱它。

客路青山外，行舟绿水前。
潮平两岸阔，风正一帆悬。
海日生残夜，江春入旧年。
乡书何处达？归雁洛阳边。

"北固山"在今天的江苏镇江，那时是靠海的。王湾是由初唐过渡到盛唐的诗人，但他的诗完全是一派盛唐的气象。

他一起笔就写得特别漂亮："客路青山外，行舟绿水前。"无论是走水路还是走陆路，映入眼帘的不是青山便是绿水，处处的美景让人应接不暇。走陆路满眼是"青山"，行水路环绕的是"绿水"。大家注意，我们仿佛听到了"盛唐之音"——既

1　王湾，生卒年不详，号为德，盛唐诗人，洛阳（今河南洛阳）人。大约玄宗先天初年（712 年）进士及第，先授荥阳县主簿，后由荥阳主簿受荐编书，又因功受任洛阳尉。现存诗 10 首，其中《次北固山下》最为有名。

格调明朗，又情调欢快，境界也很阔大。

"潮平两岸阔，风正一帆悬"，这是千古名句。"潮平"是说春天来了，长江两岸的江水涨得很高。"两岸阔"是说长江的下游显得更加开阔，越到长江上游，江面就越窄，江水就越急；到了长江中下游，一过三峡便是"江入大荒流"，越往下江面就越宽，江水自然流得越慢，再加上春天涨潮，那就更是"两岸阔"了。

"风正一帆悬"，"风正"指恰好是顺风，正由于"潮平"和"风正"，才会有"一帆悬"的美景，"一帆悬"就是一片孤帆挂得很高。"两岸阔""一帆悬"，对偶工整倒在其次，更重要的是它通过江水的宽阔，江流的平缓，船帆的舒展，写自己行舟江上的从容舒坦。它不仅像王夫之说的那样，"以小景传大景之神"，而且以风景曲传自己的心境。

"海日生残夜，江春入旧年"，殷璠在《河岳英灵集》中说："诗人以来少有此句。张燕公手题政事堂，每示能文，令为楷式。"张燕公就是当时宰相张说，张说自己也是著名诗人。他亲手将这两句写成对联，挂在宰相"政事堂"中，作为当时诗人的楷模，可见他对这两句是如何倾倒。

"海日生残夜"，是说虽然"残夜"未尽，江水入海口已是红日初吐——"海日"从"残夜"中钻出来了；下句"江春入旧年"的意思是，虽然时令还是"旧年"，但人们已能感觉到融融春意——春天从冬天里蹦出来了。

"海日生残夜，江春入旧年"，境界开阔壮美，格调更是欢快明朗，这就是"盛唐气象"。

我们好像听到诗人在喊：大唐的春天来了！

同时，这首诗也在向世人宣告：诗国的春天来了！

这首诗写于唐玄宗的开元初年，这个时候唐玄宗励精图治，国家欣欣向荣。这首诗就是写唐玄宗登基以后，朝野处处都万象更新，物候民风都耳目一新。诗人王湾明显地感觉到国家的春天来了。

一直以来，大家不断地传颂雪莱《西风颂》中的那两句："冬天来了，春天还会远吗？"我告诉大家，我特地多次诵读这首诗的英语原文，"If winter comes, can spring be far behind"，再看看我们王湾的"海日生残夜，江春入旧年"，把王湾和雪莱这两句放在一块，就是一个瞎子也能"看出"哪个写得更好。

尾联"乡书何处达？归雁洛阳边"，春天来了，大雁要北归，诗人想让大雁捎去一封家书，向亲人传递自己在江南看到的美景，告诉亲人自己在江南的好心情。

氛围是春意盎然，心情喜悦欢快，意境壮丽开阔，这就是人们常说的"盛唐之音"。

3. 更上层楼

谈到"盛唐气象",当然忘不了王之涣[1]的《登鹳雀楼》。

鹳雀楼在今天山西的永济市,耸立于黄河的岸边,有点像武汉的黄鹤楼,黄鹤楼是在长江的岸边。

鹳雀楼是天下名楼,后来被毁,现在的楼是重建的,大家可以去鹳雀楼看一看,建造得非常雄伟。

关于这首诗的作者,有一点争议,有人说是一个叫朱斌的人写的,但现在一般都认为是王之涣的作品。

这首诗只有二十个字,却把盛唐气象表现得淋漓尽致。这是一首登楼远眺的五言绝句。诗人略去了登楼的动因、登楼的经过,一起笔便直接写登楼之所见。

白日依山尽,黄河入海流。

欲穷千里目,更上一层楼。

我们看他登上鹳雀楼看到了什么。

一天傍晚,他登上鹳雀楼,朝西边看,"白日依山尽",太阳慢慢地落山了,苍茫辽阔;朝东边看,"黄河入海流",奔涌浩渺,他从山西一直看到了黄河的入海口。当时黄河入海口是

---

1 王之涣(688—742年),字季凌,并州晋阳(今山西省太原市)人,后迁绛县(今属山西),其诗善写边塞风光,意境雄浑,多为当时乐工制曲歌唱,名动一时。

在山东，中间要跨过山西、河南、山东，我的个天！几千公里，他从山西的永济市，一直看到了黄河的入海口。

现在登上鹳雀楼，能望清永济市概貌就算万福了，旁边的三门峡市也望不到，当然，那个时候没有雾霾，估计当时的确看得远一些，即使这样，王之涣肯定是夸张了。

目极几千里，十个字把大半个唐朝尽收眼底，境界之大让人惊叹。朋友，你们见过这样苍莽辽阔的景象吗？

对这么阔大的景象，他还不过瘾，"欲穷千里目"，他想看得更远，于是就"更上一层楼"。我的个天！

前两句呈现已见的实景，后两句写想见的虚景，把人的想象引向远方：在下一层楼就看到了"黄河入海流"，"更上一层楼"以后呢？那岂不是能看到黄河流上天了？妈呀！

开阔的眼界，博大的胸怀，无穷无尽的追求，永远也不满足，这就是"盛唐气象"。

同样是傍晚，同样是夕阳，晚唐诗人看到的是"夕阳无限好，只是近黄昏"。旭日东升的盛唐，与夕阳残照的晚唐，不同的胸襟，不同的眼界，不同的诗境，从这些小诗中也能感受到。

成人就不用说了，小孩子更应该认真背这些诗，而且要诵读出来。你读宋词就知道，"无可奈何花落去，似曾相识燕归来"（晏殊《浣溪沙·一曲新词酒一杯》），那完全是另外一种风貌。

这首诗二十个字，两联全用对偶。"白日"对"黄河"，"依山尽"对"入海流"，对偶简直是天造地设，名词对名词，动词对动词。"欲穷"对"更上"，"千里目"对"一层楼"，下联是流水对，其实这十字是一个复句，"由于想……所以上……"字面上对得这么工整，读起来又这么流畅，一点也感觉不到在对偶。

境界那么阔大，那叫气概；对偶精工而又自然，这叫本事。

4. 看这派头！

我们讲着讲着，就从走向盛唐，转眼来到了盛唐。看看孟浩然[1]的《望洞庭湖赠张丞相》。

"张丞相"到底是谁？在那个时代先后有两个张丞相，一个是张说，一个是张九龄。这首诗的写作年代其实难以确考，如果写于开元中期，"张丞相"就是张说；如果写于开元后期，那就应该是张九龄。

这是一首干谒诗，就是求官的诗。这首诗写得不卑不亢，他以"望洞庭湖"引出自己求官，但一点都没有露出求官的那种寒乞相。

1　孟浩然（689—740年），襄阳（今属湖北）人，诗与王维齐名，并称"王孟"。其诗清淡幽远，长于写景抒怀，多反映游历及隐逸生活。有《孟浩然集》传世。

诗中那种开阔的境界，那种宏伟的气象，和诗人积极进取的情怀，相互映衬，高度和谐。

这是一首非常漂亮的五言律诗，也是孟浩然诗中的大手笔。

向别人求官，肯定不是个味道。我虽然没有向别人求过官，但我年轻的时候向别人借过钱。

到朋友家去借钱，我总觉得开不了口。准备向他借钱的，本是我一个很好的哥们儿，因为我们两个人都各自结婚成家了，跟过去不大一样。我去借钱，坐了半天也没吭声。我那兄弟说："建业，你今天好像有什么心事吧？"我说："也没什么事。"又坐了一会儿，他又说："建业，你今天好像有点什么事吧？""没什么事。"到临走我还闷着一声不吭，兄弟说："你小子今天好像心事重重，到底是什么原因？"我见再憋下去不行了，便哆哆嗦嗦地说："也没有什么事，就是现在手头有点紧。"他说："你这个浑蛋，有点紧，你怎么不早说呢？"

借钱不是个好味道，那么求官我估计更没有好味道。我们看看孟浩然是怎么样写的。

八月湖水平，涵虚混太清。
气蒸云梦泽，波撼岳阳城。
欲济无舟楫，端居耻圣明。
坐观垂钓者，徒有羡鱼情。

首联"八月湖水平，涵虚混太清"，写涨水后洞庭湖的辽阔浩瀚。

"八月湖水平"，"湖水平"就是我前面说的"潮平两岸阔"，是说水涨得很厉害，整个八百里洞庭的水很满，快要与湖岸齐平了。

"涵虚混太清"中的"虚"指天空，"涵虚"就是洞庭湖非常大，天空全部倒映在洞庭湖中了。"太清"也是天空，"混太清"就是说远处水面和天空连接到了一起。

颔联"气蒸云梦泽，波撼岳阳城"，写洞庭湖的水势与气势，茫茫云梦泽水汽蒸腾，使得洞庭湖云遮雾绕，涛声喧天，让岳阳城为之动摇。

"云梦泽"是湖北南部和湖南北部沼泽的总称，在古时分为云泽和梦泽，江北为云，江南为梦，洞庭湖原本属于云梦泽的一部分，二泽范围原来很广，后世逐渐淤积为陆地，仅限于湖北省江汉平原一带，至今湖北省还有云梦县。岳阳城，即今湖南岳阳市，宋代范致明《岳阳风土记》载："孟浩然洞庭诗有'波撼岳阳城'，盖城据湖东北，湖面百里，常多西南风，夏秋水涨，涛声喧如万鼓，昼夜不息，漱啮城岸，岁常倾颓。"

这四句的前两句写洞庭湖之辽阔，后两句写洞庭湖之气势，以浩渺辽阔之景，写自己积极进取之心，外面的湖水奔腾喧闹，内心世界也骚动不宁。

那么，洞庭湖又大，波涛又汹涌，怎么过洞庭呢？自然就引出了颈联，"欲济无舟楫"，"济"此处指渡过洞庭湖，"楫"就是短桨。他说，丞相，我想过洞庭湖，但我既没有船又没有桨，怎么过得去呢？"端居耻圣明"中的"端居"，是闲居或隐居的意思。"圣明"指生在一个光明伟大的时代。

五六句是说，我希望出来为国效力，可惜没有人引荐，正如我想渡过洞庭湖，却没有船和桨一样。不出来做官吧，在这个伟大的时代，一个人隐居独处游手好闲，我实在感到可耻；出来为国家效力吧，又苦于没有出仕的门径。大家注意，盛唐的那些隐士其实大部分都是假隐士，不是把隐居作为出仕的"终南捷径"，就是无可奈何把隐居作为暂时栖身的"衡门"，一有机会就会夺门而出。

由第六句又带出了尾联："坐观垂钓者，徒有羡鱼情。"这两句进一步写他无法"端居"的心理。看到别人钓起一条一条的大鱼，而自己只有羡慕别人的份儿，越看心里越酸，越看自己越烦。

最后总结一下：诗人借观湖抒发渴望见用于世的心情。前四句写景，首联写湖水涨潮后的开阔无垠和汪洋浩瀚；颔联写云梦泽的水汽蒸腾和洞庭湖波澜摇荡的声势，于雄阔的景象中透露出诗人生气勃勃的精神风貌。后四句抒情，由湖水的浩渺生发出"欲济无舟楫"的感叹，下面表明自己干谒的心迹。尾联进一步发出援引的吁请。它虽是一首干谒诗，但不露一丝寒乞相，委婉含蓄，不卑不亢。诗人积极进取的人生态度，与洞庭湖波涛澎湃的气势，既相互映衬，又情景交融。

这首诗，就自然景物的刻画来说，是以大手笔写大场面；就他的人生态度来讲，又显得积极、昂扬、乐观。这就是所谓的盛唐之音。

朋友们，对于诗中的"盛唐气象"，你有一点感觉了吗？

第5讲

韵致高雅

1. "风流天下闻"

孟浩然和王维并称"王孟",是盛唐山水田园诗的代表诗人。孟浩然比盛唐其他诗人年长,是从初唐到盛唐的一位关键人物,所以,无论是李白,还是王维,抑或王昌龄,盛唐诗坛上第一流的诗人,无一不十分敬重他,更年轻的杜甫同样对他赞不绝口。

人们常说李白眼高于顶,一生看不上几个人,偏偏对孟浩然另眼相看,他有一首名为《赠孟浩然》的诗。

> 吾爱孟夫子,风流天下闻。
> 红颜弃轩冕,白首卧松云。
> 醉月频中圣,迷花不事君。
> 高山安可仰,徒此揖清芬。

在讲孟浩然之前,我先简单地解释一下山水田园诗派。顺便说一下,盛唐有山水田园诗,这个学术界没有争论,到底是否有一个山水田园诗派，至今仍旧仁者见仁，智者见智，学者们说不到一块去。这儿我按约定俗成的说法，还是说"山水田园诗派"。

盛唐的两个诗派，一个是边塞诗派，另一个是山水田园诗派。如果说边塞诗派表现了盛唐诗人积极进取的人生态度，豪迈雄强的精神风貌；那么山水田园诗派就表现了盛唐宁静、和谐、富裕、繁荣的一面，表现了当时士大夫的生活情趣，以及审美趣味的另一个侧面。

其实，孟浩然的山水田园诗不多，他的诗歌既学陶渊明，也学谢灵运，除了少数作品风格壮美外，绝大多数诗歌都表现自己散淡的生活情调，优雅的审美情趣，还有那恬静淳朴的生活韵味，俨然就是超然世外的田园诗人形象，闻一多先生甚至夸张地说，文学史上只有孟浩然是"为了隐居而隐居"。

孟浩然是湖北襄阳人，他的家境相当殷实，家中富有产业，自己饱读诗书。四十岁那年，他已经是名扬天下的诗人了，同行对他的评价很高，他的自我感觉更好，于是就赴京去考进士。当时，很多人都认为他能一举登科，他自己也是志在必得。

古往今来，人们多少都有点世故，原以为孟浩然考进士唾手可得，大家都争着和孟浩然交朋友，京城的交际圈中，人们一开口就说"我的朋友孟浩然"，在这种迎来送往中，孟浩然享尽了风光。考试前，有一次诗人之间的聚会，那时诗人聚会时联句是"规定动作"。这次联句让孟浩然大出风头，他有两句联得最为漂亮，"微云淡河汉，疏雨滴梧桐"，刚一出口，举座皆惊，众贤敛衽。

这两句代表了孟浩然的语言特点：清淡。

你看，云不仅是"微云"，还"淡""河汉"；雨不仅是"疏雨"，还"滴""梧桐"。"淡"是写视觉，"滴"是写听觉。孟浩然的诗歌很少使用大红大绿的字眼，也很少用激越火爆的动词。云就说"微"，看上去自然很"淡"，在天上似有若无。雨又是"疏"，落在梧桐上只是"滴"，可见雨点稀疏轻悠。对偶这么工巧，色彩这么淡雅，难怪一夜传遍了京城。

《唐摭言》卷十一载，开元十六年（728年），孟浩然进士落榜后，到王维那儿去发牢骚，当时王维正"待诏金銮殿"。正在吐槽的时候，不巧唐玄宗来了，宦官喊圣上驾到，孟浩然立马躲到桌下，大概是吓得颤抖，皇上问王维下面是什么声音。王维哪敢隐瞒，说诗人孟浩然在此，怕有污圣听，触怒龙颜，在桌下回避。唐玄宗本来也是个诗人，而且风流倜傥，他说"朕素闻其人"，正想见一面，孟浩然只好出来相见。唐玄宗说："孟浩然，你诗写得这么好，这次带了诗没有？"孟浩然说："圣上，我这次没有带诗来。"唐玄宗说："那可不可以口占一首呢？"孟浩然脱口而出，就吟了一首《岁暮归南山》。

北阙休上书，南山归敝庐。

不才明主弃，多病故人疏。

白发催年老，青阳逼岁除。

永怀愁不寐，松月夜窗虚。

这首脱口而出的诗，其中"不才明主弃，多病故人疏"两句，没想到无意开罪于唐玄宗。这两句是什么意思呢？考进士名落孙山，因为无才，所以英明的皇上把我抛弃了。因我"多病"，我的朋友统统都与我疏远了。"多病"在这里是隐喻，指自己考进士落榜，"故人"就是老朋友，他们见我没考中进士，一夜之间都成了路人。

唐玄宗听后，很不高兴地说："你又没有来找我，怎么说我把你抛弃了呢？明明是你自己不上进，干吗赖到我身上来呢？"据说，因为皇上不高兴，孟浩然终生不仕。

当然这是小说家言，是不是真的有这回事，现在不得而知。总之，孟浩然一辈子没有当官，这是事实。从上面那首《望洞庭湖赠张丞相》可知，他主观上想出来做官，只是苦于"欲济无舟楫"。

2. 佛系

孟浩然的诗歌语言清淡，他的情调也散淡。我们先讲一下散淡的特点。

一个人办事情不那么严谨，而且比较拖沓，我们过去就说这个人很散淡，现在的年轻人可能就说他很"佛系"。孟浩然也许真有一点佛系，当然他的散淡与他的佛系态度有关，也可能与他无官一身轻的处境有关，日子过得十分清闲，心情又非常悠闲，看上去当然就比较闲散。

　　孟浩然写于中晚年的那首《春晓》，被选入了小学生语文课本，咿呀学语的小孩都会背。

　　　　春眠不觉晓，处处闻啼鸟。
　　　　夜来风雨声，花落知多少？

　　大家注意，这首诗是押的仄声韵，"晓""鸟""少"都是仄声。在五言绝句中，是可以押仄声韵的，古人有时把这种绝句称为"古绝"。五绝中押仄声韵的诗不少，如柳宗元那首著名的《江雪》。

　　这首诗表现了孟浩然对春天的热爱，是现在学界中比较主流的说法。在这一讲，我们通过文本细读，看它到底表现了什么情怀。

　　"春眠不觉晓"，外面的太阳爬得老高老高，孟浩然还在梦中逍遥，根本不知道天已经大亮。用我们今天的话来讲，就是一觉睡到自然醒，对于今天的年轻人，甚至包括我这一代人来讲，这简直是天大的享受。我还没退休的时候，如果八点钟准时上课，连续搞几个"春眠不觉晓"，我肯定就会被校领导炒鱿鱼。

"春眠不觉晓"五字，渲染出一种闲散甚至懒散的生活情调，说实话，我现在对这种生活很向往。

"处处闻啼鸟"，大家注意，第一句是说他没有醒，这句是说他醒了。他是怎样醒的呢？他不是被老板喊醒的，也不是被噪声吵醒的，是屋外的鸟儿把他啼醒的，这句不仅交代了他醒的原因，而且间接地告诉我们他醒后的心情。

被鸟啼醒以后，他还是睡眼惺忪，慢慢地伸了个懒腰。春天的鸟儿正叽叽喳喳地叫个不停，鸟鸣声是那么清脆欢快。我估计大都市的朋友很少听到这种声音。眼睛一睁开，"处处闻啼鸟"，欢乐的啼声打破了清晨的宁静，真的是又美又静又闲。

我们中有谁享受过这样的美好时光？

大家注意，第一句"春眠不觉晓"，是写没有醒；第二句"处处闻啼鸟"，是写醒了，而且告诉我们醒后的所闻，也暗中交代了他醒后的心情。

第三四句越写越好："夜来风雨声，花落知多少？""花落知多少"是个反问句，孟浩然知不知道"花落知多少"？他根本就没有起床，怎么可能知道花落了多少呢？要是知道，还用得着明知故问吗？

顺便说一下，今天很多记者往往误用了这句诗，反问句"知多少"就是不知道多少。可我们的报纸经常有这样的标题：

今年的钢产量知多少？今年的小麦产量知多少？原以为记者不知道多少，最后告诉我们说今年钢产量是多少多少，今年小麦产量是多少多少，其实这是个相沿成习的误用。

"夜来风雨声，花落知多少"，写醒后的所思所想。刚刚把眼睛睁开，还迷迷糊糊睡眼惺忪，他马上就关心什么东西呢？一个大男人早晨一睁开眼睛，他什么都不关心，却关心花掉了几朵，你说他是不是清闲得叫人嫉妒？你说这个男人是可爱还是可笑？

我所住的华中师范大学在桂子山上，春天来临，既有鸟语，也有花香。实话实说，我从来都没有关心过花被吹掉了几朵，也从来没有听过"处处闻啼鸟"。早晨醒来我都烦死了。结婚之前，每次洗袜子的时候，我便对自己说，戴建业你忍耐一下，结了婚就好了。我没想到结了婚更惨，我不仅要洗自己的袜子，还要洗太太的衣服，还要洗孩子的尿片子。我的个天！有时候，我真的是烦得想跳楼。孩子大一点以后，要送孩子上学，自己要写论文，还要挣钱养家糊口。

总之，无论是青年，还是壮年，甚至到老年，一直都很紧张，现在比我年轻时更紧张了。扪心自问，我这辈子眼睛一睁开，从来都没有关心过花吹掉了几朵，你们说说看，花落了几朵，关我什么鬼事？

那么，这句写得好在哪个地方呢？你看看，一个大男人，早晨一起来什么都不关心，只关心外面的花被吹掉了几朵，这是真正的散淡，无官一身轻，无事一身轻。

这首诗，诗人用一种平淡的语言来表现他散淡的生活态度，表现一种远离世事的自得其乐，表现他心境的闲适自足和恬淡安逸。

诗的语言和诗人的心境，达到了高度和谐，难怪它一千多年后还家喻户晓，而且老少咸宜。

我认为这种心境，这种情趣，今天的小孩子是不太容易懂得的。当然我们可以说他热爱自然，但我认为这样讲太表面化了。

这首诗很典型地表现了封建士大夫的闲情逸致。

为了加深理解，我们不妨把孟浩然的这首诗，和李清照的《如梦令·昨夜雨疏风骤》这首词做一比较。

《如梦令·昨夜雨疏风骤》是李清照年轻时候的手笔。

昨夜雨疏风骤，浓睡不消残酒。试问卷帘人，却道海棠依旧。知否，知否？应是绿肥红瘦。

"昨夜雨疏风骤"，"雨疏"就是雨下得很稀，"风骤"就是风刮得很急。"浓睡不消残酒"，是说头天晚上她喝了很多酒，倒床后一直睡得很沉，一整晚都没有醒。

大家注意，这里面有很多跳跃。诗词中的"跳跃"，要是写得特别好，一是能增加诗歌的容量，增加语言的密度，尽可能以最少的字句，包蕴最丰富的内涵；二是能给读者留下巨大的想象空间。

她说"浓睡不消残酒"，直到第二天她才醒，一醒来她急切地关心什么呢？

"试问卷帘人"，"卷帘人"就是专门侍候李清照的丫鬟。那个丫鬟把门帘一卷起来，她马上就"试问卷帘人"，问的是什么呢？词人问的内容蒙后省略了。

她跟丫鬟说，昨天刮了一晚风，下了一夜雨，花园的海棠花情况怎么样啊？

那个丫鬟早晨起来要伺候小姐，要拖地，要清洗，要烧水，要叠被……忙得要命。再说，即使没有这么多杂务，她对海棠也没有什么兴趣，可李小姐问海棠情况怎么样，身为丫鬟又不能不回答，回答吧又不了解情况，这时那丫鬟就想糊弄过去。你们听听丫鬟怎么说："海棠依旧。"这四个字的意思是，"海棠花还像昨天一样呗"。

一听她的回话，李小姐立马就火了，她前面用了两个字"却道"，意思是："她竟然说'海棠依旧'，哼！"

一发火，你们看看她的语气多急，"知否，知否"，你知道吗？你知道吗？不是"海棠依旧"，"应是绿肥红瘦"！因昨晚"风骤"，很多红花被吹落了，就有了"红瘦"。又因昨晚"雨疏"，叶经雨变得更绿，这就有了"绿肥"。

因为我只有一个弟弟，没有姐姐，也没有妹妹，所以结婚之前，我老想象女孩子是多么温柔，多么贤惠。结了婚以后，我才领教了，女孩子一急起来，比我们男人还要急。你朗诵一下这首词就知道，"知否，知否？"像在和人们吵架，"应是绿肥红瘦"，更是斩钉截铁不容置疑。

这首词通过对花事的关心，表现了一个书香门第的大家闺秀，对自然和生活的热爱。孟浩然《春晓》所抒写的，是那种士大夫的闲情逸致。这是两种完全不同的情调。他们虽然题材上都写对花事的关心，但二者的心境、情调、韵味却大异其趣。

3. 空灵

我们再讲孟浩然高雅的一个方面，尤其是他高雅的韵致，超然脱俗。我们看他的一首诗——《晚泊浔阳望庐山》，这首诗非常有名，是神韵派所推崇的代表作。大家知道，清朝的神韵派追求空灵淡远。

我们看看这首诗。

挂席几千里，名山都未逢。

泊舟浔阳郭，始见香炉峰。

尝读远公传，永怀尘外踪。

东林精舍近，日暮但闻钟。

唐开元二十一年（733年），孟浩然漫游吴越（也就是今天的江浙）之后，从绍兴返襄阳，途经浔阳（今江西九江）时，晚泊江边眺望庐山，发思古幽情而作此诗。

他一起笔就写得好，"挂席几千里"，"挂席"就是扬帆走水路。首联"挂席几千里，名山都未逢"，使用修辞中的反衬手法，称自己坐船到江浙去玩了那么长时间，完全没有看见一座名山。吴越的山川如此秀美，好山好水多得让人应接不暇，他竟然说"名山都未逢"，显然这是欲扬先抑，为的是凸显庐山才算真正的"名山"。

颔联"泊舟浔阳郭，始见香炉峰"，古代的"郭"指外城，古人为了安全，在城的外围筑一道城墙，里面的城才叫城，外边这道墙叫郭。傍晚泊舟浔阳城外，这时才看到了一座真正的名山——美丽的香炉峰。

前四句有两点值得注意：一、从"名山都未逢"到"始见香炉峰"，前四句形式上分为两联，但又像散文一样意脉连贯，诗人挥毫一气贯注，读者也应该一气连读。这四句的另一妙处是，用平静的语调，用平淡的语言，写自己看到"名山"后意外的惊喜，没有故作惊讶，没有大呼小叫，这叫力透纸背，你们听懂了没有？

二、颔联的对偶在似对非对之间，初看似乎对偶了，如"浔阳郭"对"香炉峰"，细看又未全对偶，如"泊舟"与"始见"就没有对。这是初盛之交诗坛上的常见现象，当时的格律不像后来"诗律伤严近寡恩"。孟浩然这种律诗反而没有匠气，更加浑朴自然。

"尝读远公传，永怀尘外踪。"梁代释慧皎的《高僧传》，有东晋高僧慧远法师的传记。慧远当年在庐山，所以诗人就想到了他。"永怀尘外踪"，是说一直向往那种飘逸、高雅、脱俗的精神境界。"尝读""永怀"，可见景仰和追慕慧远，并非一朝一夕。

你们看，"始见香炉峰"以后，如果是其他诗人，通常会接着写香炉峰是如何美丽，可是孟浩然出其不意，笔锋一转去写"尝读远公传"，香炉峰只是点到为止，庐山到底美在哪个地方，全部成了诗中的"留白"——都留给读者自己去想象。

尾联"东林精舍近，日暮但闻钟"，"精舍"即僧人的居所，"东林精舍"就是东林寺，在庐山峪岭以北。虽然没有了慧远，但是钟声不断地飘下来。"日暮"切题中的"晚泊"，"但闻钟"间接交代斯人已去，现在只能听到缥缈的钟声，寺庙一般日夕敲钟，"日暮"才会"闻钟"，"闻钟"又加深了"日暮"。

时断时续的钟声，把我们的思绪和想象带向远方，前人说结尾一片神行，空灵无迹。

晚清桐城派代表作家吴汝纶称此诗"一片空灵"（《唐宋诗举要》引），这首诗的确写得淡泊超然，空灵悠远，清初的王士祯把它作为神韵的代表作，信然。

4. 韵致

我们再看孟浩然的另一首散淡的诗——《夏日南亭怀辛大》。

> 山光忽西落，池月渐东上。
> 散发乘夕凉，开轩卧闲敞。
> 荷风送香气，竹露滴清响。
> 欲取鸣琴弹，恨无知音赏。
> 感此怀故人，中宵劳梦想。

标题"夏日南亭怀辛大"，就是夏天在一个南亭子旁边怀念辛大。南亭在孟浩然家乡襄阳郊外的岘山附近。辛大是诗人的朋友，其人生平不详，"大"指在家里排行老大。

"山光忽西落，池月渐东上"，"山光"就是傍晚的夕阳，"忽西落"是说太阳一转眼就下山了。"池月"指东边水池上的月亮，月亮冉冉升起，天色也就慢慢黑下来。一开头便交代时间和地点，古诗中这种写法很常见。大家要细心玩味"忽""渐"二字，它们表面是在描写日落月升，实际上写自己细腻的心理感受，日落而说"忽"，一天转眼就过去了，可见他的日子过得轻松自在，对于那些在痛苦和贫困中煎熬的人来说，每一天都是度日如年，眼巴巴地盼着太阳赶快落下去。月升而言"渐"，又可见他心情的悠闲，悠闲才会去关注到月亮的东升。

大家注意，"散发乘夕凉"，"散发"紧承题目中的"夏日"。唐代男性出门，要在头顶上盘一个发髻，用簪子簪上，再戴一顶帽子。杜甫的"白头搔更短，浑欲不胜簪"（《春望》），就是写自己脱发太厉害，头上没几根头发，簪子一簪就掉了。"开轩卧闲敞"，就是把所有的窗户都打开。"卧闲敞"很舒服，表现他的散淡、闲散。这两句让人想起陶渊明的一段自述："五六月中，北窗下卧，遇凉风暂至，自谓是羲皇上人。"（《与子俨等疏》）

"荷风送香气"，这句紧承前面的"池"，也紧扣题目中的"夏日"，不然"荷花"就没有着落。因为他把窗子都打开了，荷花的香气飘了进来。"竹露滴清响"，夏天到了傍晚，露珠不断地滴下来。"滴清响"是说露珠滴在池子里的声音十分清脆。

"欲取鸣琴弹"，他为什么想弹琴呢？因为前面有个"竹露滴清响"，有清远、清脆的响声，所以就想到了弹琴。"恨无知音赏"，可惜没有朋友来欣赏我美妙的琴声，所以我想到了辛大。

"感此怀故人，中宵劳梦想"，一直到半夜，还在想着辛大。

环境非常幽雅，生活非常清闲，情趣又非常超然，在这首怀人诗中，我们同时也见识了什么叫韵致高雅。

我们再回顾一下这首诗的情感脉络：因为"竹露滴清响"，

诗人起了"欲取鸣琴弹"的念头；因为想要弹琴，才产生了没有"知音赏"的遗恨；因为"恨无知音赏"，这才"感此怀故人"，才"中宵劳梦想"。朋友们，能体会什么叫"意脉连贯"，什么叫"一气贯注"了吗？

5. 淳朴

以千古名作《过故人庄》为代表，我们来看看孟浩然淳朴自然那一面。

> 故人具鸡黍，邀我至田家。
> 绿树村边合，青山郭外斜。
> 开轩面场圃，把酒话桑麻。
> 待到重阳日，还来就菊花。

标题"过故人庄"，就是到老朋友的家里去做客。"过"此处是探望、拜访的意思。"故人"就是老朋友。初读孟浩然这首诗，你就感觉到他简直不是在写诗，而是在和老朋友聊天。

我的儿子学数学，我总是想让他提高一点人文修养，曾多次叫他读这首诗，他硬是读不下去。他说，这有什么好读的？不就是去人家那里吃了一顿鸡饭。我说，你这狗东西，人家吃一顿鸡饭就能吃出诗来，你吃了那么多鸡饭，至今还没有吃出一句诗来呵！

我叫他读《春晓》，他也是读不下去。他说，这有什么好读的？他不就是睡了一个懒觉呗。孟浩然睡懒觉睡出诗来了，我们睡那么多懒觉却睡不出诗来。

我们来看看孟浩然这首诗。

"故人具鸡黍，邀我至田家"，一起笔就写得很妙，以"故人具鸡黍"发端，那位老朋友先备好鸡黍，再请他去做客，这么写是为了突出老朋友的盛情。"故人具鸡黍"，是说把鸡肉煨好，把小米饭煮好。

从孔夫子开始，古人就把吃鸡肉和小米饭当作农家很隆重的款待。用我们今天的话来讲，典型的田家饭菜，既简朴又温馨。

首联完全是脱口而出的口语，这两句都属散文句式，第一句主谓宾完完整整，第二句主邀宾至，就像我们平时说话一样，全是平平道来，一点也不着力。

他"至田家"后，都看到了什么东西呢？这就引出了三四句："绿树村边合，青山郭外斜。""斜"不读xié，读xiá。你看晚唐的杜牧，"远上寒山石径斜，白云深处有人家"（《山行》），"斜"不能读xié，读xié就不押韵。

"绿树村边合"，写得太美了，整个村庄都被绿树围起来了，"田家"在浓荫掩映之中，满眼都是一片翠绿。

"青山郭外斜"，绿树"合"已经够好，而青山"斜"就更妙，"青山郭外斜"，好像青山依偎在城郭肩膀上似的，连画都画不出这种景致。这是走进田家时的所见。

"绿树"对"青山"，"村边"对"郭外"，"合"对"斜"，对偶得这么工巧，读来又是这么自然。后人倾尽全力也写不出如此奇句，而孟浩然却是随意挥洒而成。

颈联写做客时的情景。"开轩面场圃"，"开轩"就是把窗户打开，"把酒话桑麻"，边喝酒边谈农家的活儿，聊种麻种桑的事情。"开轩"则"面场圃"，"把酒"只"话桑麻"，看到的是农家景，吃的是农家饭，谈的是农家话。

两个人谈得特别投机，一直到吃完饭，他将要离开了，主人还说"待到重阳日，还来就菊花"。到重阳节那一天，再来边喝菊花酒边赏菊花。

"就"字至今没有讲清楚。因为我是湖北人，我们老家要留客人，便对客人说别走了，家里还有点猪耳朵，"就"着这点猪耳朵下酒。"就"猪耳朵下酒，就是趁这点猪耳朵下酒喝。在湖北这里，"就"是"趁"的意思，我不知道别的地方有没有这个用法。"待到重阳日，还来就菊花"的意思是说，老兄，等重阳节的时候，再来趁菊花下酒。我们现在歌中还在唱"重阳独酌杯中酒"，古人在重阳日有饮菊花酒的习俗。

诗中没有昂贵的美味佳肴，没有语惊四座的风雅谈吐，就是那么一个普通的"田家"，一顿备有鸡黍的农家饭菜，一次与农民的家常话，读来却兴味无穷。诗人在没有诗意的地方发现了浓郁的诗意。诗中平易自然的语言，与朴实淳厚的农家气氛，达成了高度的和谐。全诗找不到一点人工的痕迹，像水流花开一样自然，达到了极高的艺术境界。它写景状物简洁浑融，村边绿树环合，郭外山峰斜立，语言虽工，但不纤巧，一切都是那么简朴，那么清新。

以单纯素淡的语言，写农家淳朴厚道的民风，很难再找到这么好的田园诗了。

此为孟诗中风格最接近陶诗的一首。

第6讲

"诗中有画"

1. 诗中画意

苏东坡在《书摩诘蓝田烟雨图》中说："味摩诘之诗，诗中有画；观摩诘之画，画中有诗。"这就是我们说的王维"诗中画意"的来源。

王维[1]既是著名的诗人，著名的音乐家，又是著名的画家，并且是南宗画派[2]的创始人。诗歌、音乐、绘画，可称"摩诘三绝"。

苏轼同样也兼善诗与画，他对王维"诗中有画"的评论，是两位诗画大师的心心相印。

王维对自己的诗歌与绘画都很自信，他在《偶然作》中说："老来懒赋诗，惟有老相随。宿世谬词客，前身应画师。"他本是名扬天下的诗人，"宿世谬词客"的意思是说，我的诗写得不怎么样，我的前辈子大概是个蹩脚的诗人；"前身应画师"，

---

1 王维（约701—761年），字摩诘，先世为太原祁县（今属山西）人，其父迁居蒲州（今山西永济西南蒲州镇），以山水诗最为后世所称道，与孟浩然齐名，并称"王孟"。兼通音乐，精绘画。有《王右丞集》。

2 即文人画。

我的前世肯定是个了不起的画家，可见他对绘画是多么自信。

《唐国史补》载，有一次，一个好事者看到一幅《霓裳羽衣舞》，就问王维这幅画是《霓裳羽衣舞》中哪一个曲拍动作。王维应声回答说，《霓裳羽衣舞》第三叠的第一拍必然要有这个动作。那个人一看演奏，果然第三叠的第一拍演奏时是这种姿势。可见王维对音乐、绘画都具有高度的敏感。

我们再来看看他的诗句："日落江湖白，潮来天地青"（《送邢桂州》），他的色彩搭配非常漂亮。"漠漠水田飞白鹭，阴阴夏木啭黄鹂"（《积雨辋川庄作》），"漠漠水田"是面，"白鹭""黄鹂"是色，而"啭"则是声，色彩、构图、音响都恰到好处，十四字就勾勒出一幅美景。

关于苏东坡对王维"诗中有画"的评价，人们的理解有很多歧义，有的人认为，这只是形容王维诗中具有一种鲜明可感的形象，是一种比喻的说法；有的人认为，这是特指王维诗歌独具特别优美的画意。理解上的歧义，导致了人们对苏东坡这句话的怀疑。

比方说，清朝的贺贻孙[1]在《诗筏》中说："诗中有画，不独摩诘也。浩然情景悠然，犹能写生。"他说，"诗中有画"并不是王维所独有，孟浩然的诗歌情景悠然，鲜明可感，"犹能写生"。就是说，孟浩然的诗歌中更加"有画"。

1　贺贻孙（1603—1688 年），字子翼，江西永新人。既好品诗文，也工诗文。有《水田居文集》《诗筏》等。

那么，到底什么是王维的"诗中有画"呢？

现代学者也提出了自己的解释，比如袁行霈先生认为："王维'诗中有画'，是因为他虽用语言为媒介，却都突破了这种媒介的局限性，最大限度地发挥了语言的启示性，在读者头脑中唤起了对于光、色、态的丰富联想和想象，组成了一幅幅生动的图画。"[1]王维的诗歌是用语言做媒介，别的诗人不也同样用语言做媒介吗？他们难道没有发挥语言的启示性吗？

袁先生的讲法也值得我们探讨。诗歌本来就是一种语言的艺术，王维的诗是用语言做工具，那么别人的诗歌也是用语言做工具啊。他说，王维的诗能够在我们的头脑中唤起生动的图画，那李白、孟浩然的诗歌不也是一样吗？比如说，"孤帆远影碧空尽，唯见长江天际流"（李白《黄鹤楼送孟浩然之广陵》），难道不能唤起一幅生动的图画吗？可见他这个解释，也没有完全打消我们的疑意。

那么，应如何理解王维的"诗中有画"呢？

2. 意象并列

王维的"诗中有画"到底表现在哪个地方？

王维的"诗中有画"，最大的特点就是把诗的技法和绘画

1　袁行霈：《中国诗歌艺术研究》，北京大学出版社 2009 年版，第214页。

的技法，也就是把诗法和画法的表现技巧，高度地融合在诗歌创作中。二者的高度融合，具体表现为：

第一，他常常用意象并列的方法，来表现自己一瞬间的空间印象。

可能有人会问，什么是"意象"？"意象"这个概念古已有之，如《文心雕龙》早就有"窥意象而运斤"的说法，而我们现在所说的意象，主要来自西方的意象诗派和新批评，是在他们这种意义上使用"意象"一词。对于意象概念的内涵和外延，国内学术界仍有不同的意见。我这里所说的意象，是指进入诗歌中的一个个的物象，因为这一些物象饱含着诗人的情感、意绪，所以被称为意象。这一定义虽不是所有人的共识，但被多数人所认可。

用意象并列的方法，如何表现空间印象呢？

德国美学家莱辛有一本理论名著叫《拉奥孔》，朱光潜先生翻译得很漂亮，由人民文学出版社出版，喜欢理论思考，喜欢绘画，或者喜欢诗的朋友，可以买来读一读。莱辛在《拉奥孔》中，主要是谈诗和画的界限，而在这一点上，我们中华民族的传统思维方式和德国人真的不一样。

苏东坡说"诗中有画"，用一句话就说完了。莱辛把诗与画的界限写了十几万字的美学著作，在谈"诗中有画"的时候，他不仅归纳了诗与画的共性，还谈了诗与画的差异。他的思辨比我们更深刻，论证也比我们更严谨，民族性格和思维方式也大为不同，比我们的肤色不同还要明显。

莱辛在《拉奥孔》中论述诗与画的异同时说："既然绘画用来摹仿的媒介符号和诗所用的完全不同，这就是说，绘画用空间的形体和颜色，而诗用时间中发出的声音。既然符号无可争辩地应该和符号所代表的事物相互协调，那么，在空间中并列的符号就只宜于表现那些全体或部分本来也是在空间中并列的事物，而在时间中先后承续的符号也就只宜于表现那些全体或部分本来也是在时间中先后承续的事物。"

这位德国人说话有点绕，他的大意是说，诗歌所使用的媒介是语言，语言是在时间中发出来的声音，而绘画所使用的媒介是点、线、面、色，这些东西是在空间中占有位置的物体。他进一步说，每一种艺术所表现的对象，必须和它所使用的工具是吻合的，如果使用的媒介与表现的对象不相符，它就表现得不完整，甚至无法表现出来。因此绘画只能表现空间，而诗歌只能表现时间。

恰恰相反，王维有些诗歌不是用来表现时间的过程，反而常常用来表现空间印象，我们来看一首他的六言绝句《田园乐七首·其五》。

山下孤烟远村，天边独树高原。
一瓢颜回陋巷，五柳先生对门。

这是一首六言绝句。

"山下孤烟远村，天边独树高原"，这两句一共有六个意象。我刚才说了，意象就是进入诗歌中的单个物象。上句由"山下""孤烟""远村"三个意象构成，下句由"天边""独树""高原"三个意象构成，每句各三个意象。

这六个意象之间，都没有用动词连接，它们之间没有时间关系，因为动作是在时间中完成的，每一个动词都表现一个时间过程。我用拳头来揍你，从伸拳头到揍，它有一个时间过程。没有动词，就是完全没有时间关系。

你看，从"山下"到"孤烟"，再到"远村"，是空间并列，没有时间过程。

"天边独树高原"，也是空间并列。王维诗中的意象这样并列，美在哪个地方？这些意象的空间关系都不固定，"山下"在哪个地方，"孤烟"在哪个地方，"远村"又在哪个地方，"天边"又在哪个地方，"独树"又在哪个地方，你可以随意地安顿，每个人想的不一样，画出来的自然也不一样。

"一瓢颜回陋巷，五柳先生对门"是特写，这个远村里面住的都是些什么人呢？"一瓢颜回陋巷"，这句用了《论语·雍也》中的典故。孔子曾称赞大弟子颜回说："一箪食，一瓢饮，在陋巷，人不堪其忧，回也不改其乐，贤哉，回也！"

我顺便讲一下，《论语》中的语言特别优美，大量地使用虚词，这些虚词虽没有实际意义，但饱含声调、语气和感情。

颜回就是颜渊，孔子最喜欢的一个弟子，他安贫乐道，不管处在什么困境，他都不改其乐。

"一箪食"，"箪"是竹筒子。他说，用竹筒子装一筒子冷饭。"一瓢饮"，城里的小孩子肯定不知道什么叫"瓢"，"瓢"就是葫芦晒干了以后把它一剖两半，把瓢掏空后，用来舀水。"一瓢饮"就是装一瓢冷水。"在陋巷"，住在那个破陋巷子里。"人不堪其忧"的意思是说，要是别人那真是痛苦死了。"回也不改其乐"，大家注意，他用虚字"也"拉长语调，这样说出来感情就来了。"回也"稍一停顿，表示对颜回的喜欢和欣赏。

"贤哉"，我的颜回真是个贤人。他觉得还不过瘾，"回也"。大家注意，"贤哉"是降调，"回也"是升调，"贤哉，回也！"

"一瓢颜回陋巷"是说，"远村"住的都是一些像颜回那样安贫乐道的人。

最后一句，"五柳先生对门"，"五柳先生"代指陶渊明。陶渊明有一篇非常漂亮的文章叫《五柳先生传》，事实上这也是陶渊明的自传。他在这篇文章中说，"先生不知何许人也，亦不详其姓字。宅边有五柳树，因以为号焉"。意思是，这位先生到底叫什么名字不知道，因为他的门前有五棵柳树，所以人们都叫他"五柳先生"。

五柳先生"闲静少言，不慕荣利"。他对那些虚荣一点都没有兴趣。"好读书，不求甚解。"他说，他家里穷得要死，"环堵萧然，不蔽风日。短褐穿结，箪瓢屡空，晏如也"。穷到这个地步了，他仍觉得非常快乐。

那么，"一瓢颜回陋巷，五柳先生对门"，这两句是写什么呢？他是说这个村庄里面住的都是一些像颜回和陶渊明这样安贫乐道的人。

这首诗只是表现空间关系，这一连串的意象，山也好，孤烟也好，远村也好，对门也好，没有时间过程，只有空间关系，就是说他不是用诗来表现时间，而是用诗来表现空间印象和空间关系。

这首诗表现了对安贫乐道、与世无争这种生活态度的赞美，表现了对平静恬淡生活的向往。

王维这种用意象来表现空间印象的写法，在古代诗歌中产生了很大的影响。比如说，温庭筠的《商山早行》其中两句"鸡声茅店月，人迹板桥霜"，就是典型的意象并列。你看，"鸡声""茅店""月"，三个意象；"人迹""板桥""霜"，又是三个意象，用意象并列的方法来表现空间印象。

尤其著名的就是马致远[1]的《天净沙·秋思》，是典型的用意象并列的方法来表现空间印象。

---

1 马致远（约 1251—1321 年以后），号东篱，大都（今北京）人，其戏曲创作以格调飘洒脱俗、语言典雅清丽著称。与关汉卿、郑光祖、白朴并称"元曲四大家"。

枯藤老树昏鸦，小桥流水人家，古道西风瘦马。夕阳西下，断肠人在天涯。

　　这首散曲写得特别优美，前面连续用了九个意象，"枯藤""老树""昏鸦"，藤是"枯藤"，树是"老树"，鸦是"昏鸦"，嘎嘎嘎地叫，这边是"枯藤老树昏鸦"，那边是"小桥流水人家"，卿卿我我，恩恩爱爱，非常温暖。

　　而马致远正在哪个地方？"古道西风瘦马"。大家注意，他在"古道"，又是"西风"，骑着"瘦马"。在此时此刻的一瞬间，"夕阳西下，断肠人在天涯"。那一瞬间的空间感受就是——凄凉、悲惨、孤独。

　　这种意象并列的方法在西方也产生了巨大的影响。

　　比方说，美国有个著名的意象诗派，代表人物叫庞德。庞德看到中国和日本的诗歌以后，大受启发，他不懂中文，却翻译了一本汉语诗歌。虽然有很多误译，但他译得很漂亮。

　　美国的大学教材里，有一本 Anthology of Chinese Literature（《中国文学作品集》），其中就翻译了一篇王维的《送元二使安西》。

　　"渭城朝雨浥轻尘，客舍青青柳色新。"其实这里有动词，就是"浥轻尘"的"浥"，"浥"就是打湿了，把这些动词都隐去，我们看西方人怎样翻译的。

　　"渭城朝雨浥轻尘"，翻译成了："City on Wei the morning

rain Wet on light dust."

"客舍青青柳色新"，翻译成了："Around inn Green willows Fresh."

这种翻译就是有意识地把动词弄掉，翻译成意象并列。

庞德受到王维的影响，写了一首著名的诗——《在地铁车站》，英文名是 *In A Station of the Metro*。

The apparition of these faces in the crowd,
Petals on a wet, black bough.

这首诗是纯粹的意象并列，据说，这两句诗他写了三年，此诗让他一举成名，他很得意自然不在话下，估计也会像贾岛那样，"两句三年得，一吟双泪流"。这两句诗翻译成中文就是：

人群中这些面孔的幻影闪现，
黑色枝头上湿漉漉的花瓣。

美国文学作品中基本上都选了这首诗。但比起王维，比起我们汉语的意象并列，说"小巫见大巫"还算是客气。

我们再看看王维的《田园乐七首·其六》，他同样用意象并列来表现空间印象。

桃红复含宿雨，柳绿更带春烟。

花落家童未扫，莺啼山客犹眠。

这里虽然有动词，但它表现的仍然是空间印象，而不是时间过程。

孟浩然的《春晓》，与这首诗的题材既相同，内容也相近，都是写早晨一觉睡到自然醒，醒后赖在床上懒洋洋的样子。《春晓》前面讲过，朋友们不妨重温一下。

但是二者的表现方法不同，《春晓》重在写意，有时间过程。第一句"春眠不觉晓"，是说他没有睡醒。"处处闻啼鸟"，是说他醒了。"夜来风雨声，花落知多少"，是写醒后的所思所想。他写了整个时间过程。

王维这首诗真的没有时间过程，只有空间关系，他画的是一幅工笔重彩的油画："桃红复含宿雨，柳绿更带春烟"，构图很美，色彩很艳。它只表现空间印象，而没有时间过程。

这是他的意象并列，也是他"诗中有画"的第一个特点。

3. 空间构图

我们再谈"诗中有画"的第二个特点。王维擅长将绘画中的点、线、面、色，这些本来属于绘画的表现技巧，融入他的诗歌创作中来，让读者在头脑中能够形成逼真的画面。

我们来看看他的名作《使至塞上》。

　　单车欲问边，属国过居延。
　　征蓬出汉塞，归雁入胡天。
　　大漠孤烟直，长河落日圆。
　　萧关逢候骑，都护在燕然。

　　开元二十五年（737年）春，河西节度使崔希逸战胜了吐蕃，王维奉命以监察御史的身份出塞慰问，并在河西节度使幕府兼任判官。此诗就是写出塞沿途所见的景色。

　　"单车欲问边"，"单车"就是轻车简从，没有很多随从。"问"就是慰问。"问边"是到边疆去慰问将士。"属国过居延"，"属国"有两层意思，一是少数民族归顺了汉族的政权，但仍然保留了原来的国号，所以我们把这些地方叫属国。第二种意思是一种官职，秦汉时典属国的简称，唐人有时也以"属国"代指使臣。王维作为中央特派的使臣，所以他自称"属国"。"居延"在今甘肃张掖县西北。"属国过居延"这句是说，他作为朝廷特派的使臣，去慰问边塞得胜的将士，路过居延这个地方。

　　"征蓬出汉塞"，"征"在此处为远行的意思，"蓬"就是蓬草，"征蓬"就是飘蓬，被风刮起到处飘的草。"归雁入胡天"，大雁到秋天便南飞，春天又北归。诗人以"征蓬""归雁"自比，说自己好像被风刮起的蓬草飘出了"汉塞"，像是展翅北飞的归雁重回"胡天"。

他来到"胡天"，在"胡天"看到了什么东西呢？

映入他眼帘的是"大漠孤烟直，长河落日圆"，这两句是千古名句。我们来看看它好在什么地方——

"大漠"是面，"孤烟"是线。"大漠孤烟直"，是什么意思呢？古代打仗没有手机，也没有电报，那要怎样告知敌人来了呢？在大沙漠中，只有烧狼粪以报警，就是常说的狼烟。烧狼粪的时候，如果没有风，沙漠中烟柱子就非常笔直地往天上冲，这就有了"大漠孤烟直"的景象，非常雄浑，非常壮美。"长河落日圆"，"长河"常说指黄河，其实此处也可以是泛指。"大漠"是面，"孤烟"是线，"长河"是线，"落日"是点，那个点非常圆。"大漠孤烟"用"直"来描述，"长河落日"用"圆"来形容。他并没有用什么了不起的词，没有用什么花哨的字，只有两个字，一个"直"，一个"圆"，"直"的直得要死，"圆"的圆得要命。

在《红楼梦》第四十八回中，曹雪芹借香菱之口说，"'大漠孤烟直，长河落日圆'，想来烟如何直？日自然是圆的。这'直'字似无理，'圆'字似太俗。合上书一想，倒像是见了这景似的。要说再找两个字换这两个，竟再找不出两个字来。""直"和"圆"是两个再简单不过的字，用在这里却成了再美不过的形容词。

这种点、线、面的有机构图，简简单单一两笔，就把边塞风光勾勒得生动逼真，阔大而又雄浑，美丽而又单纯。我的个天！

尾联"萧关逢候骑，都护在燕然"，"萧关"又叫陇山关，故址在今宁夏固原东南。"候骑"就是侦察或通讯的骑兵。王维这次出使河西不经萧关，大概是借用何逊《见征人分别诗》中"候骑出萧关，追兵赴马邑"的语意，并非实写。"都护"是唐代边塞重镇都护府的首领。"燕然"是古代一座山名，就是今天蒙古国的杭爱山，这里泛指战争前线。《后汉书·窦宪传》载，东汉窦宪率军大破单于军，登上燕然山刻石记功。这两句是暗示前线主帅又打了胜仗，正在前线的战场庆功。意谓在途中遇到候骑，得知主帅破敌后尚在前线未归。

这首诗之所以为人称道，主要是因为它用绘画的构图手法，把边塞苍茫雄浑的景象勾勒得生动如画。

讲究构图的还有他另一首名作《辋川闲居赠裴秀才迪》。

> 寒山转苍翠，秋水日潺湲。
> 倚杖柴门外，临风听暮蝉。
> 渡头余落日，墟里上孤烟。
> 复值接舆醉，狂歌五柳前。

裴迪是他的好朋友，他们常在辋川诗歌唱和。

"渡头余落日"，"渡头"就是河边的渡口，"余落日"指远远望去，太阳一半落下了渡头，一半还搁在渡头上面。"墟里上孤烟"中的"墟"就是村庄，傍晚农家做饭的时候，袅袅的炊烟徐徐升起。这两句同样是采用点、线、面的有机构图，用莱辛的话来说，诗人截取最富于"包孕的瞬间"，寥寥几笔就勾勒出优美的画面，与"大漠孤烟直"有异曲同工之妙。

4. 移步换形

王维将诗与画结合的第三个特点，就是他采用国画中散点透视的方法，移步换形，从不同的角度来表现同一个对象。

移步换形是什么意思呢？比如说，西方油画强调透视法，只能在同一个位置上看同一个侧面的物体。举个例子，一个纸盒子，有正反面，有上下边，如果我是个西方的油画家，这个盒子我画了正面就不能画反面，画了上边就不能画下边。如果我是个中国国画家，我可以换到另一边，从不同的角度来画同一个对象，可以将正反面都画在同一张画里。

西方的油画是站在一个点上，从一个点上讲究明暗、远近。但国画不是这样，它会从不同的角度画同一个对象。

看一首王维的代表作《终南山》。

太乙近天都，连山到海隅。

白云回望合，青霭入看无。

分野中峰变，阴晴众壑殊。

欲投人处宿，隔水问樵夫。

这首诗的具体写作时间不详，开元二十九年（741年）至天宝三载（744年），王维曾在京郊终南山隐居，此诗或许是写于这一时期。

首联"太乙近天都，连山到海隅"。"太乙"是终南山的一个主峰。"天都"有两种解释：一说"天都"是九重天、最高的天，是玉皇大帝所居；另一种解释说，"天都"就是天子所居，指京城长安。如果把"天都"解释为长安的话，"太乙近天都"是说终南山靠近长安。但如果把"天都"解释为九重天的话，是说终南山高耸入云，一直耸入了九重天顶。

哪种解释合适呢？从诗歌的审美角度来看，"太乙近天都"，如果说终南山靠近长安，等于说了百分之百的废话，既没有新意，也没有诗意，而且与后面的一句也不连贯。

"太乙近天都"，应当是说终南山的主峰一直耸入了天，第一句写了终南山之高，第二句"连山到海隅"，接着写终南山之大，一直延伸到了海边。"海隅"就是海角。这两句是从哪些角度来写的呢？"太乙近天都"是仰望，"连山到海隅"是远眺。第一句写主峰之高，第二句写山脉之远。

王维曾在《画论》中说，"主峰最宜高耸，客山须是奔趋"。意思是说，画主峰要画得很高，画旁边的客山应该连绵不断。这两句就是他绘画理论的一个实践。

颔联"白云回望合，青霭入看无"，紧承首句申写终南山之高，终南山高耸入云，上面云雾缭绕。

"白云回望合"写的是什么意思呢？如果有高山的旅游经验，你就会发现走近了看不到云雾；一旦走远了，你再回过头来一看，刚才的地方云雾缭绕。现在明白了吗？"白云回望合"，是回头反顾；"青霭入看无"，是走近了细瞧，远看有雾，近看没雾。听懂了没有？

第三四句紧承第一句，写终南山之高；第五六句紧承第二句，写终南山之大："分野中峰变，阴晴众壑殊。"这两句是说在终南山上，以"中峰"为界，有的地方下雨，有的地方出太阳，有的地方是阴天，有的地方是晴天。这是写终南山之大，横跨辽阔的地域。

朋友们，第五六句是从哪个角度来写的呢？前面四句分别从仰望、远眺、反顾、近观来给终南山写生，现在只缺一个俯瞰的角度了，对不对？"分野中峰变，阴晴众壑殊"，是不是站在峰顶上俯瞰的景象？大家听懂了没有？

明人唐汝询在《唐诗解》中说："'近天'，状其高，'到海'，言其迥。'白云''青霭'，若'合'若'无'，远近之观异也。山形既广，非一星之分野所能该，今指'中峰'为限，而各属一星，则变其分野矣。"

尾联"欲投人处宿，隔水问樵夫"，写终南山非常空旷，到处见不到人影，好不容易看到远处一个打柴的人，他便马上向樵夫喊话："喂，这附近有可以借住的人家吗？"诗人将山画好了以后，就要画几个人来点缀，国画中通常是"大山细人"。

关于此诗的章法，清人黄生在《唐诗摘抄》中讲得很透："首言高，次言大，三四承高说，五六承大说，此立柱应法。"最后再"尾联补题"。

诗人用移步换形，从不同的角度来表现同一个对象。笔力雄峻，境界宏阔，是王维山水诗中的"大手笔"。

最后再总结一下，王维诗中的画意主要表现在以下几个方面：

第一，他用意象并列的方法，来表现自己瞬间的空间印象，而不是着意表现时间过程。

第二，他将点、线、面、色，这种绘画的构图手法融入诗歌的创作中。

第三，他采用了国画移步换形的方法，从不同的视角来表现同一个对象。

王维的"诗中有画"，我讲了这三个特点，大家以后务必细读王维诗歌，只有细细地品味，你才能领略他诗中的"画意"，他的意象并列、空间构图、移步换形，看看到底哪些手法，是王维所特有而别人没有的。

我还得强调一下，上面讲的这几个特点，是指狭义的"诗中有画"。其实，王维和其他诗人一样，大部分诗歌的"诗中有画"也是比喻意义上的，读其诗能唤起鲜明可感的形象或画面。

第 7 讲

田园风情与灵魂归宿

读一下文学史就知道，王绩常常是唐代诗人的领头雁，而其诗作《野望》更常常作为初唐五言律的开篇。《渭川田家》是王维田园诗的代表作，它与《野望》既同为田园诗，又同为唐诗名作，从古至今总有人拿二者比较。可惜，人们更多的是谈二者之同，很少人发现二者之异。我要通过这两首诗的比较分析，从同中见异，从异处求同，使大家感受更为敏锐，审美更为细腻。培根说，"读诗使人灵秀"，离开了敏锐的感受能力、细腻的审美能力，"灵秀"又从何谈起？

1. "有父母，无朋友"

王绩[1]是绛州龙门（今山西河津）人，他出身名门，兄长王通是隋末的大儒，留下了一部名著《文中子》。

如果说魏征是政治舞台上的幸运儿，那王绩就是政治角

1　王绩（约 589—644 年），字无功，号东皋子，绛州龙门（今山西河津）人，王通之弟。其诗多写饮酒及隐逸田园之趣，赞美嵇康、阮籍和陶潜，嘲讽周、孔礼教，以抒怀才不遇之苦闷。作品有《王无功文集》。

逐中的倒霉鬼。他在隋唐两次满怀希望出仕，两次带着失望归田，最后以东皋子隐居终老。

隋炀帝大业末年，王绩释褐为秘书正字，不久便出为六合县丞，眼看隋王朝风雨飘摇，鬼精鬼精的王绩，便把隋朝的那乌纱帽子一扔，称病连夜乘轻舟跑回了家。入唐，他以前朝遗老的身份待诏门下省，可只受到每天给酒三升的接待。他的弟弟调侃地问他："等待诏见的日子过得如何？"他十分坦率地回答："景况萧瑟，只是每天三升美酒倒值得留恋。"他们兄弟二人的这次对话被显宦陈叔达听见，便每天给他一斗酒，"斗酒学士"便由此得名。大概是宦况过于萧瑟，他最后还是托病还乡了。

据说王绩年轻的时候，志向大得惊人，才华更是大得吓人，"弱龄慕奇调，无事不兼修"，好像没有什么他不会的。"明经思待诏，学剑觅封侯"，文能安邦，武能却敌，简直可以把地球当皮球踢。当然，这是他在《晚年叙志示翟处士》中的自述，好汉晚年总喜欢提当年勇，自述中难免夹杂一点自吹。

他说，"中年逢丧乱，非复昔追求"，中年随着改朝换代，他完全没有了昔日的志向，时代翻了一页，人也变了个样。

他有一首诗叫《过酒家》。

此日长昏饮，非关养性灵。

眼看人尽醉，何忍独为醒。

"过"是到某处拜访。"过酒家"就是到酒家去饮酒。他说，在酒家喝了一整天的酒，自己本不想喝，却喝得酩酊大醉。那他为什么要喝到醉呢？"眼看人尽醉"，所有人都醉了，"何忍独为醒"，我一个人醒着，非常痛苦。

真的世人都醉了，只他一个人醒着？

他还有一首诗叫《赠程处士》。

> 百年长扰扰，万事悉悠悠。
> 日光随意落，河水任情流。
> 礼乐囚姬旦，诗书缚孔丘。
> 不如高枕卧，时取醉消愁。

"百年"就是一生。此时他陷入了精神危机，对自己信奉的思想产生了怀疑，这些礼乐诗书唯一的用处，就是禁锢人和束缚人，他的文化人格与现实社会产生了矛盾，既不可能改变自己的文化人格，又难以改变社会现实，除了"高枕卧"和"醉消愁"，他又能怎么着呢？

贞观中，不知是不甘寂寞，还是生计有问题，他又以家贫出来求官，授太乐丞。据说该职是他要求的，因当时太乐署史焦革特别会酿酒，吏部考虑到像他这样的名人，与酿酒的人混在一起有失体统，可他坚持说"此中大有深意"，吏部这才满足了他的要求。他一生嗜酒如命，模仿陶渊明《五柳先生传》，写了著名的《五斗先生传》。

> 有五斗先生者，以酒德游于人间。有以酒请者，无
> 贵贱皆往，往必醉，醉则不择地斯寝矣，醒则复起饮
> 也。常一饮五斗，因以为号焉。

焦革的死成了王绩挂冠归田的引线，从此他彻底绝意于仕途，"躬耕"东皋，自号"东皋子"。归田并没有使他找到精神归宿，躬耕也不过是找个由头，他在东皋一直是独往独来。快要离开人世时，他为自己写了《自撰墓志铭》。

> 王绩者，有父母，无朋友，自为之字，曰无功焉。
> 人或问之，箕踞不对。盖以有道于己，无功于时也。

他说"自为之字"，就是我给自己起的字。"曰无功焉"，我叫自己"无功"。人家问我为什么叫"无功"，我从来不屑于回答，可能觉得问的人太蠢——这么简单的问题还值得问？也可能是觉得问的人太俗——问人家的私事干吗？等到快要告别人世了，他才想到要给世人一个交代，"盖以有道于己，无功于时也"，我自己虽然志存道义，但我对社会却无贡献，所以叫"无功"。

"有父母，无朋友。"前一句纯属废话，没有父母哪有王

绩？后一句则属痛心话，临死还在感叹"无朋友"，可见他是多么孤独。

我们来看看他的代表作《野望》。

> 东皋薄暮望，徙倚欲何依。
> 树树皆秋色，山山唯落晖。
> 牧人驱犊返，猎马带禽归。
> 相顾无相识，长歌怀采薇。

"东皋薄暮望"，皋是水边的高地。阮籍《辞蒋太尉辟命奏记》"方将耕于东皋之阳"，陶渊明《归去来兮辞》"登东皋以舒啸"，这里的"东皋"是隐居地的代名词。给王绩影响最大的两人正是陶渊明和阮籍，跟着他们二人有样学样，把自己的隐居地也叫"东皋"，自己也以"东皋"为号。"薄"就是迫近、接近。有个成语叫"日薄西山"，就是说太阳快要落下西山，我们现在常说的"薄暮"，意思和"傍晚"一样，都是指快到晚上了。他说一天的傍晚，他一个人跑到东皋的外面去眺望原野。首句切题"野望"。

"徙倚欲何依"，"徙倚"就是两头徘徊，"欲何依"就是坐也不是站也不是，形容因找不到归宿，显得六神无主的样子。这句写他望的神态。不是站着静静地欣赏风光，而是烦躁地来回走动，从神色就能感受到他的痛苦。

"东皋薄暮望，徙倚欲何依"，一个人傍晚去眺望原野，为的是散心解闷，他很孤独，想找个朋友；他很凄凉，想寻点温暖。

中间两联紧承"薄暮望"，写他所望到的自然景物和世情百态。

他先把眼光投向大自然："树树皆秋色，山山唯落晖。"用叠字"树树"，为什么用两个树呢？"树树"就是所有的树。同时他又用一个"皆"字，强调"秋色"无处不在，所有的树都是光秃秃的，一片凋零。北方的秋天不像南方的，一到深秋便枯叶飘零，到处都是一片萧瑟阴冷。

"山山"同样也是强调。"树树"和"山山"就是每一棵树，每一座山。"山山唯落晖"，每座山上都是一缕夕阳，一片凄冷，一片萧瑟。北方秋天比南方的冬天还冷，傍晚的落日颜色惨白，不像我们南方的落日那样红彤彤的。

"东皋薄暮望"，他首先把眼光投向大自然，刚才说了，他想从大自然中找到温暖。找到了没有呢？可惜，没有。

他接着就把眼光投向社会，他在傍晚的农家看到了什么东西呢？

颈联"牧人驱犊返，猎马带禽归"，"犊"就是小牛，这里泛指整群牛羊。就是放牛羊的娃儿到了傍晚，把牛羊都赶回自己的家里。"猎马带禽归"，打猎的人把打的野鸡、兔子，捎回了各自的家里。有的赶着牛羊，有的带着猎物，大家都只顾回家，谁也没和他打个招呼。

在自然中见到的是萧瑟，在社会中见到的是冷漠，无论是自然还是社会，都是透心的凉，没有一丝温暖。

这样就引出了尾联："相顾无相识，长歌怀采薇。""相顾无相识"，你我相互打量一下，大家都不认识，每个人都不理他。

"长歌怀采薇"，"采薇"引用了《诗经·召南·草虫》中的诗句："陟彼南山，言采其薇。未见君子，我心伤悲。"当然，他也暗用了《史记·伯夷列传》中的典故："（伯夷、叔齐作歌说）登彼西山兮，采其薇矣。以暴易暴兮，不知其非矣。"周王朝推翻商朝以后，"伯夷、叔齐，不食周粟"，就是说他们隐居起来了。据说"采薇而食"，不再出来当官。

"长歌怀采薇"，就是他在当世找不到知音，只好引古人为同调。

现在，我们再来归纳一下这首诗的章法：首联点明野望的时间、地点和野望时的神态。傍晚时分，诗人到野外的东皋眺望，由于精神没有着落与依归，那神情像是六神无主。大概是太苦闷、太寂寞，才出来野望，不承想野望反而加深了他的苦闷寂寞。颔联写他在自然界中望到的景象，到处染上了萧瑟的秋气，到处抹上了残阳的余晖，大自然一片荒凉冷寂，这完全是诗人心境的外化。既然在自然中找不到温暖，他求助于社会人群，这便带出了颈联，可他在社会中看到的又是冷漠，人与人之间十分冷淡，大家老死不相往来，彼此既不了解也不关心，难怪他在诗的尾联发出"相顾无相识，长歌怀采薇"这样沉重的感叹了。在人际上既然"相顾无相识"，那就只好引古人为同调，于是自然想起采薇而食的伯夷、叔齐。

在改朝换代的历史时期，找不到在现实生活中的位置。此诗抒发了王绩精神的孤独苦闷，灵魂的彷徨无依，以及厌倦政治、厌倦社会的低沉情绪。他不仅是在逃避政治，也是在逃避社会，甚至在厌倦人生。

此诗以朴素的字句、冷淡的色调，创造了一种冷寞、寂寥、空旷的境界，恰到好处地表现了诗人那种空幻、孤独、厌倦和退避的心境。

"相顾无相识"读来十分沉痛，它正是诗人"有父母，无朋友"的真实写照。

2. "即此羡闲逸"

同样是田园诗，同样写北方农家晚景，我们再来看看王维的《渭川田家》。

游国恩[1]先生主编的《中国文学史》（卷二）中说："《渭川

1　游国恩（1899—1978 年），字泽承，江西临川（今抚州）人。1929 年后相继在武汉大学、山东大学、西南联合大学执教，中华人民共和国成立后任北京大学教授。作品有《楚辞概论》《先秦文学》《楚辞论文集》等。

田家》所描绘的薄暮农村的景色气氛，以及那种游离于现实之外的优闲情调，都使我们很自然地联想到王绩的《野望》。"我认为这是一种误解，将二诗题材上的相同，误解为情感上的相近。

此诗具体写作时间不可考，通常认为作于开元后期至天宝前期，在公元737年至744年，因开元二十四年（736年）张九龄罢相，王维心灰意冷地在蓝田过起了边官边隐的生活，此诗正是写他在渭水边乡村的所闻所见所思所感。

现代人常把"回归自然"挂在嘴上，我们讲的这两首诗，都是抒写回归自然，只是一个在田园没有找到归宿，一个在田园中感受到了温暖。

先说一下标题，"川"就是河。"川"是个象形字，就是河水流的水纹。"渭川"就是渭河。渭河是黄河最大的支流，发源于甘肃的渭源，流经关中平原的咸阳、西安。"泾渭分明"这个成语家喻户晓，泾河水清，渭河水浑，泾河在西安流入渭河时，一边清一边浑十分分明。

诗中的"渭川"就是今天流经西安的渭河，此诗正是描写渭河两边村庄傍晚时分的景象。我们看看这原诗。

斜光照墟落，穷巷牛羊归。

野老念牧童，倚杖候荆扉。

雉雊麦苗秀，蚕眠桑叶稀。

田夫荷锄立，相见语依依。

即此羡闲逸，怅然吟式微。

　　"斜光照墟落，穷巷牛羊归"，"斜光"即夕阳的余晖，也就是常说的红彤彤的晚霞。"墟落"就是今天的村庄。"穷巷"就是农村里很深、很窄的巷子。晚霞把村落染得一片通红，处处都抹上了暖融融的色调。古代农民日出而作，日落而息，《诗经·君子于役》曰："日之夕矣，牛羊下来。"夕阳西下的时候，鸡群入舍，牛羊归圈，牧童归家，农民收工，这是典型的农家晚景，看上去非常和谐、淳朴而又温馨。深巷里归村的牛羊叫声，使村庄显得安详、温暖而又宁静。

　　我从小在农村长大，小时候也当过放牛娃，傍晚把牛羊都赶回家，羊儿咩咩地叫，整个村庄显得既宁静又温暖。在农村，我特别喜欢鸡、羊、狗子的叫声。我认为农村的狗子比城里的狗子可爱多了。城里的狗子完全被异化了，冬天还穿衣服，早上喝牛奶，真是活见鬼。牛儿哞哞，羊儿咩咩，尤其是鸡下了蛋，咯咯咯地叫，实在是温暖极了。今天城里的孩子几乎听不到牛羊叫声，城里宠物狗的狂吠不仅不温暖，反而让人特别心烦。

　　"牛羊归"的"归"字，就诗情而言是点明主旨，全诗由牛羊、牧童和野老"归"家，想到自己从政坛上归隐，就结构而言是承上启下——既是上句"斜光"之"果"，因为"日之夕矣"，所以才有牛羊归来，也是后面"野老念牧童"和诗人"吟式微"之"因"。

"野老念牧童，倚杖候荆扉"，大家注意，第三四句紧承第二句"穷巷牛羊归"。为什么第三四句紧承第二句？

因为"穷巷牛羊归"，就是村庄里大多数人家放牛羊的娃儿都赶着牛羊回来了，还有一家放牛羊的娃儿没有回来，这样"野老"才会"念牧童"。"野老"就是村野的老人。"倚杖"就是拄着拐杖。"荆扉"就是用荆条做的柴门，古时指代贫寒人家，此诗中泛指农家。老人站在门前念念有词地说，二娃怎么还没回来呢？黑狗怎么还没回来呢？他是不是被老虎吃了呢？是不是被狼叼走了呢？你们干吗不去找他呢？

在民风古朴的农村，人们的感情非常敦淳，人和人之间相互关切，在那儿你感到非常温暖。我和朋友们讲，农村是一个熟人的社会，尤其是古代的乡村非常古朴，人和人之间的感情也很淳朴。

一直还记得，我刚回到母校华中师大教书时，我一个高中的兄弟就来找我，他以为我们像高中时候一样，一进校就问："请问戴建业住哪儿，您知道吗？"连问了三四个人，都说"不知道""不认识戴建业"。那个时候没有手机，家里又没有电话，他没有找到我，一回到家就对人说："戴建业在华中师范大学没搞出名堂，我连问了好几个人，都说不知道他是谁。"

小时候，老家的乡邻都厚道淳朴。吃饭的时候，往往把自己的碗里夹一点菜，端上饭碗到别人家里去吃。别人家里如果正在吃饭，就会对我说："来，建业，夹点菜。"我也用不着谦让，就上他家的餐桌，跟邻居家一起吃。我成人以后还常常这样。

在大学里教书，在大城市居住，如果我捧上饭碗到别人家去吃，我的个天！邻居肯定要吓个半死。我还没有进他家的门，人家就会夺门而出，不是觉得我喝高了，就是断定我精神出问题了。

我在农村长大，二十多岁才进城。进城很长一段时间，我都不习惯城里生活。记得第一次坐公交，旁边是个跟我年龄差不多的女孩子。那个女孩子长得很可爱，她看到我上来了，就旁若无人地"正襟危坐"。我看到她这样子，我也像她那样坐着，两个人互相都不看对方，当然是装着不看对方，我要是真的没有看她，怎么会知道她"很可爱"呢？她知道我是个男的，我也知道她是个女的。这样坐了七八站，她一下车，我心里就轻松一大截。那时我觉得城里生活很尴尬，见面相互连个寒暄也没有。

我现在住了十几年的高楼，楼上那些人叫什么名字，我一概不知道。有人问："王某某老师，是住在你们楼上吗？"我说："你再问一下吧，好像是有个姓王的。"

"野老念牧童，倚杖候荆扉"，写出了农村淳厚温暖的民风。与今天的冷漠正好相反，乡情就是叫人眷恋的温情。

"雉雊麦苗秀，蚕眠桑叶稀"，"雉"（zhì）就是野鸡。"雊"（gòu）指野鸡鸣叫。《诗经·小弁》："雉之朝雊，尚求其雌。"野公鸡早晨不断打鸣，还不是想招引喜欢的母鸡。"麦苗秀"是麦苗拔穗，长得很高。"雉雊麦苗秀"是说，麦苗长得很高的时候，野鸡就会到麦田里藏起来啼鸣。说实话，野鸡的啼鸣到底是一种什么样的声音，我可从来没听过。

"蚕眠桑叶稀"，蚕成熟了以后，有一个多星期会一动不动的，这种情况就叫蚕眠。蚕眠一段时间后就放在蚕箔上吐丝。由于桑叶是蚕的食物，等到蚕眠时桑叶自然也稀了。

此时此刻，田地里野鸡欢乐地啼叫，给人们传来了麦苗正在秀穗的好消息，村外树上稀疏的桑叶，告诉人们蚕箔上安眠的蚕儿快要抽丝。这两句写农家日子过得富足、自在、安闲。

他这两句写农家的日子特别温馨。"雉雊麦苗秀"预示粮食丰收在望，"蚕眠桑叶稀"预示蚕丝好收成，上句是说不愁吃，下句是说不愁穿。

"田夫荷锄立，相见语依依"，"田夫"就是农民，"荷锄"就是扛着锄头。我们想象一下，两个农民从田间归来，在田间小道上相遇，我的个天！"相见语依依"，"语依依"就是谈话很投机，分别时依依不舍。这两句写农民之间的友善亲近。从田野归来的农夫站在村口，向回家的邻居致以亲切的问候，分享耕作的喜悦与艰辛，分手时还意犹未尽依依不舍。"相见语依依"的那份亲热，分手时那种恋恋不舍的样子，真有点像情人恋爱一样缠绵。今天城里哪怕熟人见面，点点头就算不错了，谁还有心思"语依依"呀？

他笔下的"渭川田家"，从"穷巷牛羊归"一直到"相见语依依"，环境是那么宁静优美，生活是那么温暖富裕，农夫是那么淳朴善良，彼此是那么和睦亲切，而此时的王维还身在官场，正处在钩心斗角的旋涡。

面对此情此景，诗人不由得长叹："即此羡闲逸，怅然吟式微。""即此"就是面对这幅景象。对比一下政治的险恶，官场的奸诈，统治者的伪善，他自然想起《诗经·邶风·式微》中的"式微，式微，胡不归"。"式微"句的意思是说，我干吗不辞官归去呢？是啊，干吗要挤在这尔虞我诈的官场，不回到和谐、温暖、淳朴、宁静的农村呢？那里民风很淳朴，人情很温暖，生活又温馨。王维眼中的乡村，又清闲，又安逸，神仙即乡民，天堂在乡村！再想想自己眼下的憋屈生活，不由得问自己"胡不归"呢。

我们再来归纳一下两首诗的差异：《渭川田家》所抒写的情感，退避恬淡但绝不消沉，厌倦政治却热爱生活，诗人决意要从腐朽的官场抽身而逃，在淳朴温暖的乡村生活中找到心灵的归宿。直白地说，王维逃避政治，但并不逃避社会，他厌倦了官场，但仍热爱生活。他在田园中找到了温暖，找到了心灵的契合点，找到了精神上的归属。王绩却不是这样，他厌倦政治也厌倦社会，在任何地方都找不到温暖和慰藉，因而《野望》表现的是一种双重的逃避——既逃避官场，也逃避社会。从情调上讲，王绩的田园冷淡，王维的田园温暖。

明朝王世贞自己的诗歌虽不怎么高妙，但品评诗歌的眼界高得吓人，对王维这首诗却赞不绝口："田家本色，无一字淆杂，陶诗后少见。"不过，这首诗把"渭川田家"理想化了，他只看到了田家生活的表面，"田夫"经济的拮据，劳动的疲惫，生活的辛酸，王维"看"不到也不想看。他是站在田家之外"看"田家，不像陶渊明那样"种豆南山下"，深入田家，所以清人张文荪在《唐贤清雅集》中说这首诗"终带文士气"。

第 8 讲

"看取宝刀雄"

盛唐时期有两大诗派，一个是山水田园诗派，一个是边塞诗派。这里先得交代一下，学术界有不少人认为，盛唐有田园诗和边塞诗，但并没有田园诗派和边塞诗派。盛唐的边塞诗，表现了盛唐时期将士们立功塞外的壮志，讴歌了他们一往无前的豪情，赞美了他们报效祖国的献身精神。相较盛唐的山水田园诗而言，盛唐的边塞诗更能反映"盛唐气象"。

现在人们常说，盛唐有四大边塞诗人，就是岑参、高适、王昌龄、王之涣。其实，盛唐的边塞诗人还有很多，除了上面提及的这四位以外，还有著名诗人李颀、王翰等。李颀的边塞诗比王之涣的还多。这一讲，我们主要聊高适、王昌龄、王之涣、王翰。岑参的边塞诗更有个性，想给他一点"特殊待遇"，下一讲单独聊岑参其人其诗。

1. 边塞诗中"四剑客"

在讲这四位老兄之前，我先从整体上介绍一下他们。

高适[1]是渤海蓨（今河北景县）人。他的祖父叫高侃，是唐朝的名将，也是唐朝有名的开国将军之一。

不用说，高适非常浪漫。大约二十岁那年（一说十八至二十岁），他离开了老家，一个人独闯长安。在蓨县那个小地方，高适算是声名很大，村里乡亲父老都来送他，他信心满满地对大家说："各位伯伯叔叔留步，各位兄弟也别再送了，大家就在这儿分手。要是不能在京城搞出个名堂来，我高适就不回家见乡亲父老。"他指着村头一棵大树说："大树，你为我做证！"

他在《别韦参军》诗中说："二十解书剑，西游长安城，举首望君门，屈指取公卿。"在年轻的高适眼中，在京城捞个一官半职，比在河边捞一条小鱼还容易。

到了京城以后，高适便在城里找了一间破庙住下来，等着唐玄宗来召见他。他以为自己已经名扬天下，一向以大诗人自居，可当时的唐玄宗还不知道天下有个叫高适的小伙子。他左等右等都没有等来，钱都用光了，不得不离开米贵的长安。离开长安时，他把长安的权贵痛骂了一顿。那是高适第一次入长安，兴冲冲地来，骂骂咧咧地走。

天宝三载（744年），李白被唐玄宗"赐金放还"，其实就是打发了李白几个钱让他滚蛋。李白先和杜甫从河南到山东，

---

1 高适（约700—765年），字达夫。与岑参齐名，并称"高岑"，风格也大略相近。所作边塞诗，对边地形势和士兵疾苦均有反映。著有《高常侍集》。

半路上又遇到了高适，他们三个人一起在山东、河北、河南一带，找仙人、采仙草、炼仙丹，干过很多滑稽、荒唐、可笑的事。

高适在唐代诗人中，被称为"诗人之达者"，他后来当的官不小，算是诗坛上的幸运儿。

王昌龄、王之涣、王翰，这三位都是今天山西太原人，而且山西太原的王氏都门第高贵。

王昌龄[1]老兄很早就考上了进士，史书上说他"不护细行"，意思是不注意生活细节，说白了就是个性放荡不羁。这种性格在官场上肯定吃不开，开始是让他贬官，最后是使他丧命。他贬官江宁后的那首名诗《芙蓉楼送辛渐》说，"洛阳亲友如相问，一片冰心在玉壶"。他心地倒是善良，性格也很豪爽，但生活上的确有点放荡。

当然，在放荡这个问题上，王之涣、王翰都不甘落后。

王翰[2]是个富二代，说他"发言立意"，就是他的做派"自比王侯"。据说，他家里养了很多小妾。史书上说他的太太"稍不如意者，休之"，哪个给他做老婆那真是倒霉了。

他们都是北方人，都非常放纵、粗犷、豪迈。高适到过边

1　王昌龄（？—756年），字少伯，京兆长安（今陕西西安）人，出生地在今山西太原。开元、天宝间诗名甚盛，有"诗家夫子王江宁"之称。尤擅长七绝，多写当时边塞军旅生活，气势雄浑，格调高昂。后人辑有《王昌龄集》。

2　王翰（687—726年），字子羽，并州晋阳（今山西太原）人，其诗善写边塞生活，《凉州词》尤有名。

塞，王昌龄很年轻的时候也去过边塞。王翰、王之涣也都是走南闯北的人。

2."功名万里外"

高适现存世的诗有二百四十多首，这些诗歌题材涵盖边塞、咏史、纪游、感怀、应酬等，其中写得最好的还是边塞诗。

高适一直有强烈的功名心，他在《和崔二少府登楚丘城作》一诗中说，"公侯皆我辈，动用在谋略"，在他看来，你能不能成为公侯，能不能位至卿相，不在于你家世的贵贱，而在于你本人才华的高低。用我们今天的话说就是，你有没有可能成功，不能靠你爸爸，只能靠你自己。他相信，"丈夫穷达未可知"（《送田少府贬苍梧》），关键是有没有壮志雄心，有没有冒险精神，有没有毅力才能。

他赴边塞，闯江湖，失败后毫不气馁，跌倒了再站起来，心气高却不浮躁，有才华又绝不狂傲，最后凭自己的才能和努力闯出一片天下，对高适这样的"达者"，我非常钦佩。

他的边塞诗大量抒写建功立业的壮志、安邦治国的宏图，也讴歌对外战争的胜利，赞美将士的尚武精神。如他的名作《燕歌行》，"摐金伐鼓下榆关""男儿本自重横行"，他是诗坛上当之无愧的勇士。他勇敢地揭露军中的腐败不公，谴责主帅的骄淫轻敌，同情士卒的悲惨命运，尤其让人刮目相看，如"战士军前半死生，美人帐下犹歌舞"。

当然，作为盛唐边塞诗的代表诗人，高适更多的还是渴望个人的成功，讴歌战争的胜利，我们看看他的代表作《塞下曲》后半部分。

> 万里不惜死，一朝得成功。
> 画图麒麟阁，入朝明光宫。
> 大笑向文士，一经何足穷？
> 古人昧此道，往往成老翁。

朋友们，看到了吗？他的人生理想就是"画图麒麟阁"，他朝思暮想的就是名垂青史。而他追求名垂青史的途径，主要是洒血疆场建不世之功，他从来不相信天上掉馅饼的好事，前人说"功名功名"，先立功而后才会扬名，所以他宁可以命来赢得成功，"万里不惜死，一朝得成功"。他瞧不起坐在家里皓首穷经的文人，"大笑向文士，一经何足穷"！

我们再看他的另一首代表作《送李侍御赴安西》。

> 行子对飞蓬，金鞭指铁骢。
> 功名万里外，心事一杯中。
> 虏障燕支北，秦城太白东。

离魂莫惆怅，看取宝刀雄。

天宝十一载（752年）秋，友人李侍御赴安西从戎立功，高适作诗为他送行。安西即唐代的安西都护府，治所在今新疆维吾尔自治区库车县。

明朝许学夷在《诗源辩体》卷十五中说，"尝欲以高达夫'行子对飞蓬'为盛唐五言律第一"。说此诗是盛唐五言律压卷，就像说某女孩为神州第一美人一样，无疑会见仁见智，难有统一的意见，但至少说明它是一首好诗，或她是一位美女。

他一起笔就写得非常潇洒豪迈："行子对飞蓬，金鞭指铁骢。""行子"就是别者，指诗中这个李侍御。李侍御其人不详。侍御就是负责纠察一类的小官，官职不高。"飞蓬"即随风到处飘飞的蓬草，"铁骢"是穿了铁甲的战马。以"金"饰鞭，以"铁"饰马，给人以威武雄强的印象。再以"飞蓬"喻"行子"，可见李侍御轻疾如飞，又以"金鞭"催"铁骢"，完全是一幅李侍御轩昂英武形象的写生。首联既交代离别在即，又间接写出友人将远赴边塞。

颔联"功名万里外，心事一杯中"紧承首联，刚说完"金鞭指铁骢"，马上就说"功名万里外"，别者将要到万里之外求取功名，那英风豪气谁都会由衷点赞。"心事一杯中"写两人兄弟情深，一杯别酒中装着无穷的"心事"——有真挚的祝福，有真诚的赞美，还有真心的向往。"功名万里外"切题"赴安西"，"心事一杯中"切题"送李侍御"。

"虏障燕支北，秦城太白东"，两句承"功名万里外"而来，听懂了没有？"虏障"一说就是遮虏障，就是居延塞，在今内蒙古自治区额济纳旗东南，汉李陵与匈奴作战的地方。一说是战争的屏障——一种防御工事。"燕支"在今甘肃省山丹县东，安西在燕支更西北的地方，所以说"虏障燕支北"，此句写李侍御将到之处。"秦城太白东"是说两人的送别之地。"秦城"是指京城长安，"太白"指秦岭主峰太白峰。"太白东"是说秦城在太白峰之东。

总结一下这首诗的章法：首联"行子对飞蓬，金鞭指铁骢"，一起笔就写得迅疾飞动，既然说是"金鞭指铁骢"，必定是要万里横行，所以"功名万里外"两句承首联而来，在"虏障燕支北"的"万里外"猎取功名，颈联又紧承"功名万里外"，离别的心情免不了"惆怅"，可见，尾联"离魂莫惆怅"紧承"心事一杯中"。

再来看这首诗的语言："行子对飞蓬，金鞭指铁骢。"首联不仅上下句相对，同时每句还当句自对，"行子"对"飞蓬"，"金鞭"对"铁骢"。额联"功名"对"心事"，"万里外"对"一杯中"。尾联以两个散句结束，全诗骈散有致，奇偶相生，语言精工而又流宕，句式上对偶整饬，读起来却清空一气。

从开始的"金鞭指铁骢"，到结尾的"看取宝刀雄"，一路都写得慷慨激昂，我们读起来更是热血奔涌，特别是最后两句突然振起，"看取宝刀雄"真是豪气冲天。

这就是人们常说的"盛唐之音"。

3. 塞外风情

高适四十七岁和四十九岁两次出塞，前一次出使范阳节度使辖的清夷军，写下了组诗《使青夷军入居庸三首》，诗中的"青夷军"为清夷军之误，清夷军驻地在今张家口市怀来县。第一次赴边，他眼中的一切都十分新奇。

匹马行将久，征途去转难。
不知边地别，只讶客衣单。
溪冷泉声苦，山空木叶干。
莫言关塞极，云雪尚漫漫。

特别是颈联的"溪冷泉声苦，山空木叶干"，写尽了边塞气候的干燥酷寒，也写出了诗人感受的惊讶艰难。

这次出塞的经历，对他的诗歌创作产生了深刻的影响，他笔下的塞外民俗民风，既亲切逼真又格外迷人，如名诗《营州歌》。

营州少年厌原野，狐裘蒙茸猎城下。

虏酒千钟不醉人，胡儿十岁能骑马。

"营州歌"本是乐府旧题，虽然形式上像是绝句，但它的平仄和押韵都不合律，如"下""马"都押仄声韵，明末邢昉称它属于"古调"。诗的形式像诗中的胡儿一样很"野"，根本就受不了格律的"管辖"。

我们先来疏通一下字句。"营州"在今辽宁省朝阳县。唐代的营州水草丰茂，因各民族杂居，民风粗犷。"厌"同"餍"（读作yàn），本义是指吃饱，此处是饱经或习惯的意思。"狐裘"就是用狐狸皮毛做的皮大衣，由于它通常是毛向外，所以往往裘毛纷乱。"蒙茸"的意思是蓬松杂乱。"猎城下"是说到郊外打猎。"虏酒"指营州当地的酒。"胡儿"此处指营州当地少数民族的青少年。

起句交代"营州少年"的生活习性，他们成天在原野上驰骋，就像水乡少年长年在江湖中出没。第二句"狐裘蒙茸猎城下"，简直就是一张少年打猎的摄影照，从"狐裘蒙茸"的着装就能看出他们的粗豪，"猎城下"更让人想见他们追逐猎物的矫捷。纵酒千盅不醉，十岁骑马不怯，"胡儿"的剽悍勇武，与其说得自后天的训练，还不如说是源于天生的禀性。

这首诗抓住"胡儿"的生活习性、衣着、行为、酒量、身手等方面，寥寥几笔就把有血性的"胡儿"写得栩栩如生。诗中的意象如原野、狐裘、虏酒、骑马、打猎，烘托出浓烈的异域风情，再加上用仄声字"下""马"押韵，声调变得十分急迫劲健，刻画了"营州少年"敏捷的身手和勇敢的形象。

诗人之所以能把我们带进边塞草原，是因为诗人真的去过边塞草原。

他的另一首绝句《塞上听吹笛》更为人传唱。

雪净胡天牧马还，月明羌笛戍楼间。
借问梅花何处落，风吹一夜满关山。

这首诗在《国秀集》中的标题是《和王七玉门关听吹笛》，在《河岳英灵集》中名为《塞上听吹笛》，二者的文字稍有不同。这里以后者的版本为准。

前两句写傍晚边塞的异域风情——

时节是冬刚去春将来，所以冰雪开始融化，虽地处边塞，但并无战火，"牧马还"完全是一派田园牧歌景象，让人想起《诗经》中"日之夕矣，羊牛下来"。"胡天"泛指西北边塞地区，"牧马还"一说是牧马归来，一说指打败敌人后凯旋，以前一种说法为好。如果是激战凯旋，那就彻底破坏了全诗的氛围。

首句说的是傍晚时分，次句便写夜月初上。和我们常见的那些边塞诗大不相同，此时此刻，没有硝烟弥漫，"戍楼间"洒满了银色的月光，飘荡着悠扬的羌笛声。"雪净"指冰雪融化，"羌笛"指羌族的笛子。"戍楼"即边防驻军的瞭望塔。

诗人把白雪、牧马、笛声，置于胡天、戍楼之中，像江南园林一样柔美，又不像江南园林那么小巧，于广袤辽阔之中，透出独有的恬静优美。谁曾见过，"胡天"明净而又空旷，气氛柔和而又安详？

"借问梅花何处落"紧承上句的"羌笛"，这时羌笛吹的是《梅花落》曲子。《梅花落》属汉乐府横吹曲，曲子内容是倾诉离情别绪。在这宁静的夜色之中，诗人迸发出奇思异想，由音乐曲调名的《梅花落》，变成了询问真实的"梅花何处落"，再加一句"风吹一夜满关山"，我的妈呀！塞北大地之上，银白的月光之下，朵朵雪白的梅花飘洒，"风吹一夜满关山"，又空灵，又神奇，又壮美，是夜景？是仙景？

前两句是写实，后两句是虚拟，使诗歌既逼真又灵动；既有工笔描摹，又有大笔濡染，使诗歌既细腻又壮阔。

这首诗的写法、意境，在边塞诗中别具一格。

说到别具一格的，还有高适那首送别诗《别董大》。

千里黄云白日曛，北风吹雁雪纷纷。

莫愁前路无知己，天下谁人不识君？

王维著名的《阳关三叠》有名句："劝君更尽一杯酒，西出阳关无故人。"诗意恰恰跟高适相反。大家注意，《阳关三叠》是"劝君更尽一杯酒"，兄弟再喝一杯，再喝一杯吧。"西出阳关无故人"，往西出了阳关，再也没有老朋友了。写得真是令人气绝。

你看高适写得多豪迈，"莫愁前路无知己"，兄弟你大胆地往前走，"天下谁人不识君？"你看写得何等慷慨激昂。

年轻的朋友们，你要是孤独抑郁了，读一读"莫愁前路无知己，天下谁人不识君"；你要是消沉悲观了，读一读"功名万里外，心事一杯中"，想一想"离魂莫惆怅，看取宝刀雄"。哪怕你的情绪再不好，哪怕你已经很灰心，保证你会读得热血沸腾，心情大好。

你信不？

第 9 讲

侠骨柔肠

　　朋友们，这一讲我主要讲"诗家夫子王昌龄"，先说一下这一讲的题目，我为什么名之为"侠骨柔肠"。就题材而言，王昌龄诗集中写得最多，也写得最好的，要数他的边塞诗歌和妇女题材诗歌。在这两类题材的诗歌中，他用得最多的体裁是七言绝句，传世最广的也都是七言绝句。就诗风而言，不用说妇女题材诗歌写得含蓄委婉，就是在边塞诗中，在歌颂边塞将士立功塞外的同时，也不忘表现征夫思妇两地缠绵的思念，因而，他的诗歌风格，有的雄壮，有的深沉，有的含蓄，有的柔美。

　　他一方面豪气干云，一方面又柔肠百结，所以我把这一讲的题目叫"侠骨柔肠"。

1．横空硬语

　　在盛唐诗坛上，王昌龄有"诗家夫子""七绝圣手"的美称，他的七言绝句只有李白可与之媲美，甚至有人认为他的七言绝句成就超过了李白。不过，在我看来，他们两人的七绝，有差异而无高下。

李白、孟浩然、王维、高适、岑参、储光羲、崔颢等著名诗人，都和他交情深厚，用今天的话说，他的"微信群"中，全是盛唐第一流的精英。

我常对大家说，"朋友朋友，棋逢对手"。听懂了没有？

真正的朋友，要么才华，要么人格，要么能力，要么见识，要么地位，必须达到大致相同或相近的高度。我常常和大家讲，你要想知道自己在社会上占有什么样的位置，或者说你在这世上"算老几"，打开微信，翻一下你的朋友圈就知道了。你的朋友都是些什么人，你就属于哪种人。

当时，王昌龄的一举一动，都会让朋友们牵挂，还可能上社会的"热搜"，如天宝七载（748年），他从江宁（今南京市）丞贬为龙标（今湖南省洪江市黔城镇，原湖南省黔阳县治）尉时，李白马上就寄去名诗《闻王昌龄左迁龙标遥有此寄》。

> 杨花落尽子规啼，闻道龙标过五溪。
> 我寄愁心与明月，随风直到夜郎西。

和盛唐许多著名诗人一样，王昌龄为人豪侠倜傥，又和盛唐其他著名诗人不一样，他同时也很委婉深沉。他的家世本来十分显贵，但是到他的时候已经开始衰落，他的人生经历了很多坎坷，所以他知道下层人民的痛苦。少时"久于贫贱"的成长环境，成人后曲折坎坷的社会经历，既使他"多知危苦之事"，也使他比很多人多了一层忧患意识，更使他对社会有深刻的认识，对人生有更深的体悟，因而他豪侠却绝不轻浮，粗犷而又不失其细腻。

他的边塞诗在盛唐独树一帜，他把雄健粗犷的语言、大开大合的结构让给高适，把奇异的边塞风光、奇峭的诗歌风格留给岑参，自己专拣短小的七言绝句，歌颂边塞将士为国立功的雄心壮志，描写征夫思妇两地缠绵的思念，风格含蓄、美丽而深沉。

另一个不同于崔颢、李颀，又不同于高适、岑参的地方，是他的边塞诗具有一种宏大的视野和深沉的历史意识，如《出塞二首·其一》。

秦时明月汉时关，万里长征人未还。
但使龙城飞将在，不教胡马度阴山。

"秦时明月汉时关，万里长征人未还"，前两句先声夺人，把人们带进宏大的空间和久远的时间，给读者以强烈的震撼，难怪明朝人杨慎在《升庵诗话》中说，"秦时明月"四字"横空盘硬语也"。我们来看看它巨大的时间和空间结构，时间上是"秦时明月"，是"汉时关"，空间上是"万里长征"。这里得修正一下，"秦时明月汉时关"既含时间也含空间，"秦汉"是历史时间，而"关"则属空间。

月为什么只是"秦时月"？关为什么只说"汉时关"？"秦时明月汉时关"，是互文见义，拆开来说，就是秦汉时的明月，秦汉时的关。

这两句大意是说，设关防戍胡人由来已久。秦汉时就开始修长城抵御匈奴，到唐一千多年来，月亮还是秦汉时那个月亮，关塞也还是秦汉时那个关塞，战争仍属秦汉那样的战争，"万里长征"还像秦汉时那样进行，可征人却一代代在换，到了"汉时关"就死在了"汉时关"。

"万里长征人未还"，写得十分悲凉，历朝历代出征的将士，只见征人去，不见征人还，"人未还"三字中，有多少征夫魂？有多少思妇泪？万里不绝的征人何其悲壮，历朝历代的思妇又多么悲凉。过去如此，现在如此，这种日子哪有尽头？头顶上的"秦时明月"是历史无言的见证，望不到边的"汉时关"，既是先民用血肉筑成的，也要后人用生命来守卫。

"人未还"引出了后两句："但使龙城飞将在，不教胡马度阴山。"西汉名将卫青率兵北击匈奴，一直追逐到龙城，并斩首数百敌寇。"龙城"一说在今天内蒙古自治区赤峰市附近，一说在今蒙古国鄂尔浑河西侧附近。"飞将"指汉右北平郡太守李广，因为他英勇善战，匈奴称之为"飞将军"，从来不敢与他交锋。也有人说诗中的"龙城"指唐代卢龙城，在今河北省迁西县北喜峰口一带，曾为李广练兵的地方。"龙城飞将"合用卫青和李广事，泛指威震敌胆的名将，无论人名还是地名不必过分拘泥。"但使"就是今天"只要"的意思，"胡马"指侵犯内地的外族骑兵。"阴山"是横亘内蒙古自治区南境、东北，连接内兴安岭的阴山山脉，古代匈奴常从这儿南下。这首诗明说渴望古代的名将出现，实际上是暗贬眼下将帅无能，只是讽刺含蓄委婉，不像中晚唐诗人讽刺时用语刻薄。现在要是有汉代那样的"龙城飞将"，胡人哪有狗胆翻过阴山南下？可见，由于时下边将昏庸无能，边境才没有安宁之日。"不教胡马度阴山"，表达了他保家卫国的愿望，也谴责了那些不义的战争。

后两句是诗人的想象，也是诗人的希望。

起二句"横空盘硬语"，以巨大的时空结构，呈现深层的历史内涵。不过，语虽是硬语，情却是悲情，可以说是语硬而情伤。后二句承"人未还"而来，巧用"但使……不教"的假设复句，以假设之辞，抒内心所想，像脱口而出的口语，诗歌语言显得自然而又流畅。

这首诗大气而又深沉。

《出塞二首·其二》写得同样好，只用寥寥数字就把勇士勾勒得栩栩如生，表现了将士英武的气概、尚武的精神，还有胜利的豪情。

骝马新跨白玉鞍，战罢沙场月色寒。
城头铁鼓声犹震，匣里金刀血未干。

"骝马"是指一种黑鬣黑尾巴的红马，"骝马新跨白玉鞍"的意思是说，那匹骝马上的雕鞍是用白玉做成的。胯下的红马配白玉鞍，战马上的将军又勇猛又帅气。字面上着墨写马写鞍，你从座下的鞍马，就会想象马上的将军，落墨实际上是写将军的英武，很帅，很酷。

　　"战罢沙场月色寒"，大家注意，王昌龄的边塞诗有一个很大的特点，他很少正面写激战的场面，常常选择特别的一瞬间来写，喜欢选哪一个瞬间呢？就是刚刚打完仗，战争刚刚结束的那一刹那。

　　"战罢沙场月色寒"，"沙场"就是战场。"月色寒"就是寒气逼人。为什么"月色寒"？因为刚才的战争非常惨烈，满眼望去尸横遍野，那惨白的月光照在一片血色的战场上，真是令人震惊，所以说"战罢沙场月色寒"。

　　他刚才不是说"战罢沙场月色寒"吗？"战罢"就是战争刚刚结束。为什么还能听到"城头铁鼓声犹震"呢？这鼓声是从哪儿来的？就是战争刚刚结束，耳朵里面好像还回响着千军万马的冲锋号角和战鼓的"咚咚咚"声。

　　"匣里金刀血未干"，他刚刚杀了那么多敌人的刀子上面还鲜血淋漓，写得实在太震撼、太雄壮。大家注意，匣里的金刀，我们也可以理解成刀子已经装在刀鞘里面，也可以说他刚刚装进去，他的刀子上还鲜血淋漓。这才是爷们儿。

　　我们今天读这首诗，读得胆寒，老实说你要是叫我去杀敌，我双手一定会颤抖。

最后两句，"城头铁鼓声犹震，匣里金刀血未干"，写出了这位将军对战争胜利的自豪，也写出了战胜强敌的自信。

2. 别样的柔情

在题材上，王昌龄歌颂边塞将士立功塞外的雄心壮志，也描写了征夫思妇两地缠绵的思念。王昌龄的七言绝句，意象越来越密聚，意脉也更为曲折跌宕，在雄豪中有细腻，于俊爽中寓蕴藉，风格有的雄壮，有的深沉，有的含蓄，有的优美。

如果把他的诗和王之涣、王翰的诗做比较，就更容易看到，写前方战士的那种细腻的心理活动，是王昌龄边塞诗的拿手好戏。

我们选讲《从军行七首》的代表作。先讲第一首。大家注意，这首诗和刚才讲的《出塞二首·其二》一样，《出塞二首·其二》描述的是战事刚刚停止的一瞬间，这首诗也是截取一个小片段，就是在傍晚战争的间歇中，这位战士跑到城西的烽火台上。我们看他是怎样写的。

> 烽火城西百尺楼，黄昏独坐海风秋。
> 更吹羌笛关山月，无那金闺万里愁。

这首诗写的是一个战士，在战斗的间隙偷偷想老婆。

首句"烽火城西百尺楼"，交代了故事发生的地点——战士一个人到烽火台顶上去。"烽火"就是指烽火台。为什么造烽火台呢？因为古代打仗要报警，没有电话，没有手机，又没有发报机，什么都没有。古代是靠烽火来报警，所以烽火台要筑得很高。

第二句交代时间和环境。"黄昏"而且是"独坐"，"海风"又正值"秋天"。一层层地向前推进，先是"百尺楼"点明诗歌所描写的地点，在烽火城西的百尺楼顶上，时节正值秋天，时间又是"黄昏"，主人公正在"独坐"，此时此刻又有"海风"。"海风"就是沙漠吹来的风。

大敌当前要拼个你死我活，冲锋陷阵时一心只想着杀敌，战斗结束后一人独坐才容易相思。在那种情况下，一个长久在外出征的男人，要是不想家那才怪了，而已婚的男人想家，多半都是在想老婆。大家知道，古人结婚大都很早。

此时本来就容易想老婆，更要命的是，"更吹羌笛关山月"。"更"是在前面两句的基础上转进一层，"更"营造了一种想家的氛围。"羌笛"是边塞常常使用的乐器，古代属于胡乐。"关山月"是一种曲调，这首曲子抒发伤离别的情感。

前面三句，全部是为第四句做铺垫："无那金闺万里愁。""无那"就是无奈，"金闺"是闺房的美称，此处代指他的太太。我的个天！这句写得特别曲折，不说我想太太想得要命，而说太太在万里之外想我想得要命。清代李锳在《诗法易简录》中说："不言己之思家，而但言无以慰闺中思己，正深于思家者。"古代没有电话，也无手机，更不会有微信，他怎么知道自己的老婆，此时此刻想他想得要命呢？

当然是战士自己在想太太，太太又何尝不想自己的征夫呢？

前三句的铺垫，一层层深入，把想家的氛围营造得特别逼真，一步步地使你不得不想。最后一句抒情又特别细腻，用笔又特别曲折。

《从军行七首·其二》同样也是名作。

琵琶起舞换新声，总是关山旧别情。
撩乱边愁听不尽，高高秋月照长城。

和上首一样，这首诗也是写战争间歇中，军中生活的一个片段。上首是诗人黄昏独坐而思家，这首写军中彻夜作乐而起愁。

你们知道什么叫玩命吗？冷兵器时代上阵杀敌，不是杀人，就是被人杀，这才算"玩的就是心跳"，这也是俗话说的"提着自己脑袋玩"。

好不容易在两次战斗的间隙，将士们还不好好饮酒作乐！于是就有了"琵琶起舞换新声"，前首诗的乐器是羌笛，这首的乐器是琵琶，都是西域常用的胡乐器。另一边塞诗人岑参《白雪歌送武判官归京》说，"中军置酒饮归客，胡琴琵琶与羌笛"，王翰《凉州词》也说，"葡萄美酒夜光杯，欲饮琵琶马上催"，可见，那时军中饮酒作乐离不开这几种乐器。随着琵琶乐声响起，大家疯狂地跳舞，舞曲不断地更换新声，照说将士们应当玩得特别销魂。

不承想第二句反跌："总是关山旧别情。"舞曲虽然换了新声，奏出来的却总是"旧别情"，而且总是边塞的"旧别情"，声虽新，情仍旧，不管换了多少种"新声"，听上去都是一样的旧情。

所以"新声"换得越多，将士们听上去就越烦，这就逗出了第三句——"撩乱边愁听不尽"，"撩乱"就是乐声让人心烦意乱，"边愁"是指长期戍边的愁苦，也就是上句的"旧别情"。"听不尽"一作"弹不尽"，从诗意上看以"听不尽"为佳。

尾句"高高秋月照长城"以景结情，诗人突然宕开一笔，像电影镜头突然推向室外，在"秋月"冰凉银白的月光下，莽莽苍苍的长城蜿蜒起伏，帐幕中是听不尽的边愁，帐幕外是望不到头的长城，是无处不在的秋月。

新声、别情、边愁、秋月、长城，朋友们能分清哪是情哪是景吗？情融于景，景中带情，这就是我们常说的"情景交融"。

诗情很悲凉，诗境却很开阔。别情不是情侣的缠绵，边愁也不是文人的哀怨，细腻中寓粗犷，边愁里有雄强。

我们再看看《从军行七首·其五》，写得特别豪迈。

> 大漠风尘日色昏，红旗半卷出辕门。
> 前军夜战洮河北，已报生擒吐谷浑。

"大漠风尘日色昏"，"大漠"就是辽阔的沙漠，"风尘"就是风沙，哪怕白昼也被风尘吹得天昏地暗。将士在这么恶劣的环境中出征，沙漠的狂风卷起沙尘暴，军中的红旗也只能"半卷"。"辕门"就是军营的大门。出征环境越是恶劣，出征勇士就显得越英武。

"前军夜战洮河北，已报生擒吐谷浑"，我的个天！后面部队刚出"辕门"，前方的战斗就已经结束。他把千军万马的厮杀，写得好像是两人单枪匹马的肉搏，猛士挥刀，对手头落，一瞬间就搞定，真的写得太好了。

最后提醒一个知识点："洮河"又叫巴尔西河，发源于青海省。"谷"读yù，不要读gǔ。"吐谷浑"是古代西域的少数民族，这里泛指来犯之敌。

第 10 讲
彪悍人生

1. 才气，侠气，义气

王翰的"葡萄美酒夜光杯"，王之涣的"黄河远上白云间"，盛唐这二首《凉州词》唱彻了神州，而且一唱就是一千多年，今天还能随处听到人们传唱，甚至一见到葡萄酒就想起了王翰。

说来也怪，二王像是孪生兄弟，他们不仅同姓，还是同乡——并州晋阳（今山西太原），他们都是诗人，又都是侠客，都是酒鬼，都是赌徒，而且都有才气，有侠气，有义气，有胆气，有傲气……

他们是那个强盛的时代，养育出的一对强悍爷们儿。

非常之人才能写出非凡之诗，要读懂诗歌必先读懂诗人。

还是用说书人的讲法，花开两朵，各表一枝，先从王翰说起。

据闻一多先生编选的《唐诗大系》，王翰的生卒年大致在687—726年。傅璇琮《唐代诗人丛考·王翰考》，推定他在景云元年（710年）进士及第。在唐朝，要数进士最为难考，也要数进士最为荣耀，"三十老明经，五十少进士"，虽然说得有点夸张，但从中能见出进士在人们心中的地位。王翰不满二十四岁就考取了进士，绝对算是少年得志。以他的个性，想来金榜题名日，王翰肯定有妙诗，可惜没有留下诗歌，无从得知他当时的情感反应，无从得见他是如何得意忘形的。

《旧唐书·王翰传》说王翰"少豪荡不羁，登进士第，日以蒲酒为事"。《新唐书·王翰传》也说他"少豪健恃才，及进士第，然喜蒲酒"。这两种的记载都不准确，从《旧唐书》的文字看，王翰沉迷赌博和纵酒，好像是在考取进士以后，而从《新唐书》的记述来看，又好像考前考后一直都在疯赌狂饮，他死前嗜赌和纵酒仍旧疯狂，我比较倾向于《新唐书》的说法。

如果生在当今之世，王翰的履历表一定写得十分难看，优点那一栏除了"有才"以外，还真找不出多少"优点"，即使有才也是恃才傲物，优点也很快转化成了缺点。《唐才子传》这样数落他："少豪荡，恃才不羁。喜纵酒，枥多名马，家蓄妓乐。翰发言立意，自比王侯。日聚英杰，纵禽击鼓为欢。"《旧唐书》本传还加了他一条"罪状"，称他常常"颐指俦类，人多嫉之"。被贬仙州别驾后，他照样放荡不羁。这两段文言的大意是说，王翰从小就豪侠放荡，脸上总挂着"老子天下第一"的傲气。长期喜欢纵酒作乐，马厩里有很多名马，家中还养着不少歌女乐伎。他平时说话那神气做派，看起来比王侯还王侯。每天都和英雄豪杰聚在一起，以纵禽击鼓为欢，而对他的同辈颐指气使，弄得很多人都忌恨他。更要命的是，妻稍不如意"便休之"，换妻子比换衣服还快。

这样傲气，这样狂妄，这样放纵，这样忘乎所以，这样张扬放肆，他不仅招同辈忌恨，说实话，看了他这份"履历表"，连我也有点讨厌他。如果我是招聘面试官，扫一眼他的求职简历，看一眼他不可一世的神气，可能一句话也懒得和他讲，马上让下一位求职者进来。

可是，他根本不会也不必屈尊到公司应聘，一生都得到大人物的赏识，差不多人生的每一步都有贵人相助。在仕途上，他的人生简直开挂了，唐玄宗开元年间的两任名相张嘉贞和张说，先后都在他家乡并州做过长史，二张恰好又特别欣赏他的气质和才华。《新唐书》本传载，"张嘉贞为本州长史，伟其人，厚遇之。翰酒间自歌，以舞属嘉贞，神气轩举自如"。史载张嘉贞为人方正严肃，想不到如此看重王翰，"伟其人"就是对其人十分赞美，因而对他礼遇很厚。王翰也懂得投桃报李，自编歌舞献给张嘉贞，史传说他跳舞的时候，器宇轩昂高举，神态从容自如。张嘉贞前脚走，另一位重要人物张说后脚到，张说不仅是政坛上的宰辅，也是诗坛的领袖，他对王翰更是赞赏有加，《新唐书》本传说，"张说至，礼益加。复举直言极谏，调昌乐尉，又举超拔群类。方说辅政，故召为秘书正字，擢通事舍人、驾部员外郎"。

好酒、好赌、好色，这三样都占全了，搁在今天连老婆也讨不上，可张嘉贞和张说好像视而不见，放纵，张狂，傲慢，在他们眼中好像也属可以忽略的缺点，这一切都没有影响他们对王翰的赏识和提拔。更让人大感意外的是，王翰在社会上也享有美名，他的诗友杜华的母亲崔女士说："吾闻孟母三迁。吾今欲卜居，使汝与王翰为邻，足矣。"《唐才子传》赞叹说："其才名如此！"让一个母亲在卜居的时候，希望自己的儿子能与王翰为邻，恐怕还不只是佩服他的才名，对他的立身大节必定十分仰慕。后来杜甫为了自抬身价，在《奉赠韦左丞丈二十二韵》中吹嘘说："李邕求识面，王翰愿卜邻。"这两句其实应该反着读，可见王翰在社会精英中的口碑，当时许多人都想与王翰为邻。

辛文房在《唐才子传·王翰》结尾说："太史公恨古布衣之侠，湮没无闻，以其义出于存亡死生之间，而不伐其德，千金驷马，才啻草芥，信哉，名不虚立也。观王翰之气，其若人之俦乎？"辛氏认为王翰最值得推崇的，不是他的才气，而是他的侠气。

《凉州词二首》就是王翰才气与侠气的生动展现，这里只讲第一首。

葡萄美酒夜光杯，欲饮琵琶马上催。
醉卧沙场君莫笑，古来征战几人回？

《凉州词》是唐乐府旧题，凉州唐代属陇右道，在今甘肃

河西、陇右一带，州治所在今武威县。郭茂倩《乐府诗集》引《乐苑》说：'《凉州》，宫调曲，开元中西凉府都督郭知运进。'

'葡萄美酒'产自西域，'夜光杯'也来自西域，据东方朔《海内十洲记》载，夜光杯是周穆王时西胡所献。《凉州词》既是西域陇右一带所唱的曲调，酒和杯都是西域特产，渲染出浓郁的西域风情。

酒是葡萄美酒，杯是夜光杯，可以想象出征宴上一片喧哗，酒香四溢，即便不在现场我也想狂饮烂醉，何况筵席中的将士们呢？而且筵席上还有琵琶催饮呢。饮的是葡萄酒，用的是夜光杯，弹的是琵琶琴，完全是一派边塞的风景。'欲饮'是将饮未饮之时，大家本来就盼着快饮，此时又有'马上琵琶'相催，我好像见到了大家都'嗨翻了'的场面，个个都'饮如长鲸吸百川'，整个宴会大厅完全沸腾。

'欲饮琵琶马上催'，为什么'催'呢？有一种说法是催将士出征，有一种说法是催大家豪饮，那么到底是催饮酒还是催出征呢？两说都可以，可能'催出征'更好一些，这是一次出征前的壮行酒。

你们看看诗下两句怎么说，'醉卧沙场君莫笑'，老子今天要喝个够。为什么？'古来征战几人回'。他写得很悲凉，同时也很激昂，其实他也写得很豪迈。

将士们虽然都知道自己的命运，知道生命的结局，但他们早就把生死置之度外。这首诗的情调不是悲凉，而是悲壮。

这些边疆将士从军，为的是保家卫国，他们活着冲上战场，就没有准备活着下战场！他们在敌人的刀锋上跳舞，他们提着自己的头颅高歌，这就是男人，不，这就是爷们儿，这就是侠气！

难怪明人王世贞在《艺苑卮言》中说："'葡萄美酒'一绝，便是无瑕之璧。"清代宋顾乐同样认为此诗"气格俱胜，盛唐绝作"（《唐人万首绝句选评》）。

2. 你看他多得意！

不知出于什么原因，王之涣这位盛唐的著名诗人，新旧《唐书》竟然只字未提，《唐才子传》虽然为他立传，但记述他生平的文字少得可怜，不是错误——如称他是"蓟门人"，就是含糊——如忽略了他的生卒年。

幸好二十世纪三十年代，唐人靳能的《唐故文安郡文安县太原王府君墓志铭并序》出土，由此得知王之涣"本家晋阳，宦徙绛郡"，也就是说，他原籍为晋阳（今山西太原）王氏望族，他的五祖游宦绛州（今山西省新绛县），后来便世居绛州，他也就成了绛州人。

少年时豪侠使气，王之涣可以和王翰比肩；成人后放荡不羁，王之涣也从来"当仁不让"。据《唐才子传》说，他自幼聪颖好学，与五陵年少一起，经常击剑悲歌。"五陵年少"其实就是贵族的公子哥儿。墓志铭说他从小就很聪明，读书特别有悟性，十几二十岁便能精研文章，不到壮年便已深究经典奥妙。

有学问才华，未必会考试，他在科举上没有王翰那么风光，《唐才子传》说他"耻困场屋，遂交谒名公"。唐朝文人看重进士，没有考取进士，不只是自己没面子，关键是人生没出路。好在他出身于太原王氏名门，最后以门荫才算当上了"公务员"。开始授衡水县主簿，县主簿其实是县里的一个下层文职。不知衡水县令李涤是看上了他的才华，还是看上了他的门第，将自己的三女儿许配给了他。没多久被人诬告，他弄丢了这顶小乌纱帽，墓志铭说他"拂衣去官"，我觉得好像是给他台阶下，拖家带口的王之涣没有动不动就"拂衣"的底气。熬到四五十岁才补文安（今河北省文安县）县尉，五十五岁死在县尉任上。

墓志铭说王之涣"慷慨有大略，倜傥有异才"，可惜，这哥们儿的运气太糟，有"异才"却没好运，心高而位低，才大而官小。好在诗坛上的兄弟们并没有小看他，他更没有小看自己。《唐诗纪事》载，他与王昌龄、崔国辅"连唱迭和，名动一时"。他的朋友圈中人，不是诗坛上的红人，便是社会上的"大V"。王昌龄在当时被称为"诗家夫子"，差不多成了诗歌中的圣人，连李白也要敬他三分。唐人薛用弱《集异记》中那则"旗亭画壁"，说的就是他与王昌龄、高适三人，在一家酒楼用诗打擂台的故事——

话说唐玄宗开元年间，一个雪花飞舞的冬天，王昌龄、高适、王之涣一起去酒楼小聚。碰巧十几个珠围翠绕的歌女，也在酒楼边饮边唱。她们演唱的都是当时最流行的诗曲。王昌龄说："我们三人算是诗坛名角了，今天歌女们唱哪位的诗歌最多，哪位就是我们中的老大。"

第一位歌女首先开唱："寒雨连江夜入吴，平明送客楚山孤。洛阳亲友如相问，一片冰心在玉壶。"（《芙蓉楼送辛渐二首·其一》）王昌龄马上画壁："我的一绝。"

一歌女接着唱道："开箧泪沾臆，见君前日书。夜台何寂寞，犹是子云居。"（《哭单父梁九少府》）高适伸手画壁："我的一绝。"

又一歌女出场："奉帚平明金殿开，暂将团扇共徘徊。玉颜不及寒鸦色，犹带昭阳日影来。"（《长信怨》）王昌龄在壁上画二道："我的两绝。"

王之涣非常镇定地说："刚才开唱的女孩非土即俗，'阳春白雪'一类雅调，岂是她们唱得好的呢？"他顺手指着歌女中最靓丽的一个说："她唱的如果不是我的诗，我在你们面前甘拜下风。"三位屏息静气。

话音刚落，王之涣说的那个姑娘便亮开金嗓。

黄河远上白云间，一片孤城万仞山。

羌笛何须怨杨柳，春风不度玉门关。

这首诗正好是我今天要讲的《凉州词》，它是王之涣《凉州词二首》的第二首。

这首诗最早见于盛唐人编的《国秀集》，第一二句是"一片孤城万仞山，黄河直上白云间"，次序与文字都与我们常念的版本不同。中唐人编的《集异记》中，第一二句则为"黄河远上白云间，一片孤城万仞山"，后来宋代的《文苑英华》《乐府诗集》《唐诗纪事》《万首唐人绝句》，第一句都作"黄沙直上白云间"。

明末清初的吴乔认为"黄沙远上白云间"为优，他在《围炉诗话》卷三中说："黄河去凉州千里，何得为景？且河岂可'直上白云'耶？"他提的理由有二：一是黄河离凉州上千里，你看得见凉州就必定看不到黄河，就像画家不能把它们同时装在同一画框，诗人也不能把凉州和黄河纳入一幅景象；二是说黄河"直上白云"，违背了起码的常识。

暂不谈"黄沙直上白云间"的优劣，吴乔说的两条理由都全无道理。首先，凉州与黄河远隔千里，不能纳入一幅景象中，这在地理学上当然不错，但王之涣是写诗，并不是做地理测绘，诗人想象中可以"精鹜八极，心游万仞"，可以"观古今于须臾，抚四海于一瞬"，只要他能想出来，就没有不可写出来的；其次，如果说黄河"直上白云"有违常理，那李白的"黄河之水天上来"岂不是天理难容？

赞成"黄河远上白云间"的人，认为这句比"黄沙直上白云间"，画面更有美感，气象更加雄伟。

其实，在我看来，首句是"黄河远上白云间"很好，是"黄沙直上白云间"也未尝不好，两者皆可。

"黄沙直上白云间，一片孤城万仞山"，莽莽黄沙直抵天边，万里黄沙中耸立一座孤城，比"黄河远上白云间"多了一份粗犷苍凉。

"黄河远上白云间，一片孤城万仞山"，黄河、白云、孤城、万仞山，景象更为辽阔，构图更加壮美。更何况大家已经念习惯了这个版本，中小学学生也是念的这个版本，所以这里我以它为依据展开分析。

此诗通过边塞辽阔荒凉的景象，渲染一种苍凉悲壮的氛围，表现戍边将士复杂的思想情感，既有在酷寒边塞不能归家的哀怨，也有豁出去了的壮烈，悲凉却不颓丧，哀怨而又激昂，艰苦仍然慷慨，充盈着一种勇往直前的气势，全诗显得雄强博大，这就是我们常说的"盛唐气象"。

"黄河远上白云间"和"黄河之水天上来"，都是诗人的大手笔，也都是人世间的妙句。李白"黄河之水天上来"，给人头晕目眩的震撼，自己仿佛要被黄河之水冲走，而"黄河远上白云间"，则显得广袤辽阔而又透迤从容，读者好像也沿着黄河走进了白云。

"一片孤城万仞山"，诗人由远而及近，"孤城"是整个画面的中心，"黄河远上白云间"是它宏大的远景，"万仞山"是它就近的背景。"孤城"只是"一片"，群山则是"万仞"，凸显了戍边之地的孤危，也表现了边塞的荒凉。大家注意，"孤城"就是指后面的"玉门关"。

"羌笛何须怨杨柳"，前面说过羌笛是胡人的乐器，"杨柳"就是《折杨柳》曲子。《折杨柳歌辞五首》说："上马不捉鞭，反折杨柳枝。蹀座吹长笛，愁杀行客儿。"很明显，这句化用了《折杨柳》的诗意。因"柳"与"留"谐音，唐代盛行折柳赠别的习俗。《折杨柳》的笛声容易引起离愁别恨，诗人不说吹《折杨柳》或闻《折杨柳》，偏说"怨杨柳"，一是避免单说曲名的呆板，二是更富于诗意，三是更易激发读者的想象。

第四句"春风不度玉门关"，诗意上是转进一层，上一句说，羌笛呀，你何必去吹哀怨的《折杨柳》，埋怨春光姗姗来迟呢？下一句说，玉门关好歹还能等到春光，过了玉门关连春风都吹不到啊！读到第四句才发现，"一片孤城"尽管荒凉，玉门关尽管春晚，但它毕竟能等到春天，戍边过了玉门关可是春风的影子也见不着。古代戍边至玉门关就是一个坎，"不敢望到酒泉郡，但愿生入玉门关"（《后汉书·班超传》），这既是班超的心愿，也是所有戍边者的心声。

这首诗前两句写得壮伟，后两句写得深情，在广袤辽阔的背景上，描绘了边塞的荒凉，抒发了将士的思乡之情，但它给人的感受不是悲凉而是悲壮，不是颓丧而是昂扬。

第11讲

奇才奇气

1. 一门三相

岑参在盛唐诗人中极有个性，其人充满奇才奇气，其诗更多奇景奇意。

史称岑参[1]的先世为河南南阳人，他的祖辈在南朝梁代，举家迁到湖北江陵。史书上有人说他是南阳人，这是指他的郡望，岑氏是南阳的望族，唐人特别重郡望，岑参其实没有到过南阳。又有人说他是湖北江陵人，是指他的籍贯而言。据他自己说，十五至二十岁这段时间，他在河南嵩山一带隐居。

岑参生于一个非常显贵的家庭。唐朝开国以后，他的曾祖父岑文本、伯祖父岑长倩、他的堂伯父岑羲，三人都位至宰相。唐朝开国还不到一百年，岑参一家就出了三个宰相，在《感旧赋》的序言中，他十分自豪地说"国家六叶，吾门三相矣""参，相门子"，我岑参是相门的后代。不仅出身高贵，而

---

1 岑参（约715—770年），官至嘉州刺史，世称岑嘉州。其诗与高适齐名，并称"高岑"。长于七言歌行，善于描绘异域风光和战争景象。其诗气势豪迈，情辞慷慨，色调雄奇瑰丽。著有《岑嘉州诗集》。

且聪明过人，"五岁读书，九岁属文"，又高贵又聪明的牛人，肯定自信到爆棚的程度，"十五隐于嵩阳，二十献书阙下。尝自谓曰：云霄坐致，青紫俯拾"。"云霄坐致"的意思是，老子坐着就可以爬到最高位置。"青紫俯拾"的大意是，卿相我随便弯弯腰就可以捡到。不承想人生这般坎坷，一直到"金尽裘敝"，仍然"蹇而无成"，弄得我一身贫困落魄，最后什么事情都没干成。"岂命之过欤"，这只能说我的命太不好。"昔一何荣矣"，我的家世过去是多么荣耀。"今一何悴矣"，家道今天是多么衰落。

2. 豪气与柔情

岑参不只出身名门，不只高大帅气，而且极有才华，套用我们今天的话来说，他是典型的"高富帅才"。

二十岁那年，他就给皇上献书。天宝三载（744年），他一举考上进士。可惜，考上进士以后他出任的是闲职——率府兵曹参军，杜甫也做过率府兵曹参军，唐诸卫府、东宫诸率府、王府、京府、都督府、都护府都设置有兵曹参军。对于功名心强烈的人来说，他在这种位置上肯定很憋屈。

三十岁前，岑参一直非常压抑，考上进士后四五年，也就是天宝八载（749年），为了自己的功名，也为了自己的理想，他毅然投笔从戎，到安西节度使高仙芝将军的幕府里做幕僚。

《初过陇山途中呈宇文判官》一诗抒发了他的人生理想："万里奉王事，一身无所求。也知塞垣苦，岂为妻子谋。"《送人赴安西》："上马带吴钩，翩翩度陇头。小来思报国，不是爱封侯。"我之所以"翩翩度陇头"来到边塞，是因为从小就想报效国家，对封侯拜相没有多大兴趣。一写到边塞他就慷慨激昂，我每次读这些诗句都怦然心动。我也知道，"万里奉王事"可能是门面话，"一身无所求"也许有所拔高，但他走上前线不是为了妻子、儿子、票子倒是真的，他喜欢浪漫刺激，希望在官场上春风得意，在为国立功的同时，也能实现自己的理想，都是他投笔从戎的原因。

南疆大漠举目都是飞沙走石，偶尔才听到几声驼铃打破寂寞，看到几株骆驼草、几棵红柳点缀荒凉，还有变幻莫测的天气，不期而至的狂风，时不时光顾的暴雪，叫人难耐的酷暑严寒，除了战争的狼烟，就是冲锋的呐喊。这是岑参主动选择的生活，在这儿才能找到灵魂的归宿，才能实现自己的理想。

岑参没有辜负边疆奇异的风光，也没有辜负时代赋予他的使命。

他用生花的妙笔，为我们描绘了边塞特有的风俗民情，那种惨烈的战争和自然的风光，还有他那豪迈的精神，所以他的边塞诗写得奇峭、热烈、粗犷，而且刺激。

当然，这与岑参的性格有关。杜甫说，"岑参兄弟皆好奇"（《渼陂行》），他们兄弟都好奇，那是他们的个性。

正因为他的好奇，所以他的诗歌语言奇、景物奇，立意也奇，他以绚丽多姿的语言、急促高亢的音节，描绘了变幻莫测、奇特壮丽的风光，抒发了豪迈、壮伟、激烈的情怀，呈现出奇峭而又恢宏的风貌。

其《碛中作》写出了初赴边疆的情景。

走马西来欲到天，辞家见月两回圆。

今夜不知何处宿，平沙万里绝人烟。

"走马西来"寥寥四字，诗人驱马疾驰的形象如在眼前。想当年，岑参"一身从远使，万里向安西"（《碛西头送李判官入京》），这种一往无前的勇气让人动容。"欲到天"是说"走马"到了西天的尽头，既写出了离家的遥远，又写出了沙漠的野旷天低。他的《碛西头送李判官入京》还说，"寻河愁地尽，过碛觉天低"，一望无际的莽莽沙漠，前方好像就是地平线，使人误以为已到天的尽头。首句写大漠的苍茫雄浑，次句写自己的乡情难耐，辞家后两次看到圆月，眼见月圆而人不能团圆，思家更是愁肠千结。"今夜不知何处宿"的处境容不下儿女情长，王维《终南山》尾联说，"欲投人处宿，隔水问樵夫"，可岑参置身于"平沙万里绝人烟"，连个人影也见不着。

诗人似乎已经习惯了沙漠生活，宿处毫无着落，沙漠又"绝人烟"，但没有一丝慌乱凄凉，反而凸显了豪迈粗犷。此诗雄浑中有柔情，苍凉处显豪气。

《逢入京使》写于上首诗的前后，但比前首更广为人传诵，这首诗同样既有慷慨的激情，又有深情的眼泪。

> 故园东望路漫漫，双袖龙钟泪不干。
> 马上相逢无纸笔，凭君传语报平安。

为了到高仙芝将军那里去打仗，他第一次离开首都长安的家门，骑着马到万里之外的安西，马在大沙漠中走了好几天也看不到人影，突然看到对面远远地来了一个人，他就问对方："你到哪里去？"对面的人说："我回长安。"他一听说"回长安"，眼泪就唰唰唰地流下来了。

"故园东望路漫漫"，为什么"东望"呢？联系上诗的"走马西来欲到天"就明白，从长安到安西是朝西走，回过头来一看，根本看不到长安，那里有他的老婆和孩子，所以一想到这些眼泪就来了。"双袖龙钟泪不干"，"龙钟"指涕泪淋漓的样子，就是眼泪流个不停。此时此刻换成是我，很可能掉头回去了。

"马上相逢无纸笔，凭君传语报平安。"兄弟，马上相逢找不到笔写信，麻烦给我老婆捎个信，说你亲眼见到我岑参还活着。岑参喜欢闯荡天下，又特别牵挂妻儿，在安西幕府只要一见有人回京，就一定要给家中写信，《碛西头送李判官入京》一诗也说："送子军中饮，家书醉里题。"这次"马上相逢无纸笔"，也要请人"传语报平安"，这应验了鲁迅"无情未必真豪杰"的名言。"传语报平安"之情，人人心中所有，我们只身在外不管受了多少苦，不管遭了多少罪，都只向家中亲人"报平安"，正如谭元春评此诗说的那样："人人有此事，从来不曾写出，后人蹈袭不得。所以可久。"（《唐诗归》卷十三）

岑参有豪气也有柔情，其人我特别钦仰，其诗我更是喜欢。

3. "真是英雄一丈夫"

我们再看看岑参其他的边塞诗，来了解他的个性、气质和追求，以及他的人生志向。

《送李副使赴碛西官军》虽是一首送别诗，其实是他的夫子自道，真实地表现了他的个性气质、价值取向和人生理想。

> 火山六月应更热，赤亭道口行人绝。
>
> 知君惯度祁连城，岂能愁见轮台月。
>
> 脱鞍暂入酒家垆，送君万里西击胡。
>
> 功名只向马上取，真是英雄一丈夫。

此诗约写于唐玄宗天宝十载（751年）六月，时安西节度使高仙芝正率师西征。诗中的"李副使"其人不详，"碛西"指当时的安西四镇。在李副使赴安西都护府军中之前，岑参作此诗为他送别。这是送别诗中的别调，既不叙两人的深情厚谊，又不倾诉两人的离愁别绪，一上来就以火山的酷热反衬李副使的坚韧无畏，以脱鞍饮酒写李副使的胆气豪情，以"送君万里西击胡"写二人的勇武，以明快活泼的节奏传达自信乐观的情怀，特别是最后两句"功名只向马上取，真是英雄一丈夫"，推崇中有认同，赞美中有羡慕，读来真叫人热血奔涌。他们不是闺房中的小白脸，而是驰骋疆场的大丈夫，爵禄不是仰赖祖辈而是全凭自己，他们拿性命来博取功名，他们不愧为盛唐的一代"爷们儿"！

《凉州馆中与诸判官夜集》一诗，写的是与凉州朋友"夜集"豪饮。

弯弯月出挂城头，城头月出照凉州。
凉州七里十万家，胡人半解弹琵琶。
琵琶一曲肠堪断，风萧萧兮夜漫漫。
河西幕中多故人，故人别来三五春。
花门楼前见秋草，岂能贫贱相看老。
一生大笑能几回，斗酒相逢须醉倒。

天宝十载（751年），高仙芝曾短暂出任河西节度使，岑参作为僚属随高暂驻凉州。两年以后，哥舒翰任河西节度使，幕中高适、严武等是岑参老友。天宝十三载（754年），岑参赴北庭都护府途经凉州时，有不少新老朋友来为他接风。此诗写的就是与凉州老友新知的"夜集"。

"弯弯月出挂城头，城头月出照凉州"，首二句紧切题面"凉州"与"夜集"。"弯月"点出是上弦月，"挂城头"写出了沙漠的空旷，月亮刚爬出地平线的时候，好像是"挂"在远处的城墙，再从"城头"冉冉上升，月光洒满了凉州大地，这就有了"城头月出照凉州"。

"凉州七里十万家"是月光下的鸟瞰全景，当年它与扬州、益州齐名，是西北商业、军事和文化重镇。岑参的"凉州七里十万家"，让人想起柳永笔下杭州的"参差十万人家"，"十万家"见证了凉州的气派繁华。它既有扬州、益州的繁荣，又别具塞外迷人的风情——"胡人半解弹琵琶"。宴会上助兴的必是琵琶，外边朔风萧萧，又是长夜漫漫，见到的是凉州景，听到的是凉州声，感受到的是凉州情，我们读者好像也走进了盛唐的凉州。

前六句写景，后六句抒情："河西幕中多故人，故人别来三五春。"河西幕府中有我很多兄弟，兄弟一别转瞬就是"三五春"，"三五春"是一个概数，是说大家一晃眼就几年不见。"花门楼前见秋草"从上句"三五春"来，草由春绿到秋黄，人由年轻到老年，接着他喊出了自己的心声，也喊出了盛唐之音的强音："岂能贫贱相看老！"要及时建功立业，岂能在贫贱中老死，一定要用杰出的成就，对得起杰出的我们，对得起这个伟大的时代！我们大家来到这莽莽大漠，不正是坚信"功名只向马上取"？不正是希望成为"真是英雄一丈夫"？

兄弟们，喝吧！让我们享受美酒，让我们珍重友情，让我们挥霍青春，今晚要饮到天明，今晚要斗酒烂醉，"一生大笑能几回，斗酒相逢须醉倒"！

这样的豪气，这样的爽朗，这样的狂放，这样的爷们儿，如今只能在盛唐的诗中去寻找。

此诗前六句句句押韵，而且两句一换韵，一方面渲染出浓郁的塞外情调，我们耳边好像荡漾着民歌；另一方面以音调上的繁音促节，表现了诗人的兴会淋漓，以及众人在宴席上的激情四射。

4. 奇情、奇气、奇境

最后，我们将依次讲解他的三首代表作：《白雪歌送武判官归京》《走马川行奉送封大夫出师西征》《轮台歌奉送封大夫出师西征》。

唐玄宗天宝十三载（754年）夏末，岑参第二次出塞任安西北庭节度使封常清的判官，唐肃宗至德二年（757年）夏东归，在北庭前后约三年时间。这三首诗中反复提到的"轮台"，原在米泉市，近年与新疆维吾尔自治区乌鲁木齐市东山区合并成米东区。唐代的轮台与汉代的轮台不是同一个地方，汉代的轮台在今新疆轮台县。

三首诗的写作时间都是第二次出塞期间，地点都在北庭轮台都护府，体裁都是七言古诗，题材都属于送别——或送同僚归京，或送将军出征。

《白雪歌送武判官归京》便是送同僚归京。

> 北风卷地白草折，胡天八月即飞雪。
> 忽如一夜春风来，千树万树梨花开。
> 散入珠帘湿罗幕，狐裘不暖锦衾薄。
> 将军角弓不得控，都护铁衣冷难着。
> 瀚海阑干百丈冰，愁云惨淡万里凝。
> 中军置酒饮归客，胡琴琵琶与羌笛。
> 纷纷暮雪下辕门，风掣红旗冻不翻。
> 轮台东门送君去，去时雪满天山路。
> 山回路转不见君，雪上空留马行处。

诗的主标题是"白雪歌"，其次是"送武判官归京"，二者在诗中相互映衬：八月飞雪的时候送别，既使别情更为奇绝，又使白雪更有情韵。

"胡天"的冬天来得特别早，"北风卷地白草折，胡天八月即飞雪"，八月在南方还烈日炎炎，而这儿开始大雪纷飞，"北风卷地"可见风势之猛，"白草折"可见气候之寒。

"忽如一夜春风来，千树万树梨花开"。我的个天！本来是极其恶劣的冰天雪地，可在岑参笔下却呈现出盎然的春意；本来是"北风卷地"卷得雪花飞舞，却变成春风吹来了梨花绽开。尽管是八月飞雪，但我们感受不到半点酷寒，眼前景象却是异常美丽。"胡天八月即飞雪"的"即"字，表现了诗人对八月飞雪的诧异；"忽如一夜春风来"的"忽如"，则表现了诗人意外的惊喜。新疆"胡天八月即飞雪"的奇景，你也许有机会见到，可"千树万树梨花开"的比喻，你肯定不会有这样的奇思妙想。奇景是自然的造化，奇思是天赋的才华。清代方东树对这几句赞不绝口："奇才奇气奇情逸发，令人心神一快。"（《唐宋诗举要》引）

盛唐诗坛上那些爷们儿的背影，一千多年过后还让人高山仰止。八月便北风呼啸，雪花纷飞，要是我们会觉得寒冷刺骨，甚至可能想打退堂鼓，和武判官一起回到京城的安乐窝，可他却没有半点痛苦，反而觉得好过瘾好刺激。你看看"忽如一夜春风来"两句，写得多浪漫，多夸张，多新奇，多欢快，多豪迈，这就是我们常说的"盛唐气象"。

"瀚海阑干百丈冰"四句，写雪天送客的热情场面。先梳理一下这四句中的几个词语，此处的"瀚海"就是沙漠。"阑干"形容纵横交错的样子，这句大意是说，雪天沙漠里到处结着厚厚的冰。"中军"在这儿指帅营，古时分兵为左、中、右三军，中军为主帅的营帐。为了欢送武判官归京，主帅在指挥部大摆筵席，胡琴琵琶都来伴奏，营帐中笑语喧哗，人人无不开怀畅饮，天空尽管"愁云惨淡"，而宴会上一派欢乐温馨。

最后六句写傍晚送友，字字不离"白雪"，句句却落在送友。"纷纷暮雪下辕门，风掣红旗冻不翻"，判官迈出帷幕时暮雪纷飞，天气虽然严寒逼人，可色彩照样红白相映，红旗冰冻得不能招展，判官依旧踏上归程。"轮台东门送君去，去时雪满天山路"，无论是别者判官，还是送者诗人，大家都一颗心似火，哪顾得上路结冰。沙漠中的雪越下越大，"归京"的人越走越远，一直到"山回路转不见君，雪上空留马行处"。这种结尾的方法，酷似李白《送孟浩然之广陵》中的"孤帆远影碧空尽"，都是别者已经看不到人影，送者依然久久不忍离去，以景结情的手法，使得情就是景，而景也就是情。"山回路转不见君，雪上空留马行处"，这景象真奇，这色彩真丽，这别情真浓。

诗人写满天飞雪时"洒笔酣歌"（王仲儒《历代诗发》），整个画面大气奇丽，写别情处又含蓄隽永，难怪张文荪《唐贤清雅集》说它"刚健含婀娜"。诗人写来好似一气挥洒，而诗的"起伏转折一丝不乱"（王仲儒《历代诗发》），如开头以"飞雪"起，结尾以"雪上空留马行处"收，章法上严丝合缝。

5. 大手笔，大场面

我们再看他的另外一首《轮台歌奉送封大夫出师西征》，

这首诗和《走马川行奉送封大夫出师西征》,"奉送"的是同一个人,送行同样是因为"出征",但写法完全不一样。

> 轮台城头夜吹角,轮台城北旄头落。
> 羽书昨夜过渠黎,单于已在金山西。
> 戍楼西望烟尘黑,汉军屯在轮台北。
> 上将拥旄西出征,平明吹笛大军行。
> 四边伐鼓雪海涌,三军大呼阴山动。
> 虏塞兵气连云屯,战场白骨缠草根。
> 剑河风急云片阔,沙口石冻马蹄脱。
> 亚相勤王甘苦辛,誓将报主静边尘。
> 古来青史谁不见,今见功名胜古人。

在唐代的边塞诗中,要数这首诗声势最壮,也要数这首诗场面最大。

一起笔就写军情如火,"轮台城头夜吹角",城头已经吹响了战争的号角,"轮台城北旄头落","旄头"就是二十八星宿中的昂星,古人相信它主宰胡人的兴衰,"旄头落"被视为胡人当败的征兆,双方尚未交战就胜负已定,对战争的结局十分乐观。"羽书昨夜过渠黎,单于已在金山西","渠黎"原为汉代西域的国名,在今天新疆轮台东南面,此处泛指战争的场地。"单于"此处指敌方的首领,"金山"一说指乌鲁木齐东边的博格达山，一说指新疆北部的阿尔泰山，这首诗中应以前说为妥。"戍楼西望烟尘黑"，敌人陈兵于金山西面，而"汉军屯在轮台北"。敌我两军在前线正面对垒，这不仅是意志的比拼，更是实力的较量。

正当两军剑拔弩张之际，上将立即率部亲征："上将拥旄西出征，平明吹笛大军行。""旄"字本义是用牦牛尾装饰旗杆顶的旗子。一场血战一触即发，主帅战前从容镇定，布堂堂之阵，树正正之旗，绝不打无准备之仗，大家看看，我军不只是阵势浩大，我们的气势更先声夺人："四边伐鼓雪海涌，三军大呼阴山动。"四边鼓声使雪海为之翻腾，三军大呼使阴山为之震动，军威之壮一定会所向披靡，气势之大必让敌人胆寒！

面对唐军强大的阵势，你可能以为胡兵会卸甲丢盔落荒而逃，要真是这样，那真没意思！大家还记得《西游记》第三十四回《魔王巧算困心猿，大圣腾那骗宝贝》吗？二魔头与孙悟空一场恶斗，作者先描写二魔头说："七星宝剑手中擎，怒气冲霄威烈烈。"一看就知道二魔头绝非等闲之辈，只有这样他们才会打得难解难分，也只有这样才能显出孙行者的本事，"他两个在半空中，这场好杀。棋逢对手，将遇良才。棋逢对手难藏兴，将遇良才可用功"。

我方"平明吹笛大军行"，敌方同样"虏塞兵气连云屯"，双方都明白退路就是死路，血战才能杀出一条血路，所以这场大战打得极其惨烈，结果"战场白骨缠草根"，双方都异常勇敢，双方都有巨大的伤亡。加之西域的气候环境十分恶劣，这使得决战更加血腥，"剑河风急云片阔，沙口石冻马蹄脱"。

把奇寒和苦战写得越悲壮，越能凸显将士们的英勇无畏，视死如归。

诗题是"奉送封大夫出师西征"，最后四句便紧扣题面："亚相勤王甘苦辛，誓将报主静边尘。""亚相"指御史大夫封常清，御史大夫地位仅次于宰相，所以称为亚相。"勤王"本义是为王室效力，这里指报效国家。"甘苦辛"承上几句艰苦卓绝的战斗，称赞他为了边境的安宁甘洒热血。结尾热情洋溢地讴歌封大夫的丰功伟绩："古来青史谁不见，今见功名胜古人。"

最后再谈此诗艺术的特点。最大的特点就是它的气势和场面，"四边伐鼓雪海涌，三军大呼阴山动"，没有岑参这样的大手笔，谁能写出这样的大场面？这四句才真可谓"力拔山兮气盖世"，它不仅使地动山摇，也让灵魂为之震撼。平时评论诗歌的那些套语，什么"境界阔大"，什么"语言刚健"，在这首诗面前统统都苍白无力。

另外，此诗的用韵也极有特点，李锳在《诗法易简录》中说："此诗前十四句，句句用韵，两韵一换，节拍甚紧，后一韵衍作四句，以舒其气，声调悠扬有余音矣。"为了突出军情紧急，诗人在前面的十四句诗中，采取句句用韵，且两句一换韵，诗的节奏又急又快，等到战争结束后再四句一韵，音节变得悠扬舒缓。声调与诗情高度统一。

在《沧浪诗话·诗体》中，严羽把岑参诗歌名为"岑嘉州体"。这首诗是展示"岑嘉州体"的一扇橱窗，岑参奔放的才情，遒劲的笔力，雄强的气势，在此诗中得到了充分的展示。

岑参这才情，这胆力，谁敢不服！

6. 敌人胆战，读者心惊

在岑参的边塞诗中，他的《走马川行奉送封大夫出师西征》，诗歌体式最为独创，艺术个性最为鲜明。

"行"是一种乐府诗体，乐府诗中有"行"有"歌"，"行"和"歌"在音乐上到底有哪些区别？因为当时并没有乐谱传世，后世学者只是各说各话。当然岑参把诗名叫"走马川行"，此诗并不能入乐歌唱，其实是仅供阅读的徒诗。

《白雪歌送武判官归京》主要写雪，《走马川行奉送封大夫出师西征》则重点写风；《轮台歌奉送封大夫出师西征》写两军对垒的决战，而此诗只写"风头如刀"时的夜行军。

大家试想一下，要是叫你写风，你该如何下笔？说实话，要是叫我来写风，我只能想到几个成语——北风咆哮，呼啦啦地叫，其他什么都写不出来。

我们来看看岑参的《走马川行奉送封大夫出师西征》是怎样写风的。

君不见走马川，雪海边，平沙莽莽黄入天。

轮台九月风夜吼，一川碎石大如斗，随风满地石乱走。

匈奴草黄马正肥，金山西见烟尘飞，汉家大将西出师。

将军金甲夜不脱，半夜军行戈相拨，风头如刀面如割。

马毛带雪汗气蒸，五花连钱旋作冰，幕中草檄砚水凝。

虏骑闻之应胆慑，料知短兵不敢接，车师西门伫献捷。

　　"走马川"具体地点不详，有人说是左末河，"走马"与"左末"一音之转，"川"就是河流。方位大概在轮台附近。"雪海"位于天山主峰与伊塞克湖之间。"走马川"后原有"行"字，吴仰贤的《小匏庵诗话》和汪瑔的《松烟小录》，都称是诗题中混入的衍文。全诗都是句句押韵，如果是"走马川行"，就破坏了全诗的韵式。"君不见走马川，雪海边，平沙莽莽黄入天"，一上来就声势不凡，你们看看从走马川到雪海边，狂风怒号卷起黄沙，莽莽无边的黄沙遮天蔽日，一眼望去天地上下都一片昏黄。

　　这景象就是今天说的沙尘暴，这三句只是间接描写狂风，为下句正面描写风先做铺垫。"平沙莽莽黄入天"一句，有的译为"茫茫无边的黄沙连接云天"，这种理解把前三句与后三句割裂了。这句的意思不是"黄沙连接云天"，而是狂风卷起黄沙搅得满天昏黄 —— 诗人意在写风大，不是要去写沙黄。

　　"轮台九月风夜吼，一川碎石大如斗，随风满地石乱走"，这几句又生动又夸张，好像自己就正在风口上。"大如斗"而称"碎石"，极写风势之猛，风力之大，一川"大如斗"的巨石，吹得像"碎石"一样满地"乱走"。读来好像是自己碰上了这场风暴，我们都会吓得惊恐万状。

上面六句，如果要我来写，大概只会想到一个成语——"飞沙走石"，这样写来读者必定把罕见的暴风当成"耳边风"。

"匈奴草黄马正肥，金山西见烟尘飞，汉家大将西出师"，"匈奴"此处泛指西域游牧民族，"草黄"承前面的"九月"，"金山"就是现在新疆乌鲁木齐东面的博格达山。"汉家大将"指封常清，唐代诗人常常以汉代唐。匈奴趁马肥膘壮的时候南下，天气狂风大作沙石乱飞，匈奴南下的烽火又"烟尘飞"，环境那样险恶，军情又这么紧急，此时此刻"汉家大将"登场了。在"风夜吼"的时候出征，将军多么勇敢威武！

由于是"风夜吼"披挂出征，又由于"烟尘飞"军情如火，顾不得"风头如刀面如割"，将士们夜不脱甲半夜行军。"戈相拨"这种兵器的撞击声，我们好像听到了月夜风高行军的声响。疾行军使得战马身上雪汗交加，"五花连钱"指五花马和连钱骢，这是两种十分名贵的马。

我们来看看诗人如何夸张，如何描写——

黄沙搅得遮天蔽日，如斗巨石满地"乱走"——这是写风的狂暴。

风吹在脸上像是刀在割，马身上的汗气转眼结冰，军幕中边磨墨边冷冻——这形容极寒。

诗人通过极端的气候，来展现唐军将士的英姿，笔墨酣畅地表现他们一往无前的战斗豪情。这样威风的"大将"，这样勇武的军队，且不说战场上交锋，敌人一听说就会闻风丧胆。诗人说："将军，我在营幕外等着您凯旋的捷报。"

这首诗艺术上不同凡响的地方，首先，下笔风发泉涌，声情激越豪壮，每三句一节，句句押韵，三句一换韵，而且平仄互换，句式和用韵"势险节短"（沈德潜《唐诗别裁集》），体式上前无古人，难怪人们称它为"别自一奇格"（王士禛《唐贤三昧集笺注》）。大家诵读一下就知道，如果你能一口气不停地念下去，到最后你会喘不过气来。这种紧锣密鼓的节奏，恰到好处地渲染了战火的紧迫和疾行军时飞奔的速度。其次，以奇语写奇景，"平沙莽莽黄入天"还只是进入魔幻世界的"玄关"，"轮台九月风夜吼，一川碎石大如斗，随风满地石乱走"，才真正让你感到"险绝怕绝，中夜读之，毛发竖起"（宋宗元《网师园唐诗笺》），何止"虏骑闻之应胆慑"，我们读来同样胆战心惊。

岑参的奇思奇才奇气，在此诗中得到了淋漓尽致的展现。

第 12 讲

生命的激扬与民族的雄气

　　我曾在一篇论文中说过，作为盛唐气象的杰出代表，李白的历史意义主要就在于：他通过个体生命的激扬，深刻地表现了我们这个伟大民族处在历史鼎盛时期的巨大的民族活力。说得更直白一点，李白那些杰出的代表作，特别是那些力强气盛的七古七绝，生动地展示了我们民族的雄气。我们来看看他的《蜀道难》。

　　　　噫吁嚱，危乎高哉！

　　　　蜀道之难，难于上青天！

　　　　蚕丛及鱼凫，开国何茫然！

　　　　尔来四万八千岁，不与秦塞通人烟。

　　　　西当太白有鸟道，可以横绝峨眉巅。

　　　　地崩山摧壮士死，然后天梯石栈相钩连。

　　　　上有六龙回日之高标，下有冲波逆折之回川。

　　　　黄鹤之飞尚不得过，猿猱欲度愁攀援。

　　　　青泥何盘盘，百步九折萦岩峦。

　　　　扪参历井仰胁息，以手抚膺坐长叹。

　　　　问君西游何时还？畏途巉岩不可攀。

但见悲鸟号古木，雄飞雌从绕林间。

又闻子规啼夜月，愁空山。

蜀道之难，难于上青天，使人听此凋朱颜！

连峰去天不盈尺，枯松倒挂倚绝壁。

飞湍瀑流争喧豗，砯崖转石万壑雷。

其险也如此，嗟尔远道之人胡为乎来哉！

剑阁峥嵘而崔嵬，一夫当关，万夫莫开。

所守或匪亲，化为狼与豺。

朝避猛虎，夕避长蛇；

磨牙吮血，杀人如麻。

锦城虽云乐，不如早还家。

蜀道之难，难于上青天，侧身西望长咨嗟！

在李白的创作生涯中，要数这首诗最为同辈惊叹，也要数这首诗最让他扬名。唐孟棨《本事诗》载："李太白初自蜀至京师，舍于逆旅，贺监知章闻其名，首访之。既奇其姿，复请所为文。出《蜀道难》以示之。读未竟，称叹者数四，号为'谪仙'，解金龟换酒，与倾尽醉，期不间日。由是称誉光赫。"李白到底长得啥模样竟让贺知章惊奇？可惜他没有留下画像和照片。他的《蜀道难》让贺知章惊为仙人，我们有幸还能看到这一诗篇。《本事诗》中的不少故事，都说得有鼻子有眼，有的可能来自传言，有的甚至出于虚构，大家不会也不必过于当真，但与李白同时的殷璠，在他编的《河岳英灵集》中同样认为，此诗"奇之又奇，自骚人以还，鲜有此体调"。

《蜀道难》其实是南朝乐府古题，题材也是写秦蜀道路的艰险，是什么让人们"拍案惊奇"呢？

要说道路艰险，不管是由川入藏的道路，还是由青入藏的道路，都比由秦入蜀的道路险好多倍，大家试试，看你能不能写出让人称奇的"藏道难"？

且看李白如何下笔："噫（yī）吁（xū）嚱（xī），危乎高哉！蜀道之难，难于上青天！"就像面对极其危险的庞然大物，诗人一张口就连声惊叹：哎呀，我的个天！这么高！这么险！闯过蜀道难于登天！一开头就先声夺人，"蜀道之难，难于上青天"又在诗中反复咏叹，让人一直处在高度的惊异震撼之中。

李白与其说写地理上的蜀道，还不如说是写他想象中的"天路"。他不过是借蜀道之名，来展开恣意的想象，来进行放肆的夸张，来施以大胆的描写。我们惊叹的不是蜀道之险，而是李白的想象之奇。

你知道蜀道是如何"筑成"的吗？"地崩山摧壮士死，然后天梯石栈相钩连"，妈呀，蜀道原来是壮士用鲜血浇出来的！难怪它险得要人的命。

你知道蜀道有多高吗？"连峰去天不盈尺"，山顶离天一尺都不到，跨半步就闯进了天堂。"上有六龙回日之高标"，连拉着太阳周转的六龙，也无力翻过蜀道的峰顶，一见到蜀道的"高标"

就赶忙回头。就更别说那些飞禽走兽了，"黄鹤之飞尚不得过，猿猱欲度愁攀援"，展翅云天的黄鹤根本无法飞过，敏捷的猿猴要翻过山顶简直是做梦。既不会飞又不会跳的人呢？"青泥何盘盘，百步九折萦岩峦。扪参历井仰胁息，以手抚膺坐长叹"，爬到半山腰的青泥岭就已经够呛，一伸手就抚摸到了天上的参星和井星，一下子吓得大气都不敢出，心脏都快要跳出来了！

你知道蜀道的峡谷有多深吗？"下有冲波逆折之回川"，大峡谷好像低到了地心，走在蜀道上，不时能看到"飞湍瀑流争喧豗"，随处能听到"砯崖转石万壑雷"。

这首诗之所以让贺知章"称叹数回"，让殷璠惊叹"奇之又奇"，让明人李沂肯定"空前绝后"，让清人宋宗元读来"动魄惊心"，主要是因为它在中国古代诗歌中属于"另类"。此诗展现的不是优美，而是美学中的崇高（壮美），而且是中国古代极为少见的那类崇高。我国传统的崇高不是赫赫的勋业，便是烈烈的节操；不是气势的"浩然"，便是人性的光辉，而李白这首《蜀道难》的崇高，完全属于康德[1]美学意义上的崇高

---

1 德国有位哲学大牛康德（Immanuel Kant，1724年4月22日—1804年2月12日），他不仅一生未婚，而且一生未近女色。他在柯尼斯堡大学毕业，在柯尼斯堡大学工作，在柯尼斯堡城市（今俄罗斯加里宁格勒）生活，一生没有离开过柯尼斯堡，一生的事迹就是思考哲学问题，一生的业绩也是哲学著作。他的代表作《纯粹理性批判》《实践理性批判》《判断力批判》，这三大批判被称为"哥白尼式的革命"。第三批判《判断力批判》，是现代美学的奠基石。这本书中有专章进行"美的分析"和"崇高的分析"。他将崇高又分为"数学的崇高"和"力学的崇高"。

（壮美），兼具他所谓的"数学的崇高"与"力学的崇高"。

蜀道的险峻被李白渲染得惊心动魄，一起笔就惊叫"危乎高哉"！说蜀道之高便可直上云天，便可举手摘星辰，便可让太阳绕道，便可叫黄鹤死心，叫猴子发愁；说蜀道之深之低便直插地心，能看见飞流直泻的万丈瀑布，便能听到"砯崖转石"的万壑雷鸣。无论是高还是深，都超出了人们想象的边界，真如李白所说的那样，"蜀道之难，难于上青天，使人听此凋朱颜"！

李白特有的想象和夸张，把蜀道的高峻写得让人快要窒息，更要命的还是蜀道的险要阴森，开辟之初"地崩山摧壮士死"，还只是遥远的传说，沿途"悲鸟号古木""子规啼夜月"，那可是现实中的耳闻目见；悲鸟号和子规啼，还只是制造可悲可怕的氛围，而"朝避猛虎，夕避长蛇"，那可是"磨牙吮血，杀人如麻"；猛虎和长蛇虽然凶险，这些动物毕竟还可以朝夕躲避，而蜀道上一旦用人不当，那些守卒就可能"化为狼与豺"，他们杀起人来叫你无处藏身！一个比一个凶恶，一个比一个恐怖，这首诗读来令人毛骨悚然。蜀道岂止是"不可攀"的"畏途"，简直就是一条让人丧命丢魂的死路！

这里抒写的全是李白心中的幻境，真实的蜀道是啥样子，谁知道呢？清人沈德潜对李白的百变无穷的想象力佩服得五体投地："太白七古，想落天外，局自变生。大江无风，波浪自涌，白云从空，随风变灭，此殆天授，非人所及。"

除了李白之外，你见过还有谁把书写的对象，写得如此庞大无垠，如此凶险恐怖的吗？

有的诗人没有李白这么强大的内心世界，没有李白这么旺盛的生命力，没有李白这么强烈的激情，如对这首诗惊叹不已的贺知章，他只能写写"不知细叶谁裁出，二月春风似剪刀"这类精致优美的小诗，假如让他身临"飞湍瀑流争喧豗"的蜀道，让他亲历"磨牙吮血，杀人如麻"的血腥场面，他肯定会吓得魂飞魄散。

有的诗人没有李白这样放纵不羁的性格，没有李白这样变幻百出的想象，当然也不可能有李白这样火爆夸张的力量，如和李白齐名的伟大诗人杜甫，他倒是真的走了一趟蜀道，而且取径又刚好是由秦入蜀，并留下了《发秦州》《寒峡》《龙门镇》《石龛》等名篇，可是这些诗歌都是对蜀道的写实，像"溪谷无异石，塞田始微收""行迈日悄悄，山谷势多端。云门转绝岸，积阻霾天寒""石门云雪隘，古镇峰峦集"等，这些诗歌像系列游记，对一路的山川景物和风土人情，描写虽然都生动逼真，如果想重走杜甫当年的线路，你去读杜甫这些诗歌倒不失为可靠的参考；如果你想感受"蜀道之难，难于上青天"的凶险，它们会让你大失所望。

有的诗人没有李白这样鲁莽灭裂的性格，没有李白这样横冲直闯的胆量，没有李白这样挑战"豺与狼"的勇气，像王维多的是"漠漠水田飞白鹭，阴阴夏木啭黄鹂""竹喧归浣女，莲动下渔舟"一类的诗情画意，但"磨牙吮血，杀人如麻"在他诗中绝迹。又像孟浩然的诗集中，多的是"春眠不觉晓，处处闻啼鸟"的闲散，多的是"故人具鸡黍，邀我至田家"的温馨，但你肯定见不到"上有六龙回日之高标，下有冲波逆折之回川。黄鹤之飞尚不得过，猿猱欲度愁攀援"这样的画面。

至于盛唐那些边塞诗人，谁都没有李白的想象那么奇幻，没有李白的夸张那么劲爆，没有李白的笔力那么恣肆，没有李白的激情那么强烈，如王之涣的"黄河远上白云间"，虽然也写得辽远开阔，但显然没有李白"黄河之水天上来"那种排山倒海的气势。即使让他们来写《蜀道难》，我敢打赌他们也不可能像李白那样，把蜀道写得让人心惊胆战。

在盛唐诗坛的群英会中，可能有人比李白更博大深沉，如杜甫；可能有人比李白更多才多艺，如王维；可能有人比李白更从容恬淡，如孟浩然。但要说到生命力的强悍，想象力的奇特，创造力的旺盛，爆发力的生猛，没有人能望李白的项背，所以只有李白最能代表盛唐气象，只有李白最能展示我们民族的活力。

这首诗的语言比他笔下的蜀道还险怪，句式上参差不齐，节奏上全无乐府韵律，李白将古文、古赋、楚辞、民谣的句式糅杂在一起，全诗的语言看上去"披头散发"，就像他的为人一样狂放不羁。如"蜀道之难，难于上青天"，完全是散文句法，虚词"之""于"既稀释了意象，也打乱了节奏。"上有六龙回日之高标，下有冲波逆折之回川"，又全是赋的写法。加之结构的纵横捭阖，意象的光怪陆离，弄得他同时代的殷璠大呼小叫"奇之又奇"！

对于《蜀道难》的思想主题，从古至今一直众说纷纭，或认为此诗是担忧房琯、杜甫二人的命运，呼吁他们尽快离开四川，免遭剑南节度使严武等人的毒手；或认为此诗是为逃亡西蜀的唐玄宗李隆基而作，讽谏他早日返回京城，怕他惨遭西蜀地方豪强的挟制；或认为此诗是讽刺西蜀长官章仇兼琼不听朝廷节制，梦想凭西蜀天险分裂割据；或认为此诗别无寓意，不过就是蜀人歌咏蜀地的奇山异水。

前三种都是从政治社会学的视角来解读《蜀道难》，据唐孟棨的《本事诗》和五代王定保的《唐摭言》载，贺知章在太子宾客任上初读此诗，因而，此诗不是作于天宝元载（742年）奉诏供奉翰林之前，就是作于刚刚供奉翰林之时，不至于作于天宝元载之后。什么房琯、杜甫入蜀，什么唐玄宗西幸，什么章仇兼琼割据，这一切全都是马后炮式的想当然，这些"主题"全都是后世文人的牵强附会。他们哪知道李白的想象根本不受社会的羁绊，仅从政治社会学的角度来阐释李白，就像拿着三角板去测量圆周的长度，不圆凿而方枘龃龉难入才怪。夏虫不可语冰，这些人永远不能理解李白。

其实，蜀道不过是李白的一个道具，他要表现的不是蜀道的真实，诗中只有青泥岭、剑阁两个真实地名，即使这两个真实景点也做了哈哈镜式的展现，谁能在青泥岭上"扪参历井"？谁能在剑阁上"磨牙吮血"？他只是借蜀道来放纵自己的想象，来进行放肆的夸张，来展开疯狂的抒写，蜀道是李白生命力的对象化，是李白本质力量的确证。李白的生命有多雄健，他笔下的蜀道就有多高峻；李白的精神有多勇敢，他笔下的蜀道就有多凶险；李白的想象有多奇特，他笔下的蜀道就有多魔幻。

《蜀道难》是李白强大快乐的精灵在忘情地嬉戏，是李白雄豪强健的生命在做健美表演！

第 13 讲

豪放飘逸

1. 什么是豪放飘逸？

宋代严羽曾在《沧浪诗话》中说："子美不能为太白之飘逸，太白不能为子美之沉郁。"意思是说，杜诗没有李诗的飘逸，李诗也没有杜诗的沉郁。这两句话后世成了诗论家的名言，"飘逸"与"沉郁"好像也成了李杜诗风的"专利"。

不过，仅以"飘逸"论李白诗风，无疑有点以偏概全。金王若虚《滹南诗话》卷一载："荆公云：李白歌诗豪放飘逸。"如今，"豪放飘逸"已是李白诗歌主导风格的定评。

王安石才把握了李白诗风的本质，他的论断比严羽更为准确全面。为什么这样说呢？"豪放"是指他的诗歌力雄气盛，"飘逸"指他的诗歌神思飞动。神逸虽然在他诗中表现得十分突出，但力雄才是他诗歌的根本，没有力之雄又哪来神之逸？"敏捷诗千首"的才华，激情四射的活力，变幻莫测的想象，还有那御风而行的飘逸，都源于他那旺盛强悍的生命力。虽然生命力雄强者精神未必飘逸，但生命力衰弱者精神必不飘逸。因此，在阐述李白的诗歌风格时，必须兼及豪放与飘逸，只谈豪放则失之片面，只谈飘逸便失去根基。

在阐释什么是豪放飘逸之前，先来看看什么是"主导风格"。所谓"主导风格"，是指一个作家或诗人，多种风格统一中凸显的主要特征。主导风格的形成，是一个诗人或者作家成熟的标志，也是我们辨认一个诗人或作家的标志。诗人或作家如果没有主导风格，表明他还没有形成个人特征。主导风格是一个人气质个性在文学风格上的表现，没有鲜明的个性就不可能有主导风格。

风格这种东西，不难于感受，但难于言传，这就是我们常说的"明于心而不明于口"。我记得前些年，一个毕业了好多年的女生回来看我。我说："男朋友在哪里工作？"她说："还没谈。"我说："你想找个什么样的男朋友？让师母帮你留心一下。"她说："我就想要潇洒一点的。"我就随口问了一句："要怎样才算潇洒？你给我说个样子看看。"她想了半天才回答说："那我要看着潇洒就潇洒。"这说明"潇洒"也是明于眼，明于心，但难明于口。

正因为不可言传，就更应该言传，谁让我们是做老师的呢？

从字面上讲，"豪放"就是豪迈而又奔放，它主要是指李白诗歌的情感强烈和气势恢宏。

"豪放"易于解释，"飘逸"却不好说明。"飘逸"为司空图《二十四诗品》之一："落落欲往，矫矫不群。缑山之鹤，华顶之云。高人画中，令色氤氲。御风蓬叶，泛彼无垠。如不可执，如将有闻。识者已领，期之愈分。"司空图以诗来描摹"飘逸"，我们仍然只能雾里看花，如"落落"是指举止的潇洒出尘，"矫矫"是指精神的高举出众，"御风蓬叶"句的意思是说，像乘风而起的蓬叶轻扬在万里云天，"泛彼无垠"句的意思是说，像一叶扁舟荡漾于无垠碧波。通过这些意象来想象"飘逸"的样子，对"飘逸"的本质特征还是无法界定，估计一万个人读后有一万种飘逸。

飘逸原本是形容一个人轻快自然的举止，飘飘欲仙的神态，洒脱不羁的风度。为了让大家对飘逸有点感性认识，不妨以穿着来打个比方，如果一个小伙子穿一套西装，打个领带，把头发梳得整整齐齐，把发油打得锃亮锃亮，整个人站得笔直笔直，修饰得体就叫庄重，要是过度了就叫拘谨，甚至可以叫"装""作"，但无论如何不能叫飘逸。一定要流动，要轻快，要自然，要舒展，要给人一种矫矫不群飘飘欲飞的感觉，这才能叫飘逸。

以"飘逸"来形容李白的诗风，是指他的诗歌给人一种流动、轻快、自然、舒展乃至飘飘欲飞的审美感受。

谈了什么叫"豪放"，什么叫"飘逸"，最后还得整体上归纳一下什么是"豪放飘逸"，因为这二者在李白诗歌中有机地统一在一起，往往豪放中带飘逸，飘逸时又很豪放。大体说来，"豪放飘逸"包括三个层面：首先，是指李白的诗歌既气势雄强，又气度恢宏，情感更是强烈；其次，是指他的想象极为奇特，夸张也极其大胆，正如清人赵翼[1]在《瓯北诗话》中所说的那样，李白简直像"天马行空"，"飘然而来，忽然而去"；最后，他写诗完全脱口而出，"兴酣落笔摇五岳，诗成笑傲凌沧洲"，读其诗能想见其神采飞扬，给人行云流水舒展自如的审美感受。

好了，咬文嚼字这么长时间，下面我们结合具体的诗歌，看看豪放飘逸在他的作品中如何呈现。

2. 豪饮与豪放

刚和大家聊了李白如何写"蜀道"，现在来侃侃李白的豪饮与海量。

俗话常言"酒品见人品"，这可能是逼人家饮酒的说辞，一个人在餐桌上的酒品，与他为人处世的人品无关，倒是与他的气质个性相连。

这一讲分析李白诗风的豪放飘逸，而"豪放"主要是指情感和气势，洒脱不羁又是"飘逸"的应有之义，这里便通过李白的"酒兴诗情"，看看他的个性特征，看看他的情感强度，

1　赵翼（1727—1814年），字雲松，一字耘松，号瓯北，常州府阳湖县（今江苏省常州市）人。工诗善文，尤长于史学。所作五、七言诗中，有些作品嘲讽理学，隐寓对时政的某些不满之情。著有《瓯北诗话》等。

同时也让大家感受一下这位诗仙兼酒仙，到底怎样"豪放"，又是如何"飘逸"。

"在世无所须，惟酒与长年"，是陶渊明在《读山海经十三首·其五》中的夫子自道。这两句的大意是说，只要让我把酒喝够，只要让我享高寿，我对这个世界再别无所求。

李白更是嗜酒如命，"但使主人能醉客，不知何处是他乡"（《客中行》），一见到酒连自己是哪里人都忘了。"贤圣既已饮，何必求神仙"（《月下独酌四首·其二》），有酒喝连神仙也不想当了。"天子呼来不上船，自称臣是酒中仙"（杜甫《饮中八仙歌》），见了酒连天王老子也不见了。

梁朝昭明太子萧统曾夸张地说，"陶渊明之诗，篇篇有酒"（萧统《陶渊明集序》）；宋代王安石更指责李白说，他诗集中首首都"离不了醇酒妇人"。

且看这两位伟大诗人如何饮酒。有比较才有鉴别，这句老话套用在哪儿都有效。

他们嗜酒如命虽然十分相同，而饮酒方式却大异其趣。

陶渊明喜欢一人独酌，而李白倾向聚友豪饮；陶渊明喜欢细细品味，而李白则习惯海吸鲸吞。

陶渊明饮酒时，大多是一人自斟自饮，"静寄东轩，春醪独抚"（《停云》），你看他独自品酒时有多悠闲；"一觞虽独进，杯尽壶自倾"（《饮酒二十首·其七》），你看他自斟自饮是多么尽兴；"何以称我情？浊酒且自陶"（《己酉岁九月九日》），你看他独酌时是多么陶醉。

李白对陶渊明"采菊东篱下"不以为然，在《九日登巴陵置酒望洞庭水军》中鄙夷地说，"龌龊东篱下，渊明不足群"，要是看到陶渊明饮酒的样子，那更要笑他"不像个男人"。

哪怕是一个人独饮，李白照样要发酒疯似的闹个天地不宁。你看他那《月下独酌四首》，明明是"独酌"，硬要弄得像是"群饮"，不搅得天翻地覆就不是李白。《月下独酌四首》都非常有名，但写得最好的是第一首。

> 花间一壶酒，独酌无相亲。
> 举杯邀明月，对影成三人。
> 月既不解饮，影徒随我身。
> 暂伴月将影，行乐须及春。
> 我歌月徘徊，我舞影零乱。
> 醒时同交欢，醉后各分散。
> 永结无情游，相期邈云汉。

此诗抒写的是孤独失意的情怀。

"花间一壶酒"是多美的事情，此时正是花香酒醇，此时又偏偏"独酌无相亲"，真让人扫兴！天才从来是孤独的，杜甫在《不见》中怀念李白说："不见李生久，佯狂真可哀。世人皆欲杀，吾意独怜才。"身边没有一个知己，没有一个亲人，而他又不喜欢一个人喝闷酒。

怎么办呢？

天下没有能难倒李白的事情。

谁能料到他突然"举杯邀明月"？只有他才能这样突发奇想，只有他才有这种神来之笔。刚说完"独酌无相亲"，马上把杯子举向天空：明月老兄，一起共饮！

"对影成三人"更让人叫绝！还愁找不到人吗？现在有了明月，还有自己月下的影子，更有我李白本人，转眼他就变出了"三人"！我的个天！亏他想得出来，亏他写得出来！难怪古人称这两句属"千古奇趣"！

"月既不解饮，影徒随我身。暂伴月将影，行乐须及春。"有月亮和影子做伴，喝疯了，乐疯了。

三杯酒下肚，李白就开始手舞足蹈，"我歌月徘徊"，他已喝得身子摇摇晃晃，看月亮也是醉眼蒙眬，他一歌起来两头徘徊，月亮自然跟着他一起徘徊。大家还记得这一首儿歌吗："月亮走，我也走，我跟月亮一齐走。""我舞影零乱"写他的醉态，借着酒疯，他开始乱舞，月下影子自然和他一起乱舞了。

像李白这样精力过度旺盛的人，无疑难以承受孤寂，他借诗与酒来尽情地展现他的才华，他也是借诗与酒让生命的激情得以尽情地宣泄。诗题明言是一人"独酌"，诗中却"邀"明月共饮，还要"对影成三人"，更要一起狂歌，一起乱舞。

他早期的代表作《襄阳歌》，更生动地表现了他的豪饮、豪兴与豪情。

落日欲没岘山西，倒著接䍠花下迷。

襄阳小儿齐拍手，拦街争唱《白铜鞮》。

旁人借问笑何事，笑杀山公醉似泥。

鸬鹚杓，鹦鹉杯。

百年三万六千日，一日须倾三百杯。

遥看汉水鸭头绿，恰似葡萄初酦醅。

此江若变作春酒，垒曲便筑糟丘台。

千金骏马换小妾，醉坐雕鞍歌《落梅》。

车旁侧挂一壶酒，凤笙龙管行相催。

咸阳市中叹黄犬，何如月下倾金罍？

君不见晋朝羊公一片石，龟头剥落生莓苔。

泪亦不能为之堕，心亦不能为之哀。

清风朗月不用一钱买，玉山自倒非人推。

舒州杓，力士铛，李白与尔同死生。

襄王云雨今安在？江水东流猿夜声。

此诗写于唐玄宗开元二十二年（734年）或二十三年（735年），时韩朝宗在襄阳任荆州长史兼东道采访史，李白向韩求官未遂，于是作此诗借酒浇愁，这是一首狂饮的"醉歌"。

像李白这样豪放旷达的诗人，求官不顺可能更使他亢奋，不就是求不到功名吗？人家还瞧不起富贵功名哩："咸阳市中叹黄犬，何如月下倾金罍？"当年晋朝太傅羊祜，如今不只剩下"一片石"吗？与其"泪为之堕"，与其"心为之哀"，还不如"千金骏马换小妾，醉坐雕鞍歌《落梅》"，哪怕及时行乐，也照样神采飞扬。从这种无拘无束的狂放中，从这种狂饮烂醉的酒疯中，从这种遒劲奔放的语言中，我们像是当面看到了他的生命是如何强悍，他的个性是如何豪放，他的神情是如何俊逸。

在诗与酒中他的才华才得以生动展露，在诗与酒中他的生命激情才得以尽情喷射："鸬鹚杓，鹦鹉杯。百年三万六千日，一日须倾三百杯。遥看汉水鸭头绿，恰似葡萄初酦醅。""鸬鹚杓，鹦鹉杯"，这是两种酒器。"百年"在这指人的一生。一生活到百年，也就是三万六千日，"一日须倾三百杯"。"鸭头绿"就是一江绿水。一饮就要饮到醉眼迷蒙，远看汉江水鸭头色似的碧绿，以为是刚刚酿好的一江葡萄酒。我的个天！不仅人生百年要天天饮酒，而且天天要狂饮三百杯；不仅天天要狂饮三百杯，而且要饮尽一江水！

"此江若变作春酒，垒曲便筑糟丘台。千金骏马换小妾，醉坐雕鞍歌《落梅》"，在李白眼中，一江水就是一江酒，一饮就一定要灌个醉。不仅要喝干汉江水，还要把骏马换来小妾。不仅喝疯了，而且玩疯了。

喝到最后，他开始赌咒发誓："舒州杓，力士铛，李白与尔同死生。"

你可能见过酒仙喝疯了的，但听说过要与酒杯"同死生"的吗？

你可能见过一口把一杯喝干的酒徒，见过一口气把一碗喝干的酒鬼，你见过想一口气把一江酒喝干的酒仙吗？

把这首诗连读几遍，你就知道什么叫饮酒的海量，你就知道什么是倒海翻江。再把这首诗背诵几遍，你就能够感受到激情气势，你就能够领略豪放飘逸。

3．"古来惟有谪仙词"

七古和绝句是李白的拿手好戏，七古只有杜甫可以和他比肩，绝句尤其是七绝，只有王昌龄可以和他媲美。前面都是讲李白的七古，我们再来讲讲他的七绝。

先看看李白的一首写景的诗——《望庐山瀑布·其二》。《望庐山瀑布》共有两首，第一首是五言古诗，第二首是七言绝句。歌咏庐山瀑布的诗歌很多，但写得最有气势、最有激情、最为豪迈的要数李白。我们来看他的原诗第二首。

日照香炉生紫烟，遥看瀑布挂前川。
飞流直下三千尺，疑是银河落九天。

这是李白眼中庐山香炉峰的瀑布。

"日照香炉生紫烟",说庐山香炉峰真像一座顶天立地的香炉,香炉中不断升起团团缭绕的烟雾,烟雾在日光下又幻为一团团紫色的云霞。"香炉"就是庐山上的香炉峰。庐山上有四座山峰都叫"香炉峰",此处是指南香炉峰。山峰上长年云烟缭绕,那形状望去酷似香炉。"紫烟"是指太阳光照在山上,有水汽就会变幻颜色。它为瀑布创造了美丽的背景,第二句就将视线集中到了瀑布 —— "遥看瀑布挂前川",大家注意"挂前川"三字,你可以想象他眼前的瀑布非常陡,像一匹匹巨大的银色白绸布,从高高的山顶上挂下来,"挂前川"写得十分神奇,把巨大沉重的水写得非常轻盈,也把"遥看"中的瀑布写得十分逼真。我的个天!"挂"不仅写得漂亮,还写出了瀑布的气势。"挂前川"本来就写得很美,同时还为后文做了铺垫。

因为有前面"挂前川"的铺垫,后面才会有"飞流直下三千尺"的壮观。你读到第三句才知道,它为什么是"挂前川"。因为这个瀑布非常陡峭,像从天上直接落下来的一样。"飞流直下三千尺"七字要细读,瀑布不只是"飞流",还是"直下",而且还是"三千尺","三千尺"当然是虚数,可以想见瀑布多高多陡多长!"飞"把瀑布喷涌而出的形象写活了,"直下"写出了山势的垂直陡峭,也写出了瀑布从空中直落的气势,又回应了第二句的"挂前川","三千尺"形容瀑布落差之大,第三句进一步从正面将瀑布的高远、急速的气势写得很足。

第三句正面已经写足，诗人仍然意犹未尽，再来一句"疑是银河落九天"，这一夸张和想象惊心动魄，"银河落九天"不知比三千尺高多少倍，把瀑布写得更为瑰丽、雄壮、神奇。"是"字是一种肯定判断，给人造成"银河落九天"是实有其景的错觉，其实"银河落九天"根本不存在，自然是谁也没有见过这种奇妙的景象，只是诗人心里想象的景物，它使诗的境界更为高远辽阔，而且用想象的景象比喻真实的景象，给人留下无穷回味的余地。语意上第四句是第三句的升华，形式上既紧扣前面的"直下三千尺"，又紧承前面的"挂"字。

这首诗层层地向前推进，而且一气呵成，把庐山的瀑布写得气势宏伟、生机勃勃。这里面有李白的诗情，有李白的个性，它的特点就是豪迈奔放。

你有激情，你有气势，你笔下的东西就会宏伟壮阔，就会活力四射。

中唐的徐凝也写了《庐山瀑布》。

> 虚空落泉千仞直，雷奔入江不暂息。
> 千古长如白练飞，一条界破青山色。

也不是说他写得不好，他只是寸步不离地盯着那个鬼瀑布绕圈子。后来的苏东坡写了《戏徐凝瀑布诗》，把他狠狠批了一顿。

帝遣银河一派垂，古来惟有谪仙词。

飞流溅沫知多少，不与徐凝洗恶诗。

　　苏轼的意思是说，庐山瀑布啊，你天天飞流溅沫不知道溅了多少，干吗不把徐凝这首臭诗给洗掉呢？当然，这说得有点绝对，有点过了，但是比起李白的《望庐山瀑布》，徐凝的《庐山瀑布》真的不在一个等级。

　　徐诗虽不像苏轼所说的那样是一首该洗去的恶诗，但它的确不能同李诗平起平坐，程千帆先生提出了他对苏轼评语的解释：第一，李诗第二句写了自己的活动，使人有可能想象他那登高望远遗世独立的精神风貌，从而大大扩张了诗的容量，相比之下，徐诗四句纯属客观描写，就要显得单调单薄得多；第二，李诗的比喻是新颖独创的，用"银河"喻"瀑布"的发明权归李白，用白练、雷声比喻瀑布是徐因袭前人的结果，再说，"用白练将青山单一的颜色界破，有什么意义呢？"程先生的分析极有道理。此外，我们认为徐诗的失误还在于四句处于同一水平上，每一句都在瀑布上绕圈子，章法上不是层层向前推进，后一句没有实现对前一句的超越，李诗对瀑布的描写则入乎其中又出乎其上，他的精神世界是那么壮阔豪迈，他的个性又是那么飘逸迷人。

说到飘逸的气质个性，我们再以《峨眉山月歌》为例。

峨眉山月半轮秋，影入平羌江水流。
夜发清溪向三峡，思君不见下渝州。

七绝只有二十八个字，在二十八个字中，一连用了峨眉山、平羌江、清溪、三峡、渝州五个地名。

这是此诗最大的特点，也是此诗最大的难点。

要是一般诗人写起来，不知该有多沉重，更不知该有多死板。

要是让我写起来，不，不，不，我写不出来。要硬是用枪逼着我写，我就把这五个地名，按顺序编号为12345完事，要杀要剐全由你。

可李白这首诗竟然成了名作，连用五个地名竟然一点也不滞涩，没有半点人工堆砌的痕迹，全诗读来无比流动轻快。王世贞在《艺苑卮言》中说："此是太白佳境。然二十八字中，有峨眉山、平羌江、清溪、三峡、渝州，使后人为之，不胜痕迹矣。益见此老炉锤之妙。"王世贞的慧眼看出了此诗的好处，但没有谈出其所以好的原因，"炉锤之妙"不仅是隔靴搔痒，甚至完全把事情弄颠倒了。这首诗的妙处不是在于诗人的精心锤炼，使诗中的句法非常整齐工巧，恰恰相反，是在于它的句法十分随便自由，五个地名都错落有致，如果把五个地名工工整整地对称起来，那一定非常死板、沉重和堆砌。诗中地名在空间上的每一次转换，都意味着离家乡越远，而离开家乡越远，对家乡的思念就越深。月亮当然不属于峨眉山，但对于一个离开家乡的人来说，家乡的月亮最明最圆，离开的距离越远也就标志着离开的时间越长，离开故乡的时间越长就对故乡的思念越浓，诗人每离峨眉山遥远一步，对峨眉山的感情就加深一层。这里，不同的地名标示不同的空间，诗中地名的变动就是空间的转换，空间的转换标示了离家的久远。这样，空间转换成了时间，而离家的时间越久，思家的感情就越深，于是地名空间的转换，成了情感意识的流动。

七言绝句规定只有四行，每行的字数规定只能七个，在四行二十八个字的囚笼里，诗人怎样在句法上追求豪放流走、飘逸洒脱、自然舒展的审美效果呢？这首诗也许能给我们一些启示，清代赵翼在《瓯北诗话》中说，"李太白'峨眉山月半轮秋'……浩气喷薄，如神龙行空，不可捉摸，非后人所能模仿。"赵氏讲此诗的特点十分到位，"浩气喷薄"是指豪放，"神龙行空"是说飘逸。

当然，李白诗歌的飘逸，更多的还是与他的个性和想象有关。孔子说"智者乐水，仁者乐山"，乐山是因为山显得沉静庄重。可李白眼中的山照样飘飘欲飞，如他的另一绝句名篇《望天门山》。

天门中断楚江开，碧水东流至此回。

两岸青山相对出，孤帆一片日边来。

天门山位于今安徽省当涂县长江两岸，东岸叫东梁山，西岸叫西梁山。两山隔江对峙，形似天设的门户，"天门山"由此得名。就其夹江而峙的山形来说，天门山有点像它上游武汉的龟山、蛇山。

毛泽东的《菩萨蛮·黄鹤楼》，为我们留下了写龟山和蛇山的名句："烟雨莽苍苍，龟蛇锁大江。"这两句写出了长江的浩渺苍茫，"锁"字曲传了龟蛇二山的沉雄险要。

李白的天门山别有风采。"两岸青山相对出"，真是神来之笔！他笔下的"两岸青山"，像舞女一样轻盈飘逸，从舞台两边联袂而出，翩翩起舞。"孤帆一片日边来"，这哪像行于水上的船帆？活像从天国飘然而至的飞仙。

朋友，你对"飘逸"有一点感觉了吗？

苏轼说"古来惟有谪仙词"，不仅仅《望庐山瀑布》如此，李白其他的诗歌又何尝不是如此呢？那种别具一格的"豪放飘逸"，的确"古来惟有谪仙词"！

第 14 讲

情感的张力

1. 悖论式的追求

　　我们以李白的代表作《梁园吟》为例,来讲李白诗歌中情感的张力。

　　大家可能要问:什么是张力呢?张力本来是个物理学中的术语,是指在拉力的作用下,相互牵引的力。在英语中,张力的动词是tend,名词是tension。

　　被借鉴到文学批评中,大谈张力是从美国的新批评派开始的,它是指在文学作品中,尤其是诗歌中相互冲突的情感、相互排斥的情绪和相互对抗的语言,两种或者几种相互排斥的力量相互的作用,所引起的强烈紧张和巨大震撼。

　　张力作为这样一种引起紧张的力量,在文学作品中,主要是形成一种壮美的风格,造成一种具有震撼性的冲击力量。

　　李白的诗歌向来是以雄强、豪迈、强悍为主要特征,以张力来谈李白的诗歌,应该说特别切合他的诗情诗风。

　　李白诗歌张力的形成,来源于他人生的一种悖论式的追求 —— 在政治上建立一鸣惊人的伟绩,在精神上获得彻底的自由。

这是他一生矢志不渝的两大人生目标。赵翼在《瓯北诗话》中说："青莲少好学仙，故登真度世之志，十诗而九。盖出于性之所嗜，非矫托也。然又慕功名，所企羡者，鲁仲连、侯嬴、郦食其、张良、韩信、东方朔等。总欲有所建立，垂名于世，然后拂衣还山，学仙以求长生。如《赠裴仲堪》云云。"

首先，他想成就一番伟大的事业。李白生长的时代，科举制度的确立，使大批庶族子弟有了参政的机会，加上当时"入仕之途甚多"，起宰相于寒门，拔将军于卒伍，文人们似乎觉得取卿相如拾草芥，这既激发了他们那种英雄主义的豪气，又增强了他们的历史使命感，同时还树立了他们高度的自信心。"大笑向文士，一经何足穷？"（高适《塞下曲》）"自谓颇挺出，立登要路津。致君尧舜上，再使风俗淳。"（杜甫《奉赠韦左丞丈二十二韵》）连书生气十足的王维也高喊"忘身辞凤阙，报国取龙庭。岂学书生辈，窗间老一经？"（《送赵都督赴代州得青字》）不用说，李白比他们所有人都狂，从不掩饰自己的自负，"天生我材必有用"，"我辈岂是蓬蒿人"，"怀经济之才，抗巢由之节，文可以变风俗，学可以究天人"（《为宋中丞自荐表》）。在他眼中，真的是"世上无难事"，天下好像没有什么事是他李白搞不定的，从来都相信自己可以"扶摇直上九万里"（《上李邕》）。一上位就得成为诸葛亮、谢安一流人物，一出手就得扭转乾坤。儒家"穷则独善其身"的人生信条，被他无情地否定和嘲笑，他认为："苟无济代心，独善亦何益？"
（《赠韦秘书子春》）对陶渊明的人生态度也不以为然："龌龊东
篱下，渊明不足群。"（《九日登巴陵置酒望洞庭水军》）

其次，李白希望彻底解除人生的缧绁，追求一种绝对的精
神自由，不愿意低下高贵的头，"安能摧眉折腰事权贵，使我
不得开心颜"（《梦游天姥吟留别》）。他那个时代相对宽容自
由，这唤起了人们对精神解放的憧憬，要求突破现实世界的种
种限制，寻求更宽广的精神空间。李白在这一点上比同辈更为
强烈，成了蔑视王法与王侯的时代典型。"倚剑天外，挂弓扶
桑，浮四海，横八荒，出宇宙之寥廓，登云天之渺茫"（《代寿
山答孟少府移文书》），"人生飘忽百年内，且须酣畅万古情"
（《答王十二寒夜独酌有怀》），潇洒人间还满足不了他精神的需
要，他还想"愿随夫子天坛上，闲与仙人扫落花"（《寄王屋山
人孟大融》）。

可是，任何一个时代，任何一个国家，政治功业与精神
自由，同样都是鱼和熊掌不可得兼。你要想笑傲王侯和蔑视王
法，追求个人的精神解放与个性自由，就必须使自己超出于王
法所规定的封建秩序；你要想在政治上完成壮丽的人生，实现
自己"济苍生"和"拯物情"的夙愿，又离不开王侯大公达官显
宦的举荐提携，更离不开皇帝提供的政治舞台，又得老老实实
地回到王法所规定的封建秩序之中。于是，历史把李白的人生
追求置于这样一种尴尬的悖论境地。

李白要是生在今天，他的这两种追求仍旧是一种悖论式的追求：想实现政治抱负，就别再想精神自由。吃了鱼别又想吃熊掌。

可李白呢，偏偏既要吃鱼，又要吃熊掌。我们常说李白是盛唐气象的杰出代表，就在于他那个时代，同时回响着建功立业的呼唤，又洋溢着个性解放的热情，李白同时具备这两种时代精神。早于李白的孟浩然，青壮年时虽然偶尔也觉得"端居耻圣明"，感到自己在这个"圣明"时代隐居可耻，但很快就做出了"红颜弃轩冕，白首卧松云"的选择（李白《赠孟浩然》），享受"春眠不觉晓"的闲散；晚于李白的杜甫，把"致君尧舜上，再使风俗淳"作为自己的终生追求，富有强烈的社会责任感，把对苦难中人民的同情和抚慰，当成自己创作的使命，他最终选择了"穷年忧黎元"，就放弃了"潇洒送日月"（杜甫《自京赴奉先县咏怀五百字》）。

只有李白才充分地秉有时代赋予他的双重品格：既想在外在世界承担历史责任，又想在内在世界享受精神自由。他身上的这种双重品格，是盛唐时代精神中涌动的两股激流。

当这两股激流在他身上同时汇聚的时候，就在他的心灵深处引起激烈的冲突，并形成了他悖论式的人生追求，而他的一生恰恰是在这悖论式的追求中走完的——想成就一番政治上的大业，又不想低下自己高贵的头颅，这不仅使他在外在世界碰得头破血流，也使他的心灵总是处于不同力量的碰撞之中。

两股时代潮流在他内心冲突碰撞，使他同时体验到人生的大喜与大悲，使他能真正进入存在的深度；更重要的是，正是这两股时代的潮流，不断地在他心灵深处掀起情感的狂澜，他才得以把处于封建鼎盛时期的我们这个伟大民族昂扬向上的活力推向巅峰，使他成为盛唐气象当之无愧的代表。

什么叫悖论？这里无法展开详细阐述，个人水平和讲课时间只允许我做一简单介绍。它在逻辑学上的表达方式是：如果a，那么非a；如果非a，那么a。举个例子，"我在说谎"，这就是个悖论。为什么呢？如果我眼下真的在说谎，我就没有说谎，因为我已经声明了"我在说谎"；如果我眼下没有说谎，那我就是在说谎，明明没有说谎，却谎称"我在说谎"，那不就是在说谎吗？这可能有点绕口，你们听懂了没有？

李白这种悖论式的追求，既给他的情感带来了巨大的矛盾和痛苦，也给他的情感带来了巨大的力量和魅力。正如"失之东隅，收之桑榆"说的那样，这种矛盾和痛苦反而成就了他诗歌的张力。

李白的许多代表作，往往不是抒写单一的情感，或喜，或忧，或乐观，或失望，而是同时抒写两种相互矛盾情感的对抗，既喜又忧，既乐观又悲观，既满怀希望又极度失望……这种相互矛盾的情感，在他诗歌中相互抵牾、排斥和对抗，掀起巨大的情感狂潮，激起拍岸的惊涛巨浪，并因此形成同样巨大的情感张力，给人以强烈的艺术震撼。

2. "欲济苍生"还是"黄金买醉"？

王世贞在《艺苑卮言》中说："太白笔力变化，极于歌行；少陵笔力变化，极于近体。""近体"大家都明白，就是今天说的格律诗，而"歌行"先得和大家啰唆两句。古代乐府中，有歌、行、吟、引、谣、曲，如《长恨歌》《琵琶行》。歌与行在音乐上大概有区别，但后世因乐调失传，宋人和明人差不多是一人一种说法，每种说法都有点想当然。明代徐师曾《文体明辨序说》指出："歌行有有声有词者，乐府载诸歌是也；有有词无声者，后人所作诸歌是也。"就是说汉乐府的歌行入乐歌唱，约魏晋以后歌行都只有词，也就是说只是诗而已。王世贞说的"太白歌行"，泛指李白的乐府和七古。

《梁园吟》从标题上看，体裁属于"吟"一类的乐府诗，刚才说过，实际上就是一首七言古诗，它是李白七古的代表作之一，我们一起细读此诗，让大家对李白诗歌的张力有更深的体认。

> 我浮黄河去京阙，挂席欲进波连山。
> 天长水阔厌远涉，访古始及平台间。
> 平台为客忧思多，对酒遂作《梁园歌》。
> 却忆蓬池阮公咏，因吟"渌水扬洪波"。
> 洪波浩荡迷旧国，路远西归安可得！

人生达命岂暇愁，且饮美酒登高楼。

平头奴子摇大扇，五月不热疑清秋。

玉盘杨梅为君设，吴盐如花皎白雪。

持盐把酒但饮之，莫学夷齐事高洁。

昔人豪贵信陵君，今人耕种信陵坟。

荒城虚照碧山月，古木尽入苍梧云。

梁王宫阙今安在？枚马先归不相待。

舞影歌声散绿池，空余汴水东流海。

沉吟此事泪满衣，黄金买醉未能归。

连呼五白行六博，分曹赌酒酣驰晖。

歌且谣，意方远。

东山高卧时起来，欲济苍生未应晚。

　　天宝元载（742年），李白在南陵接到唐玄宗的进京诏书，一时儿女"嬉笑牵衣"，自己更是"高歌起舞"，唱着"仰天大笑出门去，我辈岂是蓬蒿人"上路，那是何等风光！哪知两年以后的天宝三载（744年），他就被皇上"赐金放还"，又不得不再做"蓬蒿人"。

　　这首诗是被"赐金放还"后，他与杜甫、高适同游大梁（今河南开封一带）、宋州（今河南商丘一带）时的作品。

　　一起笔，就倾诉自己被逐的沮丧，流落梁宋的劳顿，仕途挫败的苦闷，以及不得"西归"的烦恼——

"我浮黄河去京阙，挂席欲进波连山。天长水阔厌远涉，访古始及平台间。平台为客忧思多，对酒遂作《梁园歌》。却忆蓬池阮公咏，因吟'渌水扬洪波'。洪波浩荡迷旧国，路远西归安可得！"

他说，自己是走黄河水路，离开京城来到梁宋的，沿途真是吃尽了苦头，船刚一扬起风帆上路，黄河便突然风急浪高，汹涌波涛好像连绵不断的山峦。路途远又加上风波恶，这次远行受够了摇晃颠簸之苦，才好不容易来到平台，古代梁园遗址的所在地。

前四句交代来到梁园的原因和经过，写被迫离开京城的不愿和不甘，沿途舟楫劳顿带来的身心疲惫。

"平台"二句切入正题，上句"忧思多"是自己这次访古的心境，下句是说作《梁园吟》的原因。《梁园歌》也就是这首《梁园吟》。来到了梁宋之地，自然就想到了梁地的阮籍[1]，想到了阮籍自然就想到了他《咏怀八十二首·其十六》中的名句："徘徊蓬池上，还顾望大梁。渌水扬洪波，旷野莽茫茫。"阮籍这几句诗的大意是说，徘徊在蓬池岸上，回头眺望古都大梁。蓬池碧水卷起巨浪，中原旷野莽苍苍。蓬池是古代开封东南边的一大片沼泽。"因吟'渌水扬洪波'，洪波浩荡迷旧国"，这两

1　阮籍（210—263 年），字嗣宗，三国时期魏国诗人、思想家，竹林七贤之一。陈留尉氏（今河南省开封市尉氏县）人，古代属于大梁一带。李白来到梁园自然会想到大梁的阮籍。

句之间用顶针格修辞，上一句以"洪波"结尾，下一句以"洪波"开头。蓬池的洪波与长安天长水远，重返西京长安希望渺茫。

大家先要清楚后面六句的情感脉络：因来到了大梁，想起大梁诗人阮籍；因想到了阮籍，想起了他"渌水扬洪波"的名句；因"洪波"想到与京城远隔千山万水，难免顿起回京无望的痛苦。

前十句侧重写景叙事，但写景处便是写情，叙事时也是写意，书写虽一气贯注，情感却百折千回。突然被逐出京城的痛苦，造成"平台为客"的"忧思"，重归西京的渺茫，带来对人生未来的迷茫。前半部分笼罩着失意、烦躁、苦恼和茫然的氛围，他失意、烦躁、苦恼和茫然的根源，是对事业的追求和执着。要求积极进取而又不得进取，希望有所作为却一无所为，这才是他"忧思多"的深刻原因。

刚刚进入政治舞台中心，很快就被赶出了宫廷，他此时才尝到了挫折的滋味，回京的道路"天长水阔"，未来的人生之路坎坷漫长，回顾来路是洪波浩荡，烟雾迷蒙，望眼欲穿也看不见"旧国"，"挂席欲进""路远西归"，表现了诗人对这次入仕失败的惋惜，对实现政治理想的执着。"挂席欲进""对酒忧思""路远西归"，这一连串行动和思绪都表明，诗人仍在为实现"济苍生""拯物情"的理想而焦虑而挣扎。

你以为他会一直执着下去，一直沉浸在"忧思"之中，哪知他忽然笔锋一转，如洪水破闸似的倾泻对精神自由的向往：

"人生达命岂暇愁，且饮美酒登高楼。平头奴子摇大扇，五月不热疑清秋。玉盘杨梅为君设，吴盐如花皎白雪。持盐把酒但饮之，莫学夷齐事高洁。"

"达命"就是通达知命，一个通达知命的人，哪有工夫去忧愁？兄弟们，我们到高楼上边赏美景，边饮美酒，管他什么西京，管他什么功名，去他娘的！

"平头奴子"，"平头"指平民所戴的帽巾，"平头奴子"指下层仆人。"平头"两句的意思是，边饮酒边赏景边有仆人摇扇，盛暑时节像秋天一样清凉。

侍女托着玉盘特地送来清爽可口的杨梅，还有像雪花一样雪白的吴盐。顺便交代一下，古人吃水果，先在上面撒一点薄盐，俗话说，"若要甜，撒点盐"。喝着美酒，吃着杨梅，今朝有酒今朝醉，学伯夷和叔齐你不嫌累？要什么高洁，要什么操守，去他娘的！

功业是狗屎，高洁是狗屎，他什么都看透了，什么都否定了，活得就越来越快活了，也写得越来越放肆了。

你们难道还没有看穿吗？"昔人豪贵信陵君，今人耕种信陵坟"。"信陵君"即魏公子魏无忌，战国时期的四大公子之一，生前门客众多，享尽了赞誉，享尽了荣华，死了还不是一堆朽骨？连他的坟墓也夷为农田，牛在他头上踩，犁在他头上翻。

"荒城虚照碧山月，古木尽入苍梧云。"高位、美名、节操、人生，统统在时间的长河中化为一缕青烟，一切全归于虚无。

"梁王宫阙今安在？枚马先归不相待。""梁王"就是梁孝王刘武，汉文帝的次子。"马"指大文豪司马相如，"枚"指著名辞赋家枚乘。梁王死了，梁园塌了，枚马走了，"舞影"散了，"歌声"停了，一切都没了，只有汴水东流入海。当年"舞影歌声"都飘散在"绿池"之中，"空余汴水东流海"。

他接着说，"沉吟此事泪满衣"，一想到这些就泪流满面，还不如赶快"黄金买醉"，还不如赶快"连呼五白行六博"，还不如赶快"分曹赌酒酣驰晖"，喝个够，玩个够，赌个够，人生才够本，权势、功名、成就，全是浮云！活得自在，玩得开心，不必千般计较，不必苦苦追求，一切努力都是枉然，一切成就都是云烟。

大家记得吗？李白刚才还在念叨"西归"，还在牵挂"京阙"，还在痴迷"旧国"，现在这一切都成了臭屎橛儿。他现在什么都否定了，什么也不要了。沿着这一情绪写下去，以为他会越写越颓废，会放弃所有追求，抛弃所有理想。

读李白诗歌时，我们所有的"以为"常常都想歪了，我们永远跟不上李白的思维，你怎么也想不到他打破了所有人的期待，诗以高亢的诗句结尾——

"歌且谣，意方远。东山高卧时起来，欲济苍生未应晚。"

我的个天！原来他还一直想着要大济苍生，仍然执着于伟大的事业。

这首诗既不是像有些人所说的那样，"突出地表现了诗人醉酒放纵的思想和生活"，也不单是反映了他"济苍生"的政治热忱，而是真切地表现了诗人在精神自由与建功立业这种悖论式的追求之中的矛盾情绪。此诗的美不是源于情感的和谐统一，而是源于矛盾情绪的碰撞与对立。

正是这种相互对抗的情绪，在他的诗歌中才形成强大的张力，正是这种强大的张力，才能掀起巨大的情感浪潮，给人头昏目眩的艺术震撼力。

第 15 讲

章法的跌宕

1. 什么是跌宕？

你们千万别弄混了，"跌宕"可不是"跌倒"，我的普通话一向讲得标准地道，弄混了责任全在你们。

今天的日常用语中，"跌宕"这个词完全绝迹，现代的文学批评术语中，也很少提及跌宕这个词。但它可是正宗的"中国特产"，是古代文论使用频率极高的概念，在诗歌和散文的批评鉴赏中，我们老祖宗常用它来分析章法和节奏。

李白一辈子写得最好的是七言古诗，他那放纵不羁的个性，那山呼海啸的力量，那恢宏雄健的气势，还有那飘逸不群的风度，在这种体裁中得到了最充分的表现；其次是他的五七言绝句，简直是绝句中的神品，极少人可以和他比肩，甚至没有人排在他的前面，他就是绝句中的"谪仙"，前无古人而后无来者；最后是他的五言古诗和五言律诗。七言律诗他写得比较少，现存的杰作更少，原因不外乎以下两个方面：

一是格律诗中，要数七律成熟最晚，李白走上诗坛的时候，七言律诗还没有完全定型。你们看看崔颢那首被许为"唐人七言律第一"的《黄鹤楼》，不仅平仄"不守纪律"，连粘对都时时"犯规"，古人说它"以歌行入律"，并不是崔颢明知故犯，也不是崔颢特意创新出奇，而是那时并没有订下严格的规矩戒律。再伟大的文学天才，都离不开前人的艺术积累，一切伟大的创作都离不开时代的风云际会。

二是李白的个性"不就绳律"，就是受不了太严格的约束，他不屑也不会"戴着镣铐跳舞"，写七言律诗扼杀了他的个性，限制了他的自由，且不说七律，即使他写五律，必须对偶的地方，他也尽可能不对偶，如名作《夜泊牛渚怀古》，虽然平仄全合绳墨，但中间两联又全不对偶。这一方面可能是当时规矩不严，另一方面可能是李白"不守规矩"。

七言古诗，也包括七言乐府，在古代诗歌中，要数七古形式最为活泼、体式最为多样、句法最为随意、押韵最为自由，而且篇幅的长短"悉听尊便"，押韵的平仄还可以随意转换。更难得的是，七古既具有极强的艺术表现力，也具有极大的社会容量；既可以表现广阔的社会生活，也可以表现丰富复杂的情感。七古这些体裁特点，正好吻合李白的艺术个性。

李白是七古体裁发展的里程碑，他使七古的语言更为多变，韵律更为自由，章法更加纵横跌宕；他开拓了七古的题材，可以用它谈情说爱，可以用它纵情山水，可以用它表现社会历史，还可以用它来遨游仙界；他拓展了七古的艺术潜力，使七古的容量更有广度和深度，使七古的风格更为多姿多彩。

七古幸好遇上了李白，它的潜力才得以多方面展现；李白也幸好找到了七古，他的才华才能发挥到极致。

　　由于篇幅的关系，这一讲通过两首七古代表作，重点谈李白七古章法的跌宕，并借此谈李白七古的艺术特征。

　　那什么叫跌宕呢？

　　跌宕原是形容事物富于变化，后又形容一个人处事放纵不羁，说话有顿挫波折。我们这里所说的跌宕，指李白诗歌的章法或笔法，笔法上转折顿挫，结构上大起大落，当然也指音节音调上的波澜起伏。

　　诗歌风格就体现在情感、气势、章法、语言、音调中，如章法的跌宕与诗风的豪放就有深刻的内在联系，所以我们谈论李白章法的跌宕，同时也就是在谈他诗风的豪放。

　　杜甫早就断言"白也诗无敌，飘然思不群"（《春日忆李白》）。清人赵翼在《瓯北诗话》（卷一）中对此做了更详尽的阐述，他说李白"自是仙灵降生"，"诗之不可及处"，就是别人比不上的地方，"在乎神识超迈"，在哪个地方"神识超迈"呢？他说，李白最大的特点就是"飘然而来，忽然而去，不屑屑于雕章琢句，亦不劳劳于镂心刻骨，自有天马行空，不可羁勒之势"。"羁勒"本义是马笼头，引申为"拘束""控制"，"不可羁勒"就是不可控制，或不受拘束。

明朝的胡应麟[1]在《诗薮》中，也有一段很精彩的评论："阖辟纵横，变幻超忽，疾雷震霆，凄风急雨，歌也；位置森严，筋脉联络，走月流云，轻车熟路，行也。太白多近歌，少陵多近行。"

结合胡应麟的评论，我们来看看歌、行的特点。古代的乐府诗有歌、行两体，它与音乐有关。胡氏所谓"阖辟纵横"，就是今天我们说的"纵横捭阖"，原指政治外交上的联合与分化，这里指诗歌结构上的大开大合。"变幻超忽"是说李白诗歌思绪飘忽不定，想象变幻百出，感情喜怒无常，章法起落无端，一切都让人不可捉摸。像暴雷闪电一样让人震撼，像"凄风急雨"一样倏忽变化，这就是"歌"的特点。

那么"行"的特点呢？章法谨严有序，脉络畅通连贯，像"走月流云"那样流动，像"轻车熟路"那样顺畅，这就是"行"。

他说，李白的诗歌近于"歌"，杜甫的诗歌近于"行"。

他又进一步地说，太白的歌行——七言古诗，"歌行"本来是乐府，为什么说七言古诗呢？因为在唐朝的歌行诗乐府，基本上就不能唱了。他说，李白和杜甫两个人的七言古诗，一个是无首无尾，变化错综；一个"虽极深沉横绝"，但有章法可循。

1　胡应麟（1551—1602年），字元瑞，号石羊生、少室山人，浙江兰溪人。诗文承后七子余风，受王世贞赏识，登其名于"末五子"之列。其论诗在推崇汉魏盛唐格调的基础上，更提出"兴象风神"。著有《少室山房类稿》《诗薮》等。

他又接着说，"李杜二家，其才本无优劣"，说李白和杜甫就才气而言，两个人没有什么优劣，不能说哪一个更好。但是杜甫的诗歌"体裁明密"，"有法可寻"。李白的诗"兴会标举，非学可至"，也就是说李白的七言古诗的章法，飘然而来忽然而去，像天马行空，跳荡离合，你觉得变幻莫测，根本没有办法学他。连杜甫也感叹李白诗歌"笔落惊风雨，诗成泣鬼神"（《寄李十二白二十韵》），李白的诗歌我们只能惊叹，鬼神也无法模仿。

好了，说一大堆李白七古的特点，还不如来感受李白的原作。

2. "飘然而来，忽然而去"

为什么说李白诗歌像"天马行空"，"飘然而来，忽然而去"？让李白的代表作《宣州谢朓楼饯别校书叔云》"现身说法"。

> 弃我去者，昨日之日不可留。
> 乱我心者，今日之日多烦忧。
> 长风万里送秋雁，对此可以酣高楼。
> 蓬莱文章建安骨，中间小谢又清发。
> 俱怀逸兴壮思飞，欲上青天揽明月。
> 抽刀断水水更流，举杯销愁愁更愁。

人生在世不称意，明朝散发弄扁舟。

宣州就是今天的安徽省宣城市。"谢朓楼"是宣城一座历史建筑，南朝齐著名诗人谢朓曾做过宣城太守，当地人特地建这座楼纪念他。"饯别"就是设宴送别。"校书"是唐代的一个官职，朝廷秘书省有校书郎。"叔"就是辈分，"云"就是李云。

我顺便解释一下，李白这个家伙他叫别人叔叔，后来发现辈分相差很多，其实他们并不同宗，李白是不是汉族人就大有疑问。

1935年，著名的历史学家陈寅恪先生在当时的《清华学报》上写了一篇文章——《李太白氏族之疑问》，他认为，李白不是汉族，而是胡人。

李白也许是胡人，史书上也说李白"高准""深目"，鼻梁长得很高，眼窝陷得很深，就是面部棱角分明，不像我这个鬼样子，面部整个就平板一块。

李白称李云为叔叔，大概李云年龄比较大。李云要回长安，李白挑宣州谢朓楼给他设宴送行。顺便交代一下，李白一辈子好像没服过什么人，但谢朓算是少有的例外，清初王士祯《戏仿元遗山论诗绝句三十二首》说，尽管"青莲才笔九州横"，却"一生低首谢宣城"。在谢朓楼饯别李云，他要用隆重的礼节，来表示对叔叔的尊重。

且看他如何送别。

他一起笔就说，"弃我去者，昨日之日不可留。乱我心者，今日之日多烦忧。"清人吴汝纶评这几句："破空而来，不可端倪。"清人方东树也说："起二句发兴无端。""端倪"就是头绪，"不可端倪"就是找不到头绪，也就是口语说的"找不着北"。"无端"就是没有来由。

　　为什么这样说呢？天宝末年，李白在宣州饯别李云，李云的辈分比李白高。几乎所有的送别诗，一般都是送者安慰行者，何况李白是送自己的叔叔，更应写与叔叔团聚的温馨，写分别的恋恋不舍。可是这家伙从来就不循常规，既不写自己对他的离情别绪，又不写离别时劝酒的场面，也不写在楼上见到的风景，一上来就是两个长排比句奔腾而下，直抒胸中浩如烟海的烦恼忧郁，那苦闷郁结的情绪，像是决了口的长江黄河不可遏止。一句都没有问问叔叔：这几天在宣城玩得怎样？这几年在京城过得如何？而是劈头盖脸地对叔叔说：过去美好的日子一去不复返，不可挽留；眼下，数不清的破事，道不清的烦忧，说不明的苦恼，弄得我心烦意乱，叔叔您看看这日子真是糟透了！他不仅没有安慰一下叔叔，恨不得要叔叔安慰他一下才好。

　　大家设身处地想一想，假如你是李白的叔叔，在分别的时候，侄子没有一言说到别情，没有半句关心我的近况，一见面就噼里啪啦地倾泻自己如何烦忧，如何倒霉，你肯定觉得李白不仅愣头愣脑，简直就没头没脑，自己又被他弄得晕头晕脑。

你们再仔细看看，第一句"弃我去者，昨日之日不可留"（｜｜｜｜｜｜—｜｜｜—），十一个字中有九个仄声字，连用这么多仄声字，表示他的心情非常急切，必须马上把内心的苦水统统倾倒出来，"多烦忧"快把人憋死了，所以他一见面就"破空而来"，"破空而来"就是突然喷薄而出，古人把这种开头叫"陡起"，就是一起笔便很急很陡。正因为是突然喷薄而出，所以说他是"发兴无端"，也就是猛然爆发的激情毫无来由，一下子把人弄得晕头转向，找不着东南西北，这就叫"不可端倪"。

大家现在明白什么是"破空而来""飘然而来"，什么是"发兴无端"，什么是"不可端倪"了吧？

顺便提醒一下大家，你们注意到了没有，李白的很多七言古诗都喜欢"破空而来"，也就是喜欢"陡起"，如《将进酒》："君不见黄河之水天上来，奔流到海不复回；君不见高堂明镜悲白发，朝如青丝暮成雪。"又如《蜀道难》："噫吁嚱，危乎高哉！蜀道之难，难于上青天！"

刚才李白不是对叔叔说"今日之日多烦忧"吗？就我们这些普通人来说，你既然说了今日"多烦忧"，接下来你就要告诉别人，自己眼下有哪些烦忧。譬如我对大家说，朋友们，我今天痛苦得很，遇上了很多烦心事。大家必定会等着我诉说到底有哪些"烦忧"。

正当大家眼睁睁地等着李白诉说烦忧的时候，谁都没料到，他突然笔头一转："长风万里送秋雁，对此可以酣高楼。"

你们看，这哪有什么"多烦忧"，连"烦忧"的影子也没有！秋天明净如洗的晴空，看上去高远而又寥廓，万里长风送走展翅云天的大雁，面对这开阔明丽的美景，又置身于这千古名楼，必定会激起开怀畅饮的豪兴！

此时此刻，良辰、美景、赏心、乐事四美兼备，哪还有什么"多烦忧"？还怎么可能"乱我心"？从极端烦忧焦心，到极端兴奋开心，他的"多烦忧"跑到哪里去了呢？他"酣高楼"的豪兴是怎么来的呢？

我敢打赌，鬼也不知道！你们现在明白什么是"飘然而来，忽然而去"了吗？

吴汝纶评这两句说："再用破空之句作接，非太白雄才，那得有此奇横？"李白这种接法的确"奇横"，只有他才"能"这么"奇横"，也只有他才"敢"这么"奇横"。这种突然硬转，突然反接，就是章法上的跌宕。所谓反接就是完全从相反的方向说。

为什么说只有他才"能"，也只有他才"敢"这样接着写呢？我们谁的思绪会像李白这样诡谲多变？我们谁的情感会像李白这样喜怒无常？我们谁的想象会像李白这样奇幻无穷？他感情的体验方式和表达方式，跟我们大家都不一样，所以弗洛伊德说，天才诗人与精神病人，只有一步之遥。

比如，我今天对大家说："朋友们，我目前碰到很多烦心事。"接着我肯定会告诉大家有哪些烦心事:"第一,工作压力太大了;第二,又要"996"加班了;第三,女朋友把我甩了。"要是我刚才说碰到很多烦心事,接下来却突然说:"哈哈哈,我真高兴死了。"我还没有高兴死,你们肯定吓个半死,大家一定觉得我脑子出了毛病。所以说"非太白雄才,那得有此奇横"。

秋天美景,唐朝有三个诗人写得特别漂亮,一个是李白,"长风万里送秋雁",气象高朗,气势雄浑,境界阔大。

第二个就是"诗豪"刘禹锡的《秋词·其一》:"自古逢秋悲寂寥,我言秋日胜春朝。晴空一鹤排云上,便引诗情到碧霄。"

还有一个就是有"薄幸名"的杜牧:"远上寒山石径斜,白云深处有人家。停车坐爱枫林晚,霜叶红于二月花。"(《山行》)

大家注意,古人写诗作文讲究切题,"酣高楼"切到题面的"宣州谢朓楼";"酣"切到题面"饯别"。

李白就是这样,刚才说"今日之日多烦忧",突然来一句"长风万里送秋雁,对此可以酣高楼",不仅没有烦忧,还快活得要死,他这种酒仙"酣高楼",必定话越来越多,兴致越来越高。

说着说着就恭维起叔叔来了——"蓬莱文章建安骨","蓬莱"是道家的仙山。大家注意,汉朝的东观藏了很多书,唐朝的秘书省也藏了很多书，藏书中有很多道教的神仙秘籍，所以把这个地方叫蓬莱阁。刚才和大家说过，此时李云在秘书省做校书郎，"蓬莱文章"就是称道李云的文章。可能有人要纳闷了，李云的作品主要不是诗歌吗？怎么说是"文章"呢？在唐朝以前说到"文章"这个词，既指诗也指文，到底是指诗还是指文，我们一定要看上下文。比如，韩愈的《调张籍》一起笔就说，"李杜文章在，光焰万丈长"。李白和杜甫的"文章"，一看就知道是指诗歌。还有陈子昂的《修竹篇序》，"文章道弊，五百年矣"，也主要是说的诗歌。

"蓬莱文章建安骨"，这是恭维他的叔叔李云，说叔叔啊，你的诗歌写得真好，有建安风骨。下一句"中间小谢又清发"，"小谢"就是谢朓，切到题面"谢朓楼"。"中间小谢"，为什么说"中间"呢？大家注意，诗歌从建安发展到唐朝，谢朓刚好是在二者之间，所以说"中间小谢"。"清发"指诗风清新秀发。

李白上一句恭维他的叔叔，说叔叔的诗歌有建安风骨，下一句就留着恭维自己，说自己的诗歌像小谢那样清新秀发。李白这家伙的词典里，根本没有"谦虚"这个词。这两句其实是互文，什么叫互文呢？是说叔叔的诗写得既有风骨又很"清发"，我的诗歌同样也是既有风骨又特"清发"。

"蓬莱文章建安骨，中间小谢又清发"，上一句说叔叔，下一句说自己，这在写法上是分说——一个个地书写对象。"俱怀逸兴壮思飞"，这叫双绾——两个人一起说，"俱怀"就是两个人都怀有逸兴壮思。

"逸兴"就是飘逸的诗兴,"壮思飞"就是浮想联翩。三杯酒下肚,越喝越高兴,两个人都开始浮想联翩。

两个大男人越喝越高兴,高兴到什么程度呢?"酣高楼"激起了哪些"壮思逸兴"呢?"欲上青天揽明月",他和他叔叔都高兴得想飞上天去,把月亮摘下来玩一玩。这一句写出了诗人豪放天真的可爱性格,也把全诗的昂扬豪迈的激情推向了高潮。

我的个天!"今日之日多烦忧"言犹在耳,现在不仅没有烦忧,还快活得"欲上青天揽明月"。读李白诗歌,随着他感情的波澜起伏,我们也像坐过山车一样,一下子沉到了谷底,又一下子冲上了云天。

"欲上青天揽明月"话音刚落,他又突然地反跌,"抽刀断水水更流,举杯销愁愁更愁。"你说这是不是见鬼了?刚才还快活得要死,"欲上青天揽明月",转眼就沉到了忧愁的深渊。

突然由"欲上青天揽明月"的天真豪迈,一下跌入"抽刀断水水更流"的痛苦绝望,他不是沉浸在酣饮畅想中吗,怎么突然掉进"举杯销愁愁更愁"的痛苦深渊呢?鬼知道!

你们对他诗歌的跌宕,有一点感性认识了吗?

"抽刀断水水更流,举杯销愁愁更愁",清代宋宗元《网师园唐诗笺》称这两句是"奥思奇句"。这种想象太奇特了,这个比喻太漂亮了,只有李白写得出来。李白的比喻总是出人意表，你完全想象不到。"抽刀断水"把刀子砍到水里，水好像堵住了。把刀子一提起来，水马上流得更急，所以说"抽刀断水水更流"。

"举杯销愁愁更愁"，靠酒销愁越喝越愁，那么李白是不是要越写越痛苦了呢？

你太不了解李白了！

他一转脸就说："人生在世不称意，明朝散发弄扁舟。""在世不称意"，不好玩，老子就不在世间玩了，明天便披头散发，乘一叶扁舟泛五湖。这就是李白！

这首诗反复地跌宕，"乱我心者，今日之日多烦忧"，急速地下沉。他突然来一句振起，"长风万里送秋雁"，一直升，一直升，感情扬得很高，"欲上青天揽明月"，刚一到达了顶峰，又突然反跌，"抽刀断水水更流，举杯销愁愁更愁"，正痛苦得要命，又突然来一句"人生在世不称意，明朝散发弄扁舟"，完全潇洒解脱！全诗不断地落一起一落一起，这就是我们所说的"跌宕"。

李白诗歌章法的跌宕，既与他感情的体验有关，也与他想象的奇幻相连，是这种非常独特的体验方式和这种奇幻的想象方式，成就了他诗歌跌宕的章法。

李白这位旷世奇才，他的感情猛烈强劲，他的思绪飘忽跳跃，这形成了他诗歌章法上的跌宕，写法的陡起陡落，结构的大开大合。

香港曹聚仁先生谈到李白时，曾有一段十分生动形象的评论，他说李白无疑是个绝顶的天才，你读他的诗歌，觉得他是"谪仙人"，如果你住在三楼，李白住在四楼，那你可能觉得他就是个疯子。他刚才大笑着脚踏地板，嘣嘣嘣；他一大哭又是脚蹬地板，嘣嘣嘣。

　　弗洛伊德有一句很漂亮的话，他说："天才诗人与神经病人，只有一步之遥。"

　　恰恰是"飘然而来，忽然而去"的思绪，恰恰是跌宕的章法，恰恰是大开大合的结构，以及陡起陡落的笔法，带来了李白诗歌豪放飘逸的美学效果。

第16讲

一见钟情

盛唐诗人大多性格开朗，审美趣味也纯正健康，他们通常都欣赏健美的女性，都赞赏纯真的爱情。民间常言"燕瘦环肥"，说的就是杨贵妃健美丰盈，盛唐人不像宋以后文人那样，追逐弱不禁风的"病西施"。李白的《长干行》，王昌龄的《闺怨》，还有我们下面讲解的崔颢的《长干曲》，都是采用乐府的旧题，书写那些充满激情的女性，讴歌淳朴的爱情，带有民歌的风味，诗风也都朴素清新。

崔颢[1]的《长干曲》一共有四首，我们这次讲的第一、二首，这两首诗都收录在《唐诗三百首》中。

君家何处住？妾住在横塘。
停舟暂借问，或恐是同乡。

家临九江水，来去九江侧。

---

1 崔颢（704—754年），汴州（今河南开封）人，今天人们记得他的，是那首让李白低头的《黄鹤楼》，其实他早期诗多写闺情，而且带有齐梁风韵，后来历闯边塞，诗风随之变得雄浑奔放。著有《崔颢集》。

同是长干人，生小不相识。

　　这与其说是两首诗歌，不如说是一男一女的一则对话。

　　这则对话表现的是什么呢？正是这对男女的一见钟情。可惜千百年来没有人把它讲深讲透。

　　"君家何处住？"这句写女孩的问话，事前两人没有半句寒暄，诗人也没有做任何铺垫，一上来就直接问道："你家住在什么地方？"从诗中的"君"字和后句的"妾"字，大致可以猜想对方是位男性。从这句诗的语气看，姑娘问得特别急。

　　她为什么要问得这么急呢？我和大家一起回到当时的现场——

　　诗中的姑娘原先在江面划船，后面划船的小伙子眼尖，看到前面是个漂亮的姑娘，一下就来神了，于是使劲儿划，一眨眼工夫就划到了女孩跟前，两条船很快就在江中并排而行。姑娘一看到跟上来的小伙子，立马就两眼放光，小伙子一看到姑娘，同样两眼也发亮，所以就有了后来的故事。

　　他们俩初见于江中，是真正的萍水相逢，姑娘觉得过了这个村，就没有这个店。古代又不像我们今天这样，可以相互留个电话号，还可以互加微信好友。当时姑娘肯定意识到，这是命运在向她敲门，这次要是和命运擦肩而过，这一生就可能永远错过，那么这就是自己一生的过错。

　　于是，她鼓起勇气要抓住命运的尾巴，主动向小伙子打破僵局："君家何处住？"这五个字不只反映了她心情的急不可待，也表现了她为人的勇敢大胆。你们要明白，她可是一个女孩，而且是唐代的一个女孩，即使在如此开放的今天，我们很多女孩也不敢这样冒失地追求。

哪知"问者急，答者缓"（刘宏煦、李德举《唐诗真趣编》），她问话后一半天男孩没有接茬，性急的姑娘还没等小伙子回答，她马上就自报家门："妾住在横塘。"

大家可能要问，你不是说问话的是个姑娘吗？她怎么自称为"妾"呢？不管结婚还是未婚，古代的女性都谦称为妾。古代男性不管地位多高，总是谦称为仆，在这一点上，男女比较相近，甚至相通。古代的男性出仕为官，是要官家几请几接才出来的。因为古代是家天下，你不请不接我就不出来为你卖命，哪怕你杀得人仰马翻，那也全是你的家事，这就是人们常说的"不在其位，不谋其政"。古代的女性也是这样，你要想让我嫁给你，就必须明媒正娶，必须用八抬大轿把我接过去，不这样，你家的袜子再臭，你家的衣服再脏，那与我也毫无关系。

《长干曲》一看就知道是南朝民歌，南朝民歌大半都是谈情说爱。"长干"在南京市秦淮河以南，古代有长干里，人烟稠密，是那一带经济繁华的地方。"横塘"有的说是南京的莫愁湖，有的说是长安街中的一个小巷子，有的又说是与长干相接的一个地名。具体情况我不敢断定，从诗歌的最后一句"同是长干人"看，横塘属于长干街的一部分。

问了"君家何处住"之后，还没有等那个小伙子回答，她马上就急切地告诉对方"妾住在横塘"。这表现了姑娘有哪些性格特点？第一，大胆；第二，开朗；第三，善良。

为什么说她很善良呢？

在还不知道对方任何消息时，她马上就说"妾住在横塘"，完全把自家暴露得干干净净。如今的一些姑娘可不是这样谈恋爱，她先要把男孩子的家庭摸得一清二楚，然后再把那个男孩子折腾得死去活来，最后再考虑要不要嫁给他。

读到第二句你就知道，这个姑娘不是情场老手，为人纯朴善良。你们听懂了没有？

"停舟暂借问，或恐是同乡。"为什么要写这两句呢？"君家何处住"问得突兀冒失，主动和小伙子搭腔，在那个时代大胆得有点过头。

比如，我今天来上海讲学，走在上海的大街上，一个三四十岁的女士，一见到我就突然问道："先生，你住在哪个地方？"还没等我回答，她就把手一指说："那栋红房子三楼就是我的家。"我肯定觉得她莫名其妙，这是哪跟哪？

诗中的姑娘突然问男孩住哪儿，又告诉对方自己住哪儿，这是什么意思呢？那姑娘再大方开朗，人家毕竟还是个姑娘，自己也感到不好意思，所以她马上就说"停舟暂借问，或恐是同乡"。

这两句表面上说，我只是想打听一下，我们是不是同乡。

而她的潜台词是说，我没有"那个意思"，我只是想知道，我们是不是同乡而已。

这是唐代版的"此地无银三百两"，你们听懂了没有？小伙子现在把姑娘的底细都摸透了：他知道了姑娘住在哪里，知道了姑娘对他的态度怎样，他马上就声明"隔壁阿二不曾偷"。且看小伙子如何回答——

"家临九江水"，是回答上诗第一句"君家何处住"。九江就是今天江西的九江市，因为他知道姑娘家在南京长干，长干靠近九江。他说，你家靠近九江，我家也靠近九江。他不是说家住九江，而说家"临"九江水，用民间的话来说，这是一句很"活"的话，你可以做出有弹性的理解。这个小子是个小滑头，他特别有心机，回答也很艺术。

像我这样一根筋的直男，要是有姑娘问我，先生你住在哪个地方？我会马上回答她：我住在武汉华中师范大学桂子山第几栋第几号。接着，接着就没有接着了，爱情的喜剧自然就没有下文了，因而也就没有这首诗歌了。

"来去九江侧"，他为什么要交代这句呢？他已经知道这个姑娘以划船为生，他便告诉姑娘我也是划船的，意思是你干这一行，我也是干这一行；你家临九江水，我也家临九江水。谈过女朋友的男同胞，都知道这是干什么——这机灵鬼在和姑娘套近乎，在寻找他们之间的共同点。

正在热恋的，曾经热恋的，可能都有过这样的经验：夏天和女朋友逛街，小伙子渴得喉咙冒烟，走到卖冰棍的地方，问女朋友你想喝冰镇水，还是想吃冰激凌。姑娘不怎么渴，就说想吃冰激凌。本来想喝水的小伙子，马上说"我也想吃冰激凌"。寻找与女友的共同特点，是男同胞的共同做派。

第三句"同是长干人"，回答上一首的"或恐是同乡"。小伙子对眼前的姑娘说，对头，我们就是同乡！大家看看，这个小伙滑不滑头。前面"家临九江水，来去九江侧"，卖够了关子，吊足了胃口，快要结尾时才告诉她"同是长干人"。像我这种猴急猴急的人，一听到姑娘是在打听"或恐是同乡"，肯定马上就告诉她"同是长干人"，既没有诗意，又不解风情。

"生小不相识"，结尾实在太妙了！假如只说到"我们是同乡"为止，那后面就不会有戏了。这是小伙表白的天赐良机，他要是没有抓住这个机会，终身做"单身狗"也是活该！你们看小伙子怎样表白：我跟你"同是长干人"，怎么从小不认识呢？唉！字面上是遗憾"从小不相识"，纸背的意思是相见恨晚！

这对年轻人肯定有戏，小伙子老练有城府，姑娘开朗又很热情，他们的职业正好相同，而他们的性格又正好互补。

我认为，这首情诗书写了爱情中的最佳时刻。

他们彼此一见钟情，却又心照不宣，大家虽然心里都很透亮，但是又有一层纸没有捅破，女孩子的抒情到"或恐是同乡"为止，小伙子的表白到"生小不相识"为限。这种朦胧的爱情特别有味，等到了谈婚论嫁，要买哪里的房子，要生几个孩子，那就没有多大意思了。

情感好像很明朗，实际又非常朦胧；表达看起来很直率，但寓意又非常曲折；语言似乎十分单纯，而内涵又极为丰富。

明快与含蓄，单纯与丰富，直率与委婉，在这两首诗中有机地统一在一起。

这两首诗语言生动活泼，青年男女在船中的对话，没有做任何加工修饰，完全是原汁原味的口语，今天读来仍有民歌的淳朴清香。

第 17 讲
"盛唐之音"的变调

1. 自我感觉真好

闻一多先生曾把李白与杜甫在洛阳会面，说成是中国的"太阳和月亮走碰了头"。这个比喻十分形象，也十分激动人心，但并不十分准确。这倒怪不得闻一多，以形象生动来牺牲准确，几乎是所有比喻的共同特征，所以人们说所有比喻都是蹩脚的。他们两人难分轩轾，不能说一个人是太阳，另一个人是月亮。假如非要比喻不可，他们两人在洛阳的会面，是中国的天空双日并曜。

虽然他俩是并驾齐驱的伟大诗人，但是就对后世的影响而言，杜甫的影响显然更大。原因就是李白诗歌如天马行空，神龙见首不见尾，你根本无法跟他学步；而杜诗尽管海涵地负，但体裁明密有规矩可循。

从中唐以后，尤其是宋代以后，要是不熟读杜甫诗歌，你就不能理解中国封建社会后期的诗歌发展。通常都把杜甫作为盛唐的诗人，杜甫诗歌当然属于"盛唐之音"，不过，他给我们奏响的是"盛唐之音"的变调。

在唐代的诗人中，无疑要数杜甫的心胸最为博大，也要数他的境界最为崇高，他的人格最为健全，他的情感最为深沉，他的眼光最为敏锐，也要数他的感受最为细腻，他的体察更为深入。

既然李杜并肩齐名，两个人必然有很多共同点：他们对自己的才华都同样非常自信，而且他们的生命力同样都很旺盛。他们两个人其实都有同样的英雄主义激情，也具有远大的抱负。当然他们也都有深厚的同情心。两个人的个性、气质和才情不同，两个人的诗歌内容、创作风格和创作方法的差异，正好揭示了"盛唐气象"内在的多样性和丰富性。

李白为人热烈奔放、豪迈不羁，他的诗歌也就展示了他那个时代蓬勃向上的力量，浪漫豪放的精神。而杜甫的为人相对稳健节制，心胸博大深沉，所以他的诗歌更多地表现了唐朝由盛转衰的痛苦历程。

李白的诗歌中展现出来的是纵情的欢乐、无边的憧憬、恣意的幻想，而杜甫的诗歌中则表现为忧心忡忡、痛苦的反思、深刻的揭露。因而李白的诗风豪放飘逸，而杜甫的诗风则沉郁顿挫。

在我们大学的课堂上，教师们老是喜欢用一些西方的术语来给我们古代的诗人贴标签，给杜甫就莫名其妙地贴上了"现实主义诗人"，而且几十年都是这样的。六七十年来一直就说他是现实主义诗人，好像我们的杜甫老是两眼盯着脚下的土地，从来就没有仰望天上的星空，好像他就与浪漫无缘，更与狂放沾不上边，其实不是这种情况。

在放纵和疏狂这点上，年轻的杜甫从来都是当仁不让，而对自己才华的自信，杜甫、李白也可以说旗鼓相当。

杜甫早期有一首很著名的诗——《奉赠韦左丞丈二十二韵》。我们看看他对当时的权臣"韦左丞"，是怎样做自我介绍的。

> 甫昔少年日，早充观国宾。
> 读书破万卷，下笔如有神。
> 赋料扬雄敌，诗看子建亲。
> 李邕求识面，王翰愿卜邻。
> 自谓颇挺出，立登要路津。
> 致君尧舜上，再使风俗淳。

标题中的韦左丞就是韦济，天宝七载（748年）任尚书左丞，对杜甫一直都很赏识。向韦济赠诗的时候，杜甫已经进入中年，当然现在应该说还是青年人，如今联合国对青年、中年、老年的定义有了新的变化。

"甫昔少年日，早充观国宾。"他说韦左丞相，我杜甫从小就了不起，很早就参加了国家的大典，每次国家大典皇上都要请我。当然是不是真的，那另当别论。在我看来都是吹牛皮，但他吹得一点都不脸红。

能成为国家大典的贵宾，当然肯定要靠自己的实力："读书破万卷，下笔如有神。"这里说的倒是千真万确，但是自己说出来还是怪难为情。

上大学之前，我就知道这两句是杜甫写的，但是说实话，我原以为是杜甫说别人的。上大学后我才知道，是杜甫说自己的。真吓了一跳，我的个天！这太牛了，他说自己"读书破万卷，下笔如有神"，无论如何，今天我们要是像他这样自我吹牛，肯定也会脸红，别人更是要骂恬不知耻。

"赋料扬雄敌，诗看子建亲"，"下笔如有神"的人物，当然有权目空一切，司马相如和扬雄[1]是汉赋的代表作家，而他说，我写的赋只有扬雄才可以和我匹敌。"诗看子建亲"中"看"，不要读kàn，是估摸、估计的意思。他说，我写的诗估计只有曹子建才勉强可以和我接近。

大家经常说的"才高八斗"，出自诗坛上另一牛人谢灵运[2]之口，他说的就是曹子建。他说，天下的才一共有十斗，子建独占八斗，我一人占一斗，剩下的一斗天下人共着用。谢灵运是谢安的侄孙，是我国山水诗的鼻祖，他出身的门第很高，他自身的才华同样很高，他对自己才华的自我感觉更高，当然自

1　扬雄（前53—前18年），字子云，蜀郡成都（今属四川）人。西汉文学家、哲学家、语言学家。
2　谢灵运（385—433年），本名公义，字灵运，陈郡阳夏（今河南太康）人。南朝著名诗人，我国山水诗的鼻祖。

有狂的底气，不过，他对任何人都狂傲，唯独对曹子建低头。没想到杜甫比谢灵运更狂，他说我写的诗，只有曹子建勉强可以和我亲近。"亲"在这里是亲近、靠近的意思，也就是说，勉强能和我靠得上边。

"李邕求识面，王翰愿卜邻"。"李邕"是当时的大名士，又是大书法家，也是杜甫的长辈。他说李邕这个老头子一直想见我一面，我还没答应。王翰的年龄也比他大，算是他的兄长，还是当时著名的诗人，"葡萄美酒夜光杯，欲饮琵琶马上催"（《凉州词二首·其一》)，就是他的名作。他说王翰一直想做我的邻居。王翰在当时的名气很大，诗人杜华的母亲崔女士说："吾闻孟母三迁。吾今欲卜居，使汝与王翰为邻，足矣。"可见，社会上很多人希望与王翰为邻，没想到王翰还希望与杜甫为邻。这样说来，杜甫算是"牛人中的牛人"。

"自谓颇挺出，立登要路津。""挺出"是对前面那几句的总结。他说，像我这么杰出的精英，应赶快在社会上占据一个关键位子。

干什么呢？

他的社会理想十分宏伟："致君尧舜上，再使风俗淳。"他说要重整乾坤。你说他狂不狂？你说他自不自信？在自信狂放这一点上，年轻的杜甫和李白可以说难分伯仲。

现在中学语文课本，都选了杜甫这首名作《望岳》。

岱宗夫如何？齐鲁青未了。

造化钟神秀，阴阳割昏晓。

荡胸生曾云，决眦入归鸟。

会当凌绝顶，一览众山小。

　　这是他第一次"放荡齐赵间"的作品，在二十四五岁的时候。他到山东去看他的父亲，远远地就看到了泰山，"望岳"只是"望"而不是"登"，所以笔下是所"望"之"岳"。

　　泰山又称岱山或岱岳，是历代帝王封禅的名山，祭天祭地的大典都在这里举行，在古代被尊为"五岳之宗"。历朝历代咏泰山的诗文，和泰山上的石头一样多。写泰山要想出彩和登天一样难，既要和历代文人角力，也要和自己较劲，需要才气更需要勇气，年轻气盛的杜甫刚好二者兼备，这首《望岳》真可谓"前不见古人，后不见来者"，力压前贤而又气盖万世。

　　他通过泰山的宏伟高峻，来表现自己的眼界和雄心。清仇兆鳌《杜诗详注》评此诗说："诗用四层写意：首联远望之色，次联近望之势，三联细望之景，末联极望之情。"他阐述得不太到位，"齐鲁青未了"写泰山之大，泰山雄踞于整个齐鲁大地，远远望去全是青翠的泰山。"阴阳割昏晓"写泰山之高，直插云霄挡住了清晨的阳光，向阳的一面已经天明，背阳的一面仍旧是黑夜。"荡胸生曾云，决眦入归鸟"二句写极望，也就是竭尽目力眺望，只见泰山上层层叠叠的白云，使心胸为之震撼，极力睁大眼睛看飞鸟归山。这两句写泰山宏伟的气势。

最后两句说"会当凌绝顶，一览众山小"。"会"是唐朝人的口语。比如，"长风破浪会有时""会须一饮三百杯"。"会当"就是"一定要"。这两句的意思是说，我一定要登上泰山的绝顶，去俯瞰天下的群山，让群山全在我的脚下！这叫"目空一切"的气概，这也是藐视天下的雄心。年轻人"老子天下第一"的狂傲，诗化为"一览众山小"的豪情，这是雄心，也是眼界，更是自信。每次读到这两句我就热血沸腾，我的个天！

2. 英雄主义激情

我们大多数人对杜甫的印象，都定格为深沉、郁闷、忠厚，对弱者的苦难充满怜悯和同情。其实，年轻时的杜甫激荡着英雄主义激情，他崇尚卓越、强悍、威猛，厌恶懦弱、平庸、愚昧。我们来看一首他的咏画诗《画鹰》。

> 素练风霜起，苍鹰画作殊。
> 㧐身思狡兔，侧目似愁胡。
> 绦镟光堪擿，轩楹势可呼。
> 何当击凡鸟，毛血洒平芜。

"素练风霜起，苍鹰画作殊"。一起笔就让人惊悚，难怪白色的丝绢上涌动一股肃杀之气，原来是上面画的苍鹰凶猛超凡！"素练"就是白丝的绢布，"风霜"，此处指秋冬凛冽的杀气。先写画布上阴气逼人，再点出是画鹰"作怪"，这种写法杜甫十分拿手，尤其是他的题画诗一用再用，如《奉先刘少府新画山水障歌》的起笔说："堂上不合生枫树，怪底江山起烟雾。"

为什么一幅苍鹰画这样阴森恐怖呢？颔联就描写了画鹰凶猛的样子、凶残的本性："㧐身思狡兔，侧目似愁胡。""㧐（sǒng）身"就是耸身，就是身躯向上挺起，脖子伸长，双翅张开，两脚踮起，做好准备搏击的姿势。"思狡兔"就是正打算扑向敏捷的兔子。"侧目"就是用眼睛斜视着人，俗话说的"不拿正眼看人"。鹰的眼睛碧绿锐利，西北胡人的眼睛也是碧绿色，鹰的双眼看起来非常凶恶的样子。试想一下，盯上了野兔以后，苍鹰正耸身准备搏击，两眼放出凶光，你们说说看，那样子是不是吓死人了？那画布上是不是弥漫着阴森森的杀气？

颈联"绦镟光堪摘，轩楹势可呼"，是写绢布上的画鹰栩栩如生，像是马上要从画中飞出来捕猎。"绦"（tāo）指系鹰的丝绳。"镟"（xuàn）指"绦"另一端系的金属环。"光堪摘"（zhāi）是说绦镟的光泽十分明亮，好像可以把它采摘下来一样。"摘"同"摘"字。"轩楹"就是堂前的廊柱。杜甫《同元使君春陵行》也说："呼儿具纸笔，隐几临轩楹。""轩楹势可呼"全句的意思是，站在廊柱上的雄鹰随时都可以飞出去捕猎。

既然随时都准备搏击，所以尾联说"何当击凡鸟，毛血洒平芜"。他说，苍鹰呵，苍鹰呵，你什么时候搏击长空，把那些平庸的凡鸟全部给我杀死，把它们毛血洒满无边无际的荒野！你们看看多么血腥残忍，对"凡鸟"多么厌恶蔑视。读到"毛血洒平芜"时，你们眼前是不是出现一片血肉模糊的画面？

　　我想起了杜甫《壮游》诗中名句："饮酣视八极，俗物都茫茫！""饮酣"就是饮到沉醉，"八极"就是我们平时说的"四面八方"，具体指东、西、南、北、东南、西南、西北、东北八个方向，这儿泛指天地之间。"俗物"是对世间浅薄俗气者的蔑称。"茫茫"形容众多的样子。这两句的大意是说，酒酣之后环顾四周，全是那些让人恶心的俗物。

　　原野上的那些"凡鸟"，就是人世的那些"俗物"，这些都是杜甫鄙视和厌恶的对象，要把"凡鸟"的"毛血洒平芜"，对身边那些"茫茫""俗物"同样不屑一顾，这是他年轻时英雄主义激情的外现。

　　我们再来看看杜甫另一首咏物名作《房兵曹胡马诗》。

　　　　　　胡马大宛名，锋棱瘦骨成。

　　　　　　竹批双耳峻，风入四蹄轻。

　　　　　　所向无空阔，真堪托死生。

　　　　　　骁腾有如此，万里可横行。

这首诗的写作时间大致与《画鹰》相同，都是杜甫年轻时的作品。此诗笔笔写马的形与神，但字字都能看出杜甫的身影。那"风入四蹄轻"的迅捷，那"所向无空阔"的勇敢，还有"万里可横行"的胆量，全诗写来笔下生风，我们读来气势如虹。从这匹胡马能感受到杜甫年少的盛气，勃勃的雄心。

大家现在理解了杜甫为什么呼吁"何当击凡鸟，毛血洒平芜"了吗？

年轻时的杜甫，和盛唐时代的许多精英一样，不只厌恶平庸，甚至蔑视平凡，只向强者致敬，不与庸人相亲。我给大家展示杜甫的另外一面，后世的研究者很少讲到这一点，可能是担心有损杜甫的"光辉形象"。

我们再看看杜甫和李白，他们那种旺盛的生命力，那种英雄主义的激情，是我们民族处在鼎盛时期，那种伟大的民族活力的折光。

李白和杜甫身边的那些兄弟，其实都是这个样子。"白日依山尽，黄河入海流"（王之涣《登鹳雀楼》）的开阔境界，"欲穷千里目，更上一层楼"的远大追求，还有"痛饮狂歌空度日，飞扬跋扈为谁雄"（杜甫《赠李白》）的荒唐和张狂，更有"可怜锦瑟筝琵琶，玉壶清酒就倡家"（崔颢《渭城少年行》）的轻狂和放荡，都深刻地表现了那个时代的爷们儿，那种恢宏的气度，那种强悍的力量，还有那种浪漫的精神。"李杜"不过比那个时代的爷们儿更加高声大气，更加强悍无敌。

壮伟、浪漫、雄强、大气，这就是我们所说的盛唐气象。

杜甫的那种"何当击凡鸟，毛血洒平芜"，表现了我们伟大的民族处在最强盛的时候，那种血气方刚的民族活力。

和李白一样充满激情，和李白一样生命力旺盛，这是杜甫作为盛唐诗人的标志。不过，如果杜甫仅仅是这样，他和其他盛唐诗人就没有什么两样，杜甫之所以是杜甫，他的伟大还别有所在。

3. 超越自我

"安史之乱"前，诗坛上演了"盛唐之音"的大合唱，李白是合唱团的领唱，杜甫是合唱团中的一员。随着"安史之乱"的发生，他自己和民族一起受难之后，杜甫实现了对自我的超越，正是由于这一种自我超越，杜甫唱出了"盛唐之音"的变调，表现出了另一种"盛唐气象"，或者是说他表现出盛唐气象的另外一个侧面。

杜甫饱尝了战乱的颠沛流离，目睹了"路有冻死骨"的人间惨象，百姓苦难凝成了诗的珍珠，也成就了他自己的伟大，使他真正在诗歌王国"一览众山小"，使他在精神境界上甩出了盛唐那帮"爷们儿"几条街。

杜甫身历了大唐帝国由盛转衰的全过程，不仅目睹了民族的苦难，也和民族一起受苦受难，因而，个人的命运与民族的命运，个人的悲欢与民族的悲欢，在杜诗中总是紧紧地连在一起。这使得杜甫在抒发个人情感的时候，同时也是在表现民族的痛苦、悲切、焦虑和期盼，他通过对个人命运的书写，在更深刻的意义上揭示了时代的精神和历史的走向，这使杜诗成为时代的"诗史"。我们先来看看他的名作《春望》。

> 国破山河在，城春草木深。
> 感时花溅泪，恨别鸟惊心。
> 烽火连三月，家书抵万金。
> 白头搔更短，浑欲不胜簪。

这首诗可能连小孩都会背，元代的方回称它是"第一等好诗"（《瀛奎律髓》）。首联以遒劲峭健之笔，写国破家亡之痛，以"山河"大境写民族的大悲。

从章法上讲，"国破"总领全诗，没有"国破"就不会有"溅泪""惊心"，没有"国破"也不会有"烽火"，没有"国破"则必定有"家书"。从情感上讲，以"国破"二字突然断喝，它是民族国家的大关节，也是杜甫诗中的大手笔，同时还为全诗的情感定下了基调。

最让我们感动的是，他总是把个人的命运和国家的命运连在一起，这是他了不起的地方。

你们看，"感时花溅泪"是说时代，"恨别鸟惊心"是说自己，"烽火连三月"是说国家，"家书抵万金"是说自己。

白居易的《琵琶行》虽然写得也好，但是他完全是写个人的悲哀，"同是天涯沦落人，相逢何必曾相识"。你只能感到他和琵琶女共同的命运，但是没有时代和国家的影子。

而杜甫个人在受苦，国家也在受难，他和人民一起流离，也和人民一起流泪，"感时花溅泪"，既是在为自己流泪，也是在为国家流泪。

如果说《春望》是抒写家国的大悲，那《闻官军收河南河北》则是抒发大喜。

剑外忽传收蓟北，初闻涕泪满衣裳。

却看妻子愁何在，漫卷诗书喜欲狂。

白日放歌须纵酒，青春作伴好还乡。

即从巴峡穿巫峡，便下襄阳向洛阳。

这首诗写于广德元年（763年）春，成都武将徐知道作乱，杜甫匆忙避难梓州（今属绵阳市）。此时，传来史朝义自杀的消息，七八年的"安史之乱"总算结束。

这里有必要重温一下"安史之乱"。天宝十四载（755年），藩将安禄山假借诛宰相杨国忠之名，悍然发动军事叛乱。叛军一路势如破竹，没用多长时间就攻陷两京，建立了伪燕政权。然而好景不长，安禄山不久就被自己的儿子安庆绪杀掉，安庆绪不久又被自己的大将史思明杀掉，史思明不久又被自己的儿子史朝义杀掉，史朝义不久又在绝望中把自己杀掉。

这七八年来，正如杜甫说的那样，国家"天地日流血"，而自己"无家问死生"，他时时盼着社会结束战乱，自己结束流浪，一听说最后一个元凶丧命，叛军彻底完蛋，你看他喜成什么样子，他和太太都涕泪纵横。

杜甫很少有这么快乐的时刻，杜甫也很少有这么快乐的诗歌。

首联"剑外忽传收蓟北，初闻涕泪满衣裳"，"剑外"即剑门关以外，位于四川省广元市，在陕西与四川交界处，此处的"剑外"泛指四川，也即自己的流离之所。"蓟北"泛指今河北一带，"安史之乱"叛军的老巢，是自己避难四川之因。"收蓟北"得之于"忽传"，可见天大喜讯全在意料之外。"初闻"紧承"忽传"而来，"涕泪"则是"初闻"一刹那的情绪反应，把喜极而泣写得真切入神，悲喜交集的神态好像就在我们眼前。

"却看妻子愁何在，漫卷诗书喜欲狂"，回头看看妻子，喜讯让她一扫平日脸上的愁云，简直喜得快要发疯，胡乱地卷起丈夫携带的书籍，打点行装马上就准备回家。长期逃难、恐慌和饥寒，使他妻子很少露出笑颜，"喜欲狂"既是多年压抑痛苦的发泄，也是多年压抑痛苦的补偿。

"白日放歌须纵酒"是"喜欲狂"的引申，真是天遂人愿，叛军彻底剿灭了，艳阳也更灿烂了，天空也更晴朗了，此时此刻，哪能不放声歌唱？又哪能不开怀畅饮？"青春作伴好还乡"是续写"漫卷诗书"，卷起诗书就要匆匆上路。你们看看他把回乡写得多美，沿路是春光相随，沿路是花香扑鼻，沿路是好鸟相伴，过去他们一家哭着出来逃难，如今他们则是笑着唱着回到家乡。

最后两句是拟想回家的路径："即从巴峡穿巫峡，便下襄阳向洛阳。"尾联以流水对作结，用虚词"即从""便下"表明神速，再用实词"穿""向"表明行程，古人形容行路速度很快，用得最多的比喻是"骏马注坡"，那时最快的不过就是骏马冲下坡的速度，此外再想象不出更快的东西了。此时此刻，诗人一家心情的欢快，拟想回家时飞快的速度，远远超过高铁的飞驰，甚至比坐火箭还要神速，他们一家简直快要飞起来了！

清代浦起龙说，这是杜甫"生平第一首快诗"。

上一首《春望》是为国家动乱而流泪，这首《闻官军收河南河北》是为国家统一而流泪。前者是大悲，后者是大喜，都是为了国家，为了民族，他总是把个人的哀乐和国家兴衰紧密地连在一起，这是杜甫之所以伟大的地方。

4. 既在盛唐诗人之中，又在盛唐诗人之上

杜甫年轻的时候，英雄主义激情爆棚，崇尚豪强勇武的

雄风，鄙视平庸懦弱的"时辈"，歌颂搏击云霄的苍鹰，赞美"万里横行"的胡马，到饱经时代风霜和个人磨难以后，他自己变得更加坚韧刚强，对他人也更加宽厚仁爱，因而，对下层百姓苦难的怜悯就成了他创作的重要使命。我们来看看他晚年在夔州写的《又呈吴郎》。

> 堂前扑枣任西邻，无食无儿一妇人。
> 不为困穷宁有此？只缘恐惧转须亲。
> 即防远客虽多事，便插疏篱却甚真。
> 已诉征求贫到骨，正思戎马泪盈巾。

这是一首以诗代简的诗体书信，写于唐代宗大历二年（767年），也就是杜甫流落夔州的第二年。诗题之所以名为《又呈吴郎》，是因为诗人不久前有《简吴郎司法》，"简"就是今天说的信件，古人把信叫"书简"。这是杜甫给吴郎的第二封简，所以诗题叫"又呈"，古人只对晚辈或平辈称"郎"。吴郎的年辈可能比杜甫小，杜甫不说"又简吴郎"，而有意地用与对方身份不大相称的敬词，这是为了让吴郎易于接受。

他原住在瀼西的一所草堂，草堂离白帝城较近，堂前有几株大枣树，西邻住的是一个老寡妇，每年秋天枣子熟了后，她经常来打枣子吃，杜甫一家像是没看见一样，孤老也把枣树当作自家的一样。后来杜甫因管理公田的需要，搬到了离白帝城十余里的东屯，把瀼西草堂借给吴姓亲戚住。哪知这位吴老弟一来就给枣树围上了篱笆，西邻孤老太太想打枣子也打不着。

有一天，孤老就此找杜甫诉苦，杜甫便写此诗去劝告吴郎。

由于是对晚辈说话，诗人一上来就和盘托出"来信"的用意："堂前扑枣任西邻，无食无儿一妇人。"大意是说，堂前枣子就任由西邻打吧，她是一个无食无儿无女的老妇。"无食"是说极度贫困，"无儿"是说没有依靠，这时还不让她打几颗枣子，面对这样的孤老我们于心何忍？用和朋友谈话的语气，也用和朋友聊天的语言，不加修饰装点，不必转弯抹角，第一句就单刀直入说出主旨，后面再细说让她打枣的原因。

第三四句接着写应让她打枣的原因："不为困穷宁有此？只缘恐惧转须亲。"如果不是走投无路，不是陷入绝境，谁愿意去打邻居的枣子呢？试想一下，她打邻家的枣子，不仅怕被别人瞧见，更怕被别人责骂，正因为人家担惊害怕，我们才更应该亲近她。我们不仅不能禁止她打枣，反而应该亲自为她打枣。为了能使吴郎将心比心，诗人把话说得入情入理。

前四句委婉地批评了吴郎，很可能会得罪这位远亲，而且吴郎还可能因抵触情绪不接受他的批评，第五句马上给吴郎留点脸面，"即防远客虽多事"的大意是，虽说老妇有点多事，提防你这位远道来的客人，我知道吴郎为人宽厚大度，你怎么会不让她打枣子呢？不过，"便插疏篱却甚真"，你把枣树围上篱笆却弄假成真，别人以为你是为了防她打枣，你想邻居孤老该多寒心！

前六句轻声细语娓娓而谈，既要帮邻居老妇说情，又要假装埋怨老妇"多事"，既要开导吴郎对西邻大方，又要回护吴郎本人的脸面。在曲折反复的用心良苦之中，我们能深切感受到诗人的体贴仁慈。

最后由老妇一人推及天下："已诉征求贫到骨，正思戎马泪盈巾。""征求"指苛捐杂税徭役，"贫到骨"就是一贫如洗。"戎马"就是兵马，此处代指战争。老妇说，各种强征重税和繁重徭役，已把天下百姓搜刮得贫穷到骨，一想到连年战乱，苍生每天都在流泪流血，我自己便禁不住热泪盈眶。

这首诗的体裁虽为七律，但它使用大量的虚词，如"不为""只缘""已诉""正思"，以及"即""便""虽""却""已"等，它们像诗中的黏合剂，使诗歌语言像散文一样平易晓畅，又像当面聊天一样委婉尽情。

当然，此诗不可以艺术形式论优劣，虽然它在艺术形式上很美。此诗不只表现了诗人的仁慈宽厚，还显示了诗人的博大深厚。这正是杜甫超越自我的地方，也正是他超越自己同辈的品格。

杜甫早年眼中只关注"万里可横行"的胡马，只赞赏"扳身思狡兔"的苍鹰，中晚年以后更多地同情离群的"孤雁"。

孤雁不饮啄，飞鸣声念群。

谁怜一片影，相失万重云。

望尽似犹见，哀多如更闻。

野鸦无意绪，鸣噪自纷纷。

更加怜悯"驯良"的"病马"。

乘尔亦已久，天寒关塞深。

尘中老尽力，岁晚病伤心。

毛骨岂殊众，驯良犹至今。

物微意不浅，感动一沉吟。

前诗首句"孤雁不饮啄"，"饮"就是饮水，"啄"就是进食。孤雁离群以后，非常孤独痛苦，滴水不沾，粒米不进，不断啼鸣思念自己的同伴。从前这类孤雁可能就是杜甫眼中的"凡鸟"，应该让苍鹰将它们"毛血洒平芜"，如今诗人看着那"一片"孤影，陡然升起一片哀怜。

喊出"安得广厦千万间，大庇天下寒士俱欢颜。风雨不动安如山。呜呼！何时眼前突兀见此屋，吾庐独破受冻死亦足！"（《茅屋为秋风所破歌》）的杜甫，已实现了对早年英雄主义的超越，但是，他若没有早年的那种英雄主义激情，没有早年的那种强悍博大，杜甫也承受不了后来的那种人生苦难。

总之，杜甫给我们展现了另一种盛唐气象，既展示了盛唐强大的一面，又展示了盛唐社会由盛转衰的全过程，以及由盛转衰的痛苦、焦虑，使杜甫变成了一个独一无二的盛唐诗人。

据僧肇[1]的《物不迁论》中载，一个回乡的老人对邻居说，"吾犹昔人，非昔人也"。超越了自我以后的杜甫，仍旧还是盛唐诗人，但又不是一般的盛唐诗人。

他行进在盛唐诗人之中，又耸立于盛唐诗人之上。

1　僧肇（384—414年），东晋、后秦僧人，京兆（今陕西西安）人。鸠摩罗什弟子之一。以擅长般若学著称，又发挥"性空"学说，以"解空第一"闻名。作品有《肇论》《注维摩诘经》等。

第 18 讲

沉郁顿挫

1. 集大成的杜甫

古人把杜甫称为"诗圣"，也就是诗歌王国的圣人。"圣"的繁体字是壬上加耳加口，本义是指听觉灵敏，引申为学问精深或技艺精湛，又引申为神圣或崇高，称杜甫为"诗圣"大致包括两个层面：人生境界极其高尚，艺术造诣极为高超。

大家可能要问，杜诗的艺术造诣高超到什么程度呢？

艺术造诣不像人的身高，能量出是一米七还是一米八，我当然不可能有一根测量艺术造诣的标尺。

中唐有一位著名的诗人元稹，提出了对杜诗艺术造诣的著名论断，他说杜甫是古今诗歌艺术的集大成者。"集大成"最早见于《孟子·万章下》："孔子之谓集大成。集大成也者，金声而玉振之也。""集"就是把众多的东西聚在一起，"大成"的字面意思就是大的成就，此处指优秀的艺术经验。所谓诗艺的集大成是指在诗歌体式、诗歌风格和诗歌技巧上，杜甫集中了古今各类成就和各种经验，达到了无所不备、无所不能的完美程度。

在我国诗歌发展史上，唐朝是一个集大成的时代。唐诗的
国度里群星灿烂，孟浩然闲淡冲旷，王维明丽秀雅，岑参豪迈
奇峭，白居易平易流畅，韩愈奇崛壮伟，柳宗元峻洁精深，杜
牧俊秀潇洒，李商隐浓丽蕴藉，李白更是星悬日揭光映万代，
他们都是诗国耸入云霄的高峰，在诗国的天空光彩夺目。然
而，他们每一个人都才有所偏，集诗歌大成的诗人唯有杜甫。

李白才超一代高华莫并，可又不擅长七言律诗；王维虽然
律诗绝句精美绝伦，长篇歌行又欠雄浑壮大；至于白居易、韩
愈、柳宗元、王昌龄、杜牧、李商隐诸人，更缺乏艺术上包罗
万汇的气魄和才力。他们合起来足以表现一个集大成的时代，
但每个人却不足以集时代的大成。

还是来看看元稹的原文是如何说的。

唐兴，官学大振，历世之文，能者互出。而又沈宋
之流，研练精切，稳顺声势，谓之为律诗。由是而后，
文变之体极焉。然而莫不好古者遗近，务华者去实；效
齐梁则不逮于魏晋，工乐府则力屈于五言；律切则骨格
不存，闲暇则纤浓莫备。至于子美，盖所谓上薄风雅，
下该沈宋，言夺苏李，气吞曹刘，掩颜谢之孤高，杂徐
庾之流丽，尽得古今之体势，而兼人人之所独专矣。
（《唐故工部员外郎杜君墓系铭并序》）

文中的"苏李"即苏武、李陵,"曹刘"即曹植、刘桢,"颜谢"即颜延之、谢灵运,"徐庾"即徐陵、庾信,"沈宋"即沈佺期、宋之问。

全文的大意是说,唐代的文教事业繁荣发达,每位皇上在位期间,杰出作家和优秀作品不断涌现。沈佺期、宋之问长期揣摩音韵声律,精心锤炼语言的精工贴切,使五七言律诗逐渐定型,他们的诗歌被称为律诗。从此以后,诗歌才有了古体和近体之分,艺术形式有了许多花样的翻新,创作技巧更是日益成熟。可惜,喜欢古体的不擅长近体,追逐华美的丢掉了淳朴,效法齐梁艳丽则尽失建安风骨,工于乐府更是力竭于五言,切合诗歌声律便骨格全无,诗风平淡闲适又没有一点高华气象。到了杜甫才上逼近风雅,下囊括了沈宋,语言超越了苏李,气势盖过了曹刘,比颜谢更孤特高洁,比徐庾更流美华丽。他完全掌握了古代诗歌的体裁、形式和风格,兼具今天诗人各自特有的专长,一部杜诗可以说无所不包,杜甫一人可以说无所不会。

杜甫之所以能集诗歌艺术的大成,有他那个时代和他个人的双重原因:首先,这个时代是个集大成的时代,一个作家的成长就像一棵大树一样,二者都需要肥沃的土壤、充足的阳光、滋润的雨水,以及适宜的温度。

要长成一棵参天大树,土壤既不能太疏松太贫瘠,又不能太干燥太板硬,太疏松则树根长不牢,狂风一过就会连根拔起，太板硬太贫瘠则根须又扎不深，树不是矮小就是干枯。

杜甫这个诗国中亭亭如盖的大树，同样也需要肥沃的精神土壤。他所生长于其中的环境如何呢？那是一个经济富庶、国力强大、精神昂扬、思想自由的时代，全民族敞开胸怀迎接八面文明，胡乐、胡舞、胡服、胡语……一切异质文化，都拿来为我所用，对儒、佛、道各种思想信仰一视同仁。这种宽容的时代自然能培养出人们健康博大的胸怀。他那个时代又是我国南北民族文化大融合的时代，细气优雅的南方文化与粗豪刚健的北方文化，相互补充又相互交融，不仅活跃了民族的创造力，也使当时的诗歌创作步入了更高的境界。语言华艳的齐梁诗歌，高亢激昂的北朝民歌，一方面又使唐代诗歌刚柔相济，另一方面使唐代诗歌形成成熟的格律诗，在风格上呈现出多彩多姿的新面貌。"王孟"五言诗清新优雅，"高岑"七古奇峭浑厚，王昌龄的绝句含蓄蕴藉，都各极一时之美。可惜"王孟"——尤其是孟浩然——短于七古，王昌龄虽为绝句之圣，其他各体则不能争雄于时。即使乐府、七言、绝句兼长的李白，其诗力大思雄气壮，足以与杜甫并驾齐驱，甚至想象的丰富和气势的豪迈还在杜甫之上，但是他那豪迈不羁的个性又忍受不了格律的拘束，以绝世之才而不能长于七律。

只有杜甫才能尽得古今之体势，古体近体兼善，七言五言并美。在盛唐的诗人中只有杜甫才能集诗艺之大成，这与杜甫那种健全的个性和宽容的精神有关，他不仅能容纳时代的风云，也能兼采古今的诗歌技巧。他不像李白等人那样对六朝诗存有偏见，将整个南北朝诗歌一律抹杀，"自从建安来，绮丽不足珍"，相反，他认为诗人应"不薄今人爱古人"，"别裁伪体亲风雅，转益多师是汝师"（《戏为六绝句》），"孰知二谢将能事，颇学阴何苦用心"（《解闷十二首·其七》），他不仅赞赏大小谢的诗歌，甚至认真学习阴铿和何逊这样的三流诗人。我们可以从他论诗和创作两方面看到他的包容，他的博大，风雅、骚体、汉魏、齐梁等各个时代各种体裁都兼收并蓄，典雅、刚健、平淡、奇崛、浓丽等各种风格无所不包。正因为能广采古今之长，才能独具古今之体。除绝句稍逊外，他的各体诗歌都达到了那个时代的最高成就。五古如《自京赴奉先县咏怀五百字》《北征》、"三吏三别"、《羌村三首》等，七古如《饮中八仙歌》《洗兵马》《丽人行》《哀江头》《乾元中寓居同谷县作歌七首》等，五律和七律在他的手里更是臻于化境，其成就空前绝后。

篇幅不允许我们分析杜甫的各种诗体成就，只能概括地讲讲他诗歌的主导风格及其艺术特征。

2. 如何沉郁？怎样顿挫？

如果不熟读杜甫诗歌，你很难理解中唐以后的诗歌发展，而不细心体认杜诗的主导风格——沉郁顿挫，你又很难读懂杜甫诗歌。

杜诗的主导风格——沉郁顿挫，从它的内涵到它在诗歌中的呈现，千百年的阐释即使不是汗牛充栋，至少也很难车载斗量。说起来，"沉郁顿挫"这四个字，起先还是杜甫的夫子自道，只是他并非说自己的诗，本来是形容自己的辞赋。大家可能有所不知，杜甫对自己的辞赋相当自负，他在《进雕赋表》中自豪地说，自己写起辞赋来，"沉郁顿挫，随时敏捷"，超越汉代辞赋家扬雄、枚皋之流也不在话下，后来他在诗中也自夸过"赋料扬雄敌"。他的辞赋是否"随时敏捷"，现在无从证实或证伪，杜集中留存的辞赋太少，现存的几篇大赋"沉郁顿挫"并不明显，人们发现，用"沉郁顿挫"来评价他的诗风反而更为贴切。直到现在一提到杜诗，人们就想到了沉郁顿挫。

那么，什么是"沉郁顿挫"呢？

看来，先得来一番咬文嚼字，从字面上解释"沉郁顿挫"的意思。清吴瞻泰在《杜诗提要》中说："少陵自道曰'沉郁顿挫'。其沉郁者，意也，顿挫者，法也。意至而法亦无不密。"

吴瞻泰这段话的大意是说，"沉郁"是对诗意诗情而言的，"顿挫"是就诗歌艺术方法而言的，只要诗意浓郁，诗法自然会绵密。

清代方东树在《昭昧詹言》中也说："顿挫者，句断。""只是顿挫，不直率连接。大约诗章法，全在句句断，笔笔断，而其意贯注一气。曲折顿挫，乃无直章、死句、合掌之病。"看来方东树也认为顿挫是说笔法句法。

吴瞻泰和方东树只说对了一半，"沉郁"是指诗意诗情，这点说得很对，但"顿挫"既指他诗中的技巧，也指诗中的情感特征。

"顿挫"本来是书法用语。什么叫"顿"呢？因为古代用毛笔写字，笔锋落到纸上轻轻地停一下，把笔尖在纸上揉一揉叫"顿"。什么叫"挫"呢？在书法中本来指转笔，"顿"是顿笔，"挫"是转笔，就是毛笔急速地转折。

诗中的"顿挫"，既指诗歌的章法急速地转折，又指诗歌的音调、音节高低抑扬，从高到低或者从低到高这种急速地变化。另外，"顿挫"同时也指诗歌感情的激昂与低沉。

最后，我们来归纳一下，作为杜诗主导风格的沉郁顿挫，是指杜甫的诗歌感情深沉、抑郁、凝重，呈现出某种悲剧性的色彩，与这种感情相适应的表现方式，不是飞流直泻，而是婉转回旋，波澜起伏。

3. 压卷之作

现以杜甫七律的代表作《登高》为例，让大家感受一下"沉郁顿挫"。

这首诗现在家喻户晓，这些年来被选进了中学课本，它在明清、现代差不多被公认为是唐七律的压卷之作，意思是在唐代七律中要数这一首最牛。

明代胡应麟和清代杨伦，甚至认为它不仅是杜诗七律第一，还是古今七律第一。不过，他们每个人的分析都很笼统，一方面把这首诗说得神秘莫测，另一方面又使人不得要领。如胡应麟说："杜'风急天高'一章五十六字，如海底珊瑚，瘦劲难名，沉深莫测，而精光万丈，力量万钧，通章章法、句法、字法，前无昔人，后无来学，微有说者，是杜诗，非唐诗耳。然此诗自当为古今七言律第一，不必为唐人七言律第一也。"（《诗薮》内编卷五）杨伦在《杜诗镜铨》中说："高浑一气，古今独步，当为杜集七言律第一。"

不过，我对哪首诗压卷这一类判断，既毫无兴趣，也不太认同，因为一件艺术作品并不像一块猪肉，可以用秤来称它是几斤几两，说哪首诗最好完全属于个人偏好。暂且撇开是否压卷不谈，它绝对是好诗，大概没有争论，我们来看看原诗。

风急天高猿啸哀，渚清沙白鸟飞回。

无边落木萧萧下，不尽长江滚滚来。

万里悲秋常作客，百年多病独登台。

艰难苦恨繁霜鬓，潦倒新停浊酒杯。

杜甫于唐代宗大历元年（766年）流落到夔州，此诗作于到夔州的第二年，也就是唐代宗大历二年（767年）秋天。杜甫的境况虽然窘迫，但创作却达到了高峰，在夔州不到两年，作诗四百三十多首，不只数量上约占杜诗的三分之一，还留下了许多千古绝唱，如《秋兴八首》《咏怀古迹五首》《诸将五首》《白帝城最高楼》《观公孙大娘弟子舞剑器行》，当然还有正在讲的这首《登高》。

秋日"登高"是古代文人的雅兴，重九登高更是从前的习俗。

前四句写登高之所见，后四句写登高之所感。

"风急天高猿啸哀"，首句从触觉、视觉和听觉的角度，写登高后的所触所见所闻。"风急"二字提领前四句，从"天高猿啸哀"，一直到"长江滚滚来"，都是从"风急"衍生而来。没有"风急"就没有"天高"，没有"猿啸哀"，没有"落木萧萧"，没有"长江滚滚"前四句。

大家该知道重庆为什么叫"雾重庆"吧？三峡、重庆这一带总是雾蒙蒙的，很少能见到太阳，有个成语叫"蜀犬吠日"。今天大家仍常常说"巴蜀"，这两地不仅地理相连，而且气候和风俗相同。重庆属于"巴"，四川属于"蜀"，巴蜀的日照都很少。

我在重庆西南大学读书三年。我读研究生是春天入学，那年春天连续三个月极少见到太阳。我对师兄刘明华说，怎么今年的天气这么差？他说这里春天通常都是这个样子，说得我心里都发麻。由于巴蜀的狗子很少看到太阳，太阳一出来，它以为来了什么稀奇宝贝，马上就汪汪地叫个不停，所以才有"蜀犬吠日"的成语。

说了这么长时间巴蜀气候，主要是希望让大家明白，"风急"二字在此诗中有多重要。由于秋天的风很急，把天上密布的乌云吹散了，这才显得"天高"。由于"风急"，猴子哀怨的叫声才传遍了三峡上下，所以说"风急天高猿啸哀"。

杜甫的诗歌沉郁，第一句就为全诗定下了情感基调。猴子叫无所谓哀不哀，"猿啸哀"完全是我们听者的感受。

次句"渚清沙白鸟飞回"，"渚"就是水边的陆地，"渚清沙白"是秋天里江水枯了，原来水中的沙子都露出来了。"渚清"是远远地看到水边的陆地，非常清楚地看得到"沙白"，这也与"风急"有关，由于"风急"吹散了浓雾，没有平日的云遮雾绕，这才会看清"渚清沙白"。

"风急"对"鸟飞回"尤其重要，没有"风急"就没有"鸟飞回"。"鸟飞回"就是鸟在空中盘旋打转。为什么"风急"鸟就盘旋打转呢？我们从古到今没有把"鸟飞回"讲透。当迎着风飞的时候，鸟儿必定飞得非常累，累得要死还飞不快，有时甚至飞不动，于是鸟儿就退回来了，转过一圈以后它又迎着风飞。鸟不像我们人这样聪明，它迎风朝前飞，飞不动后又转回来了。此时鸟儿肯定心里会想，今天真是见鬼了，我平时轻松就向前飞，今天怎么飞不过去呢？它当然不信这个邪，又开始迎风向前面飞，累得不能展翅的时候，鸟只好又转回来，就这样不断地在空中回旋。

有时候苍蝇也有近似的情况，比方说冬天的时候，一只苍蝇趴在家里的玻璃窗户上，想穿过玻璃飞出去，它猛地飞向玻璃，不仅没有穿过玻璃，反而被玻璃撞得头昏脑涨，连撞几次后就趴在玻璃上一动不动，过一会又开始飞起来撞玻璃，又没有飞过去。那只苍蝇会想，今天老子真是见了鬼了，外面的东西看得清清楚楚，怎么就飞不出去呢？看到这种情况，本来我非常讨厌苍蝇，可有时会突发善心，看它连撞了几次，怕它撞昏了头，我就把窗户打开让它飞走。有时又心肠很硬，趁它趴在玻璃上的时候，拿起苍蝇拍要它的命。

"风急"和"鸟飞回"息息相关，大家现在明白了吗？

大家注意，"无边落木萧萧下，不尽长江滚滚来"，同样与"风急"有关。"落木"就是落叶，杜甫更喜欢用落木，如他的《客亭》"秋窗犹曙色，落木更天风"。战国时宋玉的《九辩》说："悲哉，秋之为气也！萧瑟兮草木摇落而变衰。"曹丕《燕歌行》也说："秋风萧瑟天气凉，草木摇落露为霜。"可见，古人把草枯了叫"摇"，把树叶掉了叫"落"，"摇"就是不断地摆动，"落"就是树叶纷纷飘坠。"萧萧"是叶子被风吹下来的声音。"不尽长江滚滚来"，三峡的江水本来就很急，在"风急"中就更是巨浪滔天。

从"风急天高猿啸哀"，一直到"不尽长江滚滚来"，都是写他的登高之所见。四句之中，时而仰望，时而俯瞰。

下四句就写他的登高之所感：“万里悲秋常作客，百年多病独登台。”宋朝罗大经在《鹤林玉露》中说，这两句一共有八层意思：“杜陵诗云：‘万里悲秋常作客，百年多病独登台。’盖万里，地之远也；秋，时之惨凄也；作客，羁旅也；常作客，久旅也；百年，齿暮也；多病，衰疾也；台，高迥处也；独登台，无亲朋也。十四字之间含有八意，而对偶又精确。”

　　杜甫的诗歌容量很大，他总是用有限的字句包含无数层意思。大家可能对罗大经的话还不太懂，我们再来详细讲一遍。从“万里悲秋常作客”这七个字中，大家能看出多少层意思？我们民族长期有“悲秋”的传统，离家“万里”已是够难熬的了，杜甫不巧又遇上倒霉的秋天，那就难上加难了，这是“难熬的平方”。而且又遇上了“作客”，这里的“作客”，跟我们今天的意思不一样，不要以为是到别人家去大吃一顿。“作客”是靠着别人吃饭，古人所谓“依人作客，俯首求衣”，就是吃嗟来之食。这是“难熬的三次方”。“作客”不是偶尔一两次，而是“常作客”，那是“难熬的四次方”了。“万里悲秋常作客”这七个字中，包含了四层意思。

　　“百年多病独登台”中的“百年”，是指人的一生，这里暗用了庄子的典故，庄子在《盗跖》篇中说：“上寿百年，中寿八十，下寿六十。”他说，寿数最高的是活一百岁，中寿是八十岁，下寿是六十岁。“除病瘦死丧忧患，其中开口而笑者，一月之中不过四五日而已矣。”他把人生说得很凄凉。庄子说，人的一生不过百年，这百年除了生老病死忧患以外，能够开口笑得比较快乐的，一个月也不过四五日而已。

《格林童话》中有一篇文章叫《寿命》，说的也是庄子这种意思。《格林童话》一书本来是买给我儿子看的，但他可能是没有时间看，也可能是没兴趣看，反正他没有认真看，或者根本就没有看，我倒是全看完了。

《寿命》的故事梗概是，上帝创造了天地，它要给所有的东西规定寿命。首先，驴子跑过来说，上帝你看我要活多久呢？上帝说，给你三十年满意不满意？驴子说，上帝您行行好，我一辈子活得太苦了，每天要一圈一圈地拉磨。我拉磨让别人吃面包，稍稍拉得不好就被拳打脚踢。上帝给我减一点寿命吧，我实在受不了啦。上帝可怜它，说，好吧，那就给你减十八年。这样驴子只能活到十二岁。

接着，狗子来了。上帝说，狗儿，驴子不想活三十年，我给它减了十八年，你又不拉磨，活三十年没有问题吧？狗子说，上帝，您行行好，我真的不想活三十年，我天天到处去跑，找骨头吃的日子不好受，不要让我活那么多年。上帝说，好吧，给你减十二年，你活十八岁。狗子满意地走了。

又接着，猴子来了。猴子说，请问上帝让我活多长时间？上帝说，驴子要拉磨，狗子要找骨头，你什么都不干，活三十岁愿意吗？猴子说，上帝，您行行好，我不想活那么长时间。上帝说，那你想活多长时间？猴子说，你要给我减一点，我老了，人们还要我扮鬼脸，很难受。上帝说，好吧，那给你减十年，这样二十岁就是猴子的寿命。

最后，轮到人来了，他急切地问上帝，上帝，您让我活多少年？上帝说，驴子不想活三十年，狗子也不想活三十年，猴子也不想活三十年。你活三十年没问题吧？人比这些动物都要贪婪，十分不满地说：没想到上帝这么狠心，我刚刚娶了媳妇，贷款买了房子，就像最近一个相声里说的，老婆、房子还是八成新，你让我死了不是太亏了吗？上帝给我加点寿命吧。上帝说，那好吧，把驴子的十八年加给你，行了吧？人说，不行，还要加。上帝说，那就把狗子的十二年加给你。人说，不行，还要加。上帝说，那就把猴子的十年也加给你，行了吧？我再没有加的了。人悻悻地走了。所以人最后是七十年的寿命，前三十年活得像人，青春年少，刚刚娶到漂亮的老婆，找到帅气的小鲜肉，那是人的寿命；接着十八年，是驴子的寿命，要拉磨养家糊口；然后就是狗子的十二年寿命，到处去找骨头吃；最后十年就是猴子的寿命，人老了活得也像个猴子，呆呆痴痴，成天扮鬼脸，惹得大家哄堂大笑。

"百年"这一句是说，人的一生很漫长很难熬。"百年"都已经够难熬的了，又遇上"多病"，这是"难熬的平方"。大家注意，"百年""多病"又"孤独"，而且又要"登台"，这就是"难熬的四次方"了。一层层地写，不断地叠加，把人生写得痛苦、艰难、孤独、伤心，把所有的人生苦难，全部压缩在了这十四个字中。

共有哪八层意思，现在大家听懂了没有？

正因为所有的人生苦难都让杜甫碰上了，这才有了"艰难苦恨繁霜鬓"，真是一字一血，沉郁、沉痛、抑郁，"繁霜鬓"就是满头白发。

"潦倒新停浊酒杯"，"潦倒"跟我们今天的意思不一样，我们今天说这个人很"潦倒"，是说他十分失意颓丧，或者活得非常窝囊。此处的"潦倒"是形容面容憔悴。杜甫在《夔府书怀四十韵》中有句诗说，"形容真潦倒"，"形容潦倒"就是面容憔悴的意思。杜甫晚年生活艰难而又身体多病，他好像总在咳嗽，不是支气管炎就是肺病，而且肌肉又开始萎缩，他在《清明二首》中说："此身飘泊苦西东，右臂偏枯半耳聋。""新停"是指刚刚断酒。

为什么诗的结尾要说，因为有病刚停了"浊酒杯"呢？上句"艰难苦恨繁霜鬓"，所有人生的倒霉事他全碰上了，这正是需要宽心的时候，杜甫在《可惜》一诗中说"宽心应是酒，遣兴莫过诗"，现在因病不得不断酒，连宽心的办法也没有了。读杜诗你会感到十分沉痛，同时又觉得十分气闷。

大家现在能感受什么是"沉郁"了吗？

这首诗从情感内容上看，是一个行将就木的老人，在历尽了时代的创伤，饱尝了人生的苦难以后，对社会、人生所发出来的沉重叹息。这首诗的感情虽然沉郁悲凉，但诗歌的气势磅礴雄壮，意境也壮阔雄浑，因为诗人博大的胸怀，承受了整个民族的艰难和苦难，所以全诗显得深沉、悲壮、凝重。

从艺术上看，这首诗艺术上的成就，不管怎样恭维都不过分。首先，它的确是七言律诗的典范。这首诗八句全用对偶，又好像全未对偶。它极尽锤炼，又非常自然，可以说他把汉语的美发挥到了出神入化的程度。

大家看看，"无边落木萧萧下，不尽长江滚滚来"。你哪会感觉得到这是对偶呢？可他恰恰对得特别工整，而且有的时候还当句自对，如"风急"对"天高"，"渚清"对"沙白"，"猿啸哀"又对"鸟飞回"，它既当句自对，又两句互对。全用对偶而又非常自然。

其次，这首诗语言的密度很高，容量特别大，他用尽可能少的字句，包含尽可能丰富的含义。用古人的话来讲，可以说他吞吐到了不能再吞吐的地步。刚才我们细读了"万里悲秋常作客，百年多病独登台"，这十四个字中包含了八层意思，我分析得比较仔细，大家一定要认真体会，语言的密度在诗中十分重要。有的人说了一大通话，几乎全是空话废话，事实上什么都没说，而杜甫只用了十四个字，却说了很多层意思。

再次，这首诗在结构上非常紧凑，第一句，"风急天高猿啸哀"，前四句全部从"风急"引申出来。大家注意，三四句"无边落木萧萧下，不尽长江滚滚来"，第五句"万里悲秋常作客"中的"万里"二字，从空间上和"不尽长江""无边落木"紧紧地衔接在一起，这样就把前四句和后四句紧紧地连在一起。第五句"万里悲秋"承上，第六句"百年多病"启下，由于"百年多病"，才会有"繁霜鬓"，才会"潦倒"，才会"新停浊酒杯"。你们看看，这首诗在结构上针脚绵密，环环相扣，写得实在是太好了。

最后，诗中的感情沉郁苦涩，语言凝重精练。

4. 拗体杰作

王世贞在《艺苑卮言》中说："太白笔力变化，极于歌行；少陵笔力变化，极于近体。"

沉郁之情在诗中不难体会，而顿挫之法还需多费点口舌。我们刚才讲了他的代表作《登高》，再来看看他一首著名的拗体律诗《白帝城最高楼》。

> 城尖径昃旌旆愁，独立缥缈之飞楼。
> 峡坼云霾龙虎卧，江清日抱鼋鼍游。
> 扶桑西枝对断石，弱水东影随长流。
> 杖藜叹世者谁子，泣血迸空回白头。

此诗作于大历元年（766年）春末夏初，杜甫刚到夔州不久。诗人初到夔州，登上白帝城最高楼后悲慨无穷，于是作

《白帝城最高楼》。

白帝城在今重庆市奉节县白帝山上，地处瞿塘峡口长江北岸，南与白盐山隔江相望，东望夔门，西临奉节城。

这是一首著名的拗体律诗，也就是用古体的句法和声调，而对仗则符合格律的要求。

首联倒装陡起："城尖径昃旌旆愁，独立缥缈之飞楼。"第一句应是第二句登最高楼之所见，通过倒装突出了艰难愁苦的情景，使愁苦的情景扑面而来，显得突兀耸峻，语调上"旆"（pèi）为仄声，开始就拗峭生涩，与诗人苦涩的心情正好吻合。"城尖"指巫山尖峭险峻，白帝城立其上，所以说"城尖"。"径昃"指山路倾斜窄险。"旌旆"为什么说它"愁"呢？旌旆乃无知之物本不知愁，说愁是因为：一、旌旆在城尖上望去令人惊恐生愁；二、当时到处弥漫着战火使人发愁。旌旆尚愁，其人可知。杜甫《送韦十六评事充同谷郡防御判官》说："吹角向月窟，苍山旌旆愁。"次句"立"与"缈"又是两个仄声字，声律既已拗折，又于句中用一个虚词"之"字，变律体句法为歌行句法，并且最后连用三个仄声字"之飞楼"，奇险之中别具动荡不平之致，诗人此时独立苍茫，苦涩艰难之情见于言外。

三四句接写独立飞楼之所见："峡坼云霾龙虎卧，江清日抱鼋鼍（yuán tuó）游。"《杜诗详注》引韩廷延的话说："云霾坼峡，山水盘拏（ná），有似龙虎之卧，日抱清江，滩石波荡，恍如鼋鼍之游。"韩廷延这句话的意思是说，三峡中耸立的山峰，曲折的江水，在浓重雾霾的笼罩下好像躺卧的龙虎；清江环抱之中，滩石波荡之际，江中怪石好像鳖鱼鳄鱼在游动。"峡坼"是说巫峡一劈两半，"云霾峡坼"是说云屯巫峡。"霾"指雾气，此处用为动词，即使之晦暗、阴暗的意思，全句说云雾中的山峡突兀盘踞，故曰"卧"。"日抱"是说日照江面如环抱，滩石、江流在日光下湍急闪烁不定，好像鼋（大鳖）鼍（鳄鱼）在其中游动。这一联对偶十分工整，于工整之中又有险拗，"鼋鼍游"连用三个平声字。这两句刻画景物极为真切生动，同时又出之以险怪之词，拗涩之调，反映了诗人苦涩之情。

颔联为近景，颈联转向远景，颔联为实写，颈联则虚拟："扶桑西枝对断石，弱水东影随长流。"这两句一写峡石之高，一写江水之远。"扶桑"为日出之地，也是一种神木，高数十丈。"长流"指峡江。五句东望，"西枝"是就东南言；六句西眺，"东影"是就西而言。这两句是说巫峡峭壁千寻，遥遥与东方扶桑的西枝相对；巫峡的江水极远，远远与西方弱水的东影相接。其意不过夸张三峡山高水长，其词则极为险怪横放。上句的"对断石"连用三仄声，下句的"随长流"连用三平声，拗折险怪中又极有法度，声调虽拗，对偶则工。

尾联更为拗涩险峭，抒情更为曲折深致："杖藜叹世者谁子，泣血迸空回白头。"

第七句用一个"者"字大似散文句法，较第二句的"之"字更为奇崛艰涩，诗人并非无谓地玩文字游戏，而是以奇崛艰涩之句写深沉郁闷之情。"杖藜"写人的外在形象，衰老多病以致步履维艰；"叹世"写人的内在心情，满腹悲凉不停地哀叹。在"杖藜叹世"后安一"者"字，顿挫停蓄十分有力，再以"谁子"二字转接，杖藜叹世者是什么人呵，面容如此衰老，心情这般沉重，此句诗人的感慨悲哀极深，全在"者"字的音节拗涩峭折，极沉郁顿挫之妙。"泣血迸空回白头"续写叹世之悲。此处"迸"的意思是喷洒。身在高楼，泪洒空中，所以说迸空。不说泣泪、洒泪，而说"泣血"，是形容自己悲哀之深。《遣兴》一诗有"拭泪沾襟血"句。过去的血泪还有衣襟可沾可拭，今日在高楼上满怀叹世凄苦之情，竟至于泣血迸空而又无可沾之衣，无可洒之地，既写楼之高，亦见情之苦。"回白头"尤其使人觉得悲惨，满头白发，满面病容，望空摇头反顾，其中有多少难言的沉痛感伤！

这首诗以拗峭艰涩之调，险怪奇崛之词，写沉痛苦涩之情，声、词、情妙合无间，是他沉郁顿挫的代表作。

第 19 讲
"语不惊人死不休"

1. "陌生化"

李白和杜甫虽然是盛唐诗坛上的代表诗人,但是无论从诗境、诗情到诗语、诗意,他们两个人都代表着两种完全不同的盛唐气象。

从诗情上,李白雄情豪放,杜甫沉郁悲壮;从诗歌语言上,李白强调的是一派天然,脱口而出,"清水出芙蓉,天然去雕饰"(《经乱离后天恩流夜郎忆旧游书怀赠江夏韦太守良宰》)。而杜甫则说,"为人性僻耽佳句,语不惊人死不休"(《江上值水如海势聊短述》),他强调的是千锤百炼。

如果你读惯了孟浩然、王维、李白的诗句,再读杜甫的诗歌,你会发现别有洞天,进入了另外一个世界。

我们看盛唐前期的诗歌,比如,孟浩然的"春眠不觉晓,处处闻啼鸟"(《春晓》),王维的"红豆生南国,春来发几枝"(《相思》),李白的"李白乘舟将欲行,忽闻岸上踏歌声"(《赠汪伦》),这是典型的脱口而出。

我们再看杜甫的诗歌,如"星垂平野阔,月涌大江流"

（《旅夜书怀》），从音节到用字都与孟浩然、李白等人大不一样，我们对"星垂平野阔"中的"垂"字会顿生疑问："星"怎么会"垂"下来呢？对"月涌大江流"中的"涌"字也会十分纳闷儿，"月"怎么可能"涌"呢？杜甫在炼字炼句上狠下功夫，于是就有了诗眼字眼。

杜甫在《江上值水如海势聊短述》这首诗中，谈自己的创作追求。

> 为人性僻耽佳句，语不惊人死不休。
> 老去诗篇浑漫兴，春来花鸟莫深愁。
> 新添水槛供垂钓，故着浮槎替入舟。
> 焉得思如陶谢手，令渠述作与同游。

"性僻耽佳句"，他喜欢把语言写得格外"惊人"，创作中"语不惊人死不休"。用现在俄罗斯形式主义的文艺理论学派的话来讲，杜甫在有意识地追求语言的陌生化。

从李白、王维到杜甫，这时候他身上出现了些新的情感变化，他对生活有一种新的体验，一种新的感受，所以他需要新的语言。一种语言新形式的出现，表明我们感受方式的更新，体验模式的更新。

德国法兰克福学派的代表人物马尔库塞，多次强调"新感性"，人类要不断地发展，就必须更新我们的感性。"新感性"

好在哪个地方？就是对同样的事情，有了新的感性认识，有了新的情感体验，你可以得出全新的感受。人类在不断地更新感受方式、体验方式的过程中，感情变得越来越细腻，情感变得越来越丰富。

杜甫诗歌的语言，可以说开了中晚唐诗眼的先河，也给中晚唐诗人锤字炼句，提供了新的借鉴。

刘大杰先生的《中国文学发展史》第二卷中，前一章是"李白与盛唐诗人"，后一章是"杜甫与中唐诗人"，他这样写是有一定道理的。

我们通过一些具体的诗歌，来看看杜甫的"语不惊人死不休"表现在哪些地方，从李白到杜甫，诗歌语言有哪些新的变化。

我们学习诗歌，第一个目的当然是丰富我们的想象；第二个目的是丰富我们的情感，使我们的人性变得比较成熟；同时，也要丰富我们的语言，提高我们对美的细腻的感受能力。

培根说："读诗使人灵秀。"你怎样灵秀得起来呢？很粗糙的人，就不会很灵秀。

譬如，我是一个生活非常简单的人，除比较喜欢喝茶以外，并没有什么特别的爱好，当然我主要喝乌龙茶，比如台湾的、福建的，哪个地方的茶好，好到什么程度，茶一入口我就知道。在这方面，我太太就不行，她对茶的感觉很粗糙，不管喝什么茶都是苦的，虽然她也喝茶，但是她尝不出味道来。我总是把不好的茶都给她喝了，好茶我就留给自己。为什么？好茶坏茶，她都尝不出来，喝好茶简直就是糟蹋。

只有对茶有精细的味觉，你才能品出茶的好坏，只有对诗歌语言有细腻的敏感，你才能品哑出诗歌的韵味。

2. 炼句炼字

先要有诗中的字句十分新奇，我们读后才会感到特别惊奇，这样才能达到"语不惊人死不休"的艺术效果。而要让诗中的字句十分新奇，诗人就必须炼字炼句。所谓"炼"就是反复琢磨，通过不断的琢磨推敲，使字句用得非常别致，读起来自然就会使人耳目一新。我们来看他的代表作《秋兴八首·其一》。

> 玉露凋伤枫树林，巫山巫峡气萧森。
> 江间波浪兼天涌，塞上风云接地阴。
> 丛菊两开他日泪，孤舟一系故园心。
> 寒衣处处催刀尺，白帝城高急暮砧。

《秋兴八首》作于流寓夔州期间，是表现重要社会历史主题的组诗，是杜诗"诗史"的深刻体现，也是杜诗七律的代表作。

"玉露凋伤枫树林","玉露"就是白露。《诗经》中云,"蒹葭苍苍,白露为霜"。"凋伤"指秋天冰冷的白露,肃杀的秋气,使得树叶凋零枯萎。"凋伤枫树林"是说,到了秋天,枫叶由翠绿变为枯黄,再由枯黄变为干红。比如,北京秋天是"香山红叶"。杜牧还说:"远上寒山石径斜,白云深处有人家。停车坐爱枫林晚,霜叶红于二月花。"(《山行》)"霜叶"就是秋天的枫叶变红了。

大家注意,"凋伤"用得很别致,他说秋天的玉露把树叶"凋伤"了,他把秋天红叶说成是"凋伤",似乎秋日里枫树林的红叶,是由于"凋伤"得流血。此处的"凋"扭曲了它原来的词性。

"玉露凋伤枫树林",和盛唐的诗歌语言完全不一样。"红豆生南国,春来发几枝"(《相思》),没有一个字是诗眼,没有一个字用得别致。

大家注意,他用"玉露",不用"白露",为什么?这就说明他"语不惊人死不休",他追求语言音调的和谐。因为古代的诗歌要吟唱,我们常常说"不会作诗也会吟"。

说实话,我现在也不会吟,大学教我先秦文学的老师,是著名的石声淮教授,石老师是钱钟书先生的妹夫。他老人家家学渊源,吟诗非常好听。几十年前,我们还给他录过一些磁带,很遗憾,这些磁带交给当时教务处保存,现在不知道放哪儿去了,当然,即使能找到也不能用。

杜甫为什么不用"白露"而用"玉露"？大家注意，"露"字是撮口呼，就是把嘴唇噘起，圆圆地翘着；"玉"字也是撮口呼。"玉露"连在一起可以吟唱，把嘴唇噘得很圆很尖，吟出来的声音忧伤而又清越。但是"白露"不能吟，"白"是开口呼，要把嘴张得很开，从"白"到"玉"嘴形变化太大，根本就没办法吟唱。

"巫山巫峡气萧森"，"气"就是秋天的秋气，"萧森"是萧瑟而又阴森。从"巫山"到"巫峡"，就是从上到下一片萧瑟阴森。

杜甫的诗歌跟李白的不一样，他总是把画面塞得很满，从"巫山"到"巫峡"，从山到水，从上到下，都弥漫着"萧森"之"气"，一丁点儿空隙都没有，从上到下都满得密不透风，所以他的"沉郁"显得很凝重。而李白的诗一读就轻快，如"孤帆远影碧空尽，唯见长江天际流"，画面到处都是留白，所以他的诗歌显得很疏朗，你们对比着读一下，就不难感受什么叫轻快，什么叫凝重。你们听懂了没有？

颔联"江间波浪兼天涌，塞上风云接地阴"。大家注意，在结构上，第三四句紧承第二句，"江间"紧承"巫峡"，"塞上"紧承"巫山"。"江间波浪"为什么是"兼天涌"呢？三峡的波浪是向上涌，所以叫"兼天涌"；"塞上风云"就是巫山上面的风云，它朝地下飘，所以叫"接地阴"。第三四句紧承第二句，他进一步写为什么"巫山巫峡气萧森"。你们反复读几遍就能体会到，江间的波浪朝上涌动，塞上的风云朝下飘移，所以从上到下都是"气萧森"。

颈联"丛菊两开他日泪，孤舟一系故园心"，"丛菊"紧承前面的"玉露"。第五六句紧承第一句，第三四句紧承第二句。

"丛菊"，什么时候有"菊花"呢？一般都在秋天登高赏菊，第五句的"丛菊"承首句的"玉露"。

"玉露凋伤枫树林""丛菊两开他日泪"，李白诗歌中没有这种语序颠三倒四的句子。

大家注意，"丛菊"又怎么"开"出"泪"呢？"泪"又怎么说"开"呢？这种语言能让人理解吗？"丛菊"不仅"开他日泪"，而且是"两开"他日泪。这又是什么意思呢？杜甫离开成都以后，在外面流浪了两年，他一直想家却不能回，所以他看到两次菊花开，两次都泪水涌出来，"菊花"开一次，流浪便多一年，痛苦又加深一层。

为什么要说"开"了泪呢？因为古人把眼泪又叫泪花，我国电影《小花》中有一支插曲，叫《妹妹找哥泪花流》，既然是"泪花"就可以用"开"。"丛菊两开"的"开"字，既指菊花开，又指眼泪来。

"孤舟一系故园心"，"孤舟"为什么"系"住了"故园心"呢？杜甫一直想回家，但一直回不了家，所以"孤舟一系"不仅是系住了孤舟，同时也系住了他想回故园的心。

杜甫诗歌常常颠倒了语序，"系"就像前面的"开"一样，

"开"指菊花也指泪花，"系"住了"孤舟"，也系住了"故园心"。"一系"就是长系、常系，大家注意，它既指"孤舟"，也指"故园心"。

尾联"寒衣处处催刀尺，白帝城高急暮砧"，"催刀尺"就是赶制新衣，"寒衣处处催刀尺"是个倒装句，应该是"刀尺处处催寒衣"，就是家家都在赶制新衣以准备过冬。

我小的时候就是这样，每年快到冬天的时候，妈妈就请来裁缝师傅在家里做新衣服。

"急暮砧"中的"砧"字就是洗衣的石板。为什么要用洗衣的石板呢？现在的年轻人可能不太懂，在清水的塘里或者河边，有一块石板，用一个长的木棒把衣服放在上面"梆梆梆"地敲打，就可以把脏水挤出去。古人每次做新衣服的时候，先把做衣服的新布过一次水，然后再用开水烫一次，烫了以后再用米汤把布一浆，浆得越挺括就越好剪裁。

为什么要洗，还要用开水烫呢？因为古代的衣服要么是丝织品，要么是麻织品，要么是棉织品，在唐朝基本上很少用棉，大量用棉是在宋朝以后，一般老百姓都是用麻，富贵人家有的用丝。无论是麻还是丝，都必须洗后再过清水，不过清水的话衣服就会缩水。

这两句紧承前面的"故园心"，为什么呢？就是他特别想回家却又回不了家。现在家家都在赶制新衣，准备过年。而异乡人杜甫还在外面漂泊，他看到别人家都在赶制冬衣，在江边清洗衣服，传来"梆梆梆……"的声音，敲得杜甫心乱如麻。

"寒衣处处催刀尺，白帝城高急暮砧"，这两句好像电影中的蒙太奇一样，有画面有声音，但是没有人影，结尾两句写得特别好，这是典型的以景结情，情景交融。

这首诗的语言极尽锤炼，真是"语不惊人死不休"。你看"玉露""凋伤""丛菊两开他日泪，孤舟一系故园心"这些诗句，从语序的颠倒到用字的新奇，都可以看出杜甫追求语言"惊人"的良苦用心。

在唐代的诗国园地里，这种诗歌语言是一种新的现象，唐诗由"清水出芙蓉，天然去雕饰"的脱口而出，逐渐让位于人工的千锤百炼。诗歌的语言顺序开始被打乱，由质朴、朴素、流畅，逐渐变为有大量的字眼、诗眼，这一切都是从杜甫这儿滥觞。

3. 你见过香稻"啄"鹦鹉吗？

现在来讲《秋兴八首》的第八首，我们选讲这首诗的目的，是接着讲杜甫"语不惊人死不休"。上面讲了他如何炼字炼句，这节讲他诗中的语序与意脉。语序很容易理解，就是诗歌语言表达的顺序，譬如李白《赠汪伦》中"李白乘舟将欲行"，它的语序是主语、谓语、宾语，这种语言的表达顺序与日常口语没什么区别，诗歌语言与日常语言还没有分离。意脉就是诗中情感意绪的发展脉络，过去常叫"情感线索"，近似于现代小说中的"意识流"。语序与意脉大多是统一的，因为语言的功能是表情达意，情意的流动决定了语言的顺序，但有时候语言顺序的颠倒，反过来又制约着情意的流动——意脉与语序有时会出现某种张力。

口说无凭，有诗为证——

昆吾御宿自逶迤，紫阁峰阴入渼陂。
香稻啄余鹦鹉粒，碧梧栖老凤凰枝。
佳人拾翠春相问，仙侣同舟晚更移。
彩笔昔曾干气象，白头吟望苦低垂。

《秋兴八首·其四》结尾说："鱼龙寂寞秋江冷，故国平居有所思。"这首诗就是表现"所思"的内容之一——故国的风景名胜，当年生活的富庶安宁。

首联写自己曾在长安游历过的名胜。昆吾、御宿都是长安东南的地名，在汉代上林苑中，据《汉书·扬雄传》载："武帝广开上林，东南至春鼎湖、昆吾、御宿。"第一句说从长安到渼陂有一条又曲又长的道路，"逶迤"写这条道路的蜿蜒曲折，也写出了游人的纤徐从容，这句省略了宾语"渼陂"。第二句写渼陂的清澈美丽，也交代第一句省略了的宾语。"紫阁峰"是终南山的山峰。《陕西通志》卷九引《雍胜略》曰："旭日射之，烂然而紫，其峰上耸，若楼阁然。"渼陂发源于终南山，紫阁峰在它的南面，陂中可见紫阁峰的倒影。杜甫在《渼陂行》中说："半陂已南纯浸山，动影裊窕冲融间。"

首联记渼陂的山川之胜，颔联写渼陂的物产之美："香稻啄余鹦鹉粒，碧梧栖老凤凰枝。"对此联历来解说纷纭，有的认为它邻于不通，说它纯是一种文字游戏，香稻无嘴如何会"啄"？碧梧无足怎么能"栖"？

有的认为，这两句是倒装句，不过，假如把它重新按顺序排列为："鹦鹉啄余香稻粒，凤凰栖老碧梧枝"，则此二句便成了描写鹦鹉啄稻与凤凰栖梧两件极平常的琐事。姑且不论凤凰并非实有其鸟，在现实中根本不可能见到，即使有凤凰栖梧桐树的事情发生，把它平铺直叙地记录下来，也是十分浅薄无聊的描写。杜甫的本意不在写鹦鹉与凤凰，这些东西与渼陂没多大关系，更不是渼陂所独有，他原本要写回忆中渼陂景物的美丽，写当年京城生活的富饶，"香稻""碧梧"都只是回忆中一种烘托情感的意象，而分别以"啄余鹦鹉粒"和"栖老凤凰枝"来形容。用这种语言表现渼陂的富庶与美丽，香稻丰饶富足，鹦鹉啄之有余，碧梧华贵美丽，凤凰栖之竟老。他是在借香稻、碧梧、鹦鹉、凤凰这些意象，渲染出一种丰饶、富足、安乐的气氛，表现国家在承平安乐时强盛富庶的景象，生动地表现了诗人的"故园心"。

清人顾宸说："旧注以香稻一联为倒装法，今观诗意，本谓香稻乃鹦鹉啄余之粒，碧梧则凤凰栖老之枝，盖举鹦鹉、凤凰以形容二物之美，重在稻与梧，不重在鹦鹉凤凰。若云'鹦鹉啄余香稻粒，凤凰栖老碧梧枝'，则实有鹦鹉凤凰矣。"明王嗣奭在《杜臆》中也说："地产香稻，鹦鹉食之有余，林茂碧梧，凤凰栖之至老。"

这种句法是对传统诗歌语言的一种挑战和突破，它具有更强的浓缩性和更大的容量，而且，它同"丛菊两开他日泪，孤舟一系故园心"一样，表达的不是事实的真实，而是情感的真实。

第五六句接着写渼陂的游赏之乐："佳人拾翠春相问，仙侣同舟晚更移。""佳人"通常都是指美人，"问"是馈赠的意思，从语义学上说"遗（wèi）人以物谓之问"。"拾翠"指拾翠鸟的羽毛，今天春游已经无翠羽可拾了，所以游人只好采花作为春游时彼此馈赠的纪念品。"仙侣"指一起春游的同伴。"晚更移"指天色已暗还荡舟远方，形容仙侣们游兴很浓，天色向晚仍乐而忘返。这一联写唐朝全盛之日不仅物产丰美，人们的精神也轻松快乐。总之，他回忆中的盛唐是一座幸福繁华的乐园。

尾联由想象中的盛唐长安，拉回到现实中的夔州："彩笔昔曾干气象，白头吟望苦低垂。""彩笔"即五色笔，此处指才情焕发的文章。《南史·江淹传》中说："又尝宿于冶亭，梦一丈夫自称郭璞，谓淹曰：'吾有笔在卿处多年，可以见还。'淹乃探怀中，得五色笔一，以授之，尔后，为诗绝无美句，时人谓之才尽。""气象"到底是指什么，历来有不同的说法，有的说气象即山川景象，如清张世文说："气象指山水之气象，干者彩笔所作，气凌山水也。"朱东润就是采用这一说法，把第一句解释为："自己当年的诗篇，曾写出了长安山川的气象。"有的说"气象"是指盛唐天子，即唐玄宗。钱谦益说："公诗《奉留赠集贤院崔于二学士》云：'气冲星象表，词感帝王尊。'所谓'彩笔昔曾干气象也'。"（《钱注杜诗》）持这一观点的人非常多，明朝王嗣奭《杜臆》说："尔时国家文盛，天子好文，尝以彩笔干之，所云'献赋蓬莱宫'是也。""气象"一词唐人常用来形容天子的尊严，如韩愈《雪后寄崔二十六丞公》有"几欲犯严出荐口，气象硉兀未可攀"。"硉兀"形容岩石突兀的样子，也形容人严峻难以亲近。

浦起龙则采取一种和事佬的态度，认为"气象"一词既指山川景象，也指皇帝的尊严或皇帝本身。杜甫在"安史之乱"前曾向唐玄宗献三大礼赋，很受玄宗的赏识，他老来还常为这件事得意，《莫相疑行》说"往时文彩动人主，此日饥寒趋路旁"。浦起龙的解释较好，杜甫曾描绘过盛时的大唐气象和山川景象而惊动过皇帝，因此他十分得意。"干"即冲犯的意思，这里意为感动、惊动。第七句的"昔"字很重要，挥毫落纸笔走云烟，并因此惊动了天子，是古代作家平生最为快意的事情，是生活中值得自豪的时刻，悄悄地加上一个"昔"字，便使过去的一切快意成为过眼烟云，上面的一切繁华欢乐都成了梦幻，并一直逼出"白头吟望苦低垂"来。白头老态已是很伤心的了，白头而又"低垂"就更加伤心，以"白头"而"吟"而"望"而"苦"而直到"低垂"，更由伤心彻骨而寒心凄绝了。"白头——吟——望——苦——低垂"，写他从想象中的欢乐，到歌吟，到企望，到痛苦，到辛酸欲绝的心理过程。此句中的"望"与第二首的"望京华"中的"望"相应。

《秋兴八首》是想望与仰望京华的情感结晶。清朝陈沆认为："'吟望''望'字与'望京华'相应，既望又低垂，并不能望矣。笔下气象，昔何其盛？白头低垂，今何其惫？诗至此声泪俱尽，故遂终焉。"加一"昔"字，加一"苦"字，过去的蓬莱宫、金茎、曲江、朱帘、绣柱、锦缆、牙樯、香稻、碧梧，统统都冰消烟尽，全成泡影，眼前只有巫山、巫峡、悲笳和孤独，诗人还有什么可说的呢？他深深地垂下了头，痛苦地弯下了腰，默默地承受着时代的苦难和人生的坎坷，诗到此也就结束了。

第 20 讲

夫妻恩爱

1. 想老公

中国古代的爱情诗中，大部分都是写的婚外恋，古人常把它们称为"艳情"，实际上就是偷偷摸摸"走私"的"爱情"。真正描写夫妻恩爱的爱情诗很少，而且大多是"悼亡诗"，也就是妻子死后才深情怀念。西方人觉得不可思议，中国古代的送别诗通常写朋友分别，爱情诗也大多写一夜情，"彩袖殷勤捧玉钟"（晏几道《鹧鸪天》），"夜月一帘幽梦，春风十里柔情"（秦观《八六子·倚危亭》），在丈夫的精神世界里，妻子活着的时候好像死了，死了以后才能"复活"——被丈夫怀念。

王昌龄这首《闺怨》十分可贵，它抒写的正是夫妻恩爱之情，此诗也收录在《唐诗三百首》中。先看原诗。

> 闺中少妇不知愁，春日凝妆上翠楼。
> 忽见陌头杨柳色，悔教夫婿觅封侯。

《闺怨》是乐府旧题。

诗题虽是"闺怨",诗却从"无怨"写起,古人把这叫逆笔或逆入。我们看看他是怎样写的:"闺中少妇不知愁。"诗题不是《闺怨》吗?但诗人一起笔便说,闺中少妇是个"不知愁"的傻大娘。我们读了第一句,就想读第二句,为什么说她是个"不知愁"的傻大娘呢?

"春日凝妆上翠楼","凝妆"就是严妆或盛妆,妆化得很艳丽。"翠楼"指涂饰了绿漆的高楼,此处特指少妇的绣楼。这句写一个少妇在春天里打扮得漂漂亮亮的,到自己绣楼上去望春。

古代的少妇其实年龄很小,我之前讲过,古代的男性认为十六岁的女孩子是最漂亮的,古代所有小说写到女孩漂亮时,都写"年方二八",我敢打赌,你们肯定找不到称"年方二九"的,所以诗中这个少妇很可能就是十几二十岁。

一个花样少妇春天施珠敷粉,上到绣楼去望春,这不是再正常不过的事吗?为什么要说她"不知愁"呢?此诗像相声中的包袱一样"三翻四抖",逗引人们想看个究竟。

最后才道出了个中原因:"忽见陌头杨柳色,悔教夫婿觅封侯。"她到了楼上一望,只见满地花红,遍野柳绿,到处春意盎然。鸟语花香引得她春心萌动,此时此刻突然后悔了:悔不该教老公到边塞打仗,觅什么侯,拜什么相,如今辜负了外面的大好春光,也耽误了自己的美好青春。"悔教"是谁悔?是谁教?当年"教"的是她,如今"悔"的也是她。"夫婿"就是丈夫，我们今天说的老公。"觅封侯"就是到边疆去打仗，立下军功后封侯拜相。

大家注意，从这里可以看出当时整个民族的精神风貌，处处洋溢着尚武精神，人人都希望能春风得意。同时也可以看出当时下层向上的通道比较顺畅，不然，一个少妇怎会逼着自己的丈夫，冲上前线去抛头颅洒热血？怎会幻想夫婿封侯拜相成就大业？

每次读这首诗，我都为她丈夫感到难过，小伙子刚刚娶了个漂亮的媳妇，谁想去边塞打仗呢？她却不依不饶，老在耳边说，你看隔壁黑狗打仗当了师长，连那么笨的二娃也当了团长。你有什么用呀？就知道天天围绕我转。男人就怕老婆说没用，所以丈夫狠狠心到前线去打仗了。

这首诗既写出了妻子对丈夫的思念，也反映了盛唐前期积极昂扬的社会风貌。当然，这不是我重点要讲的，我们主要是看看当年的少妇如何思念征夫。

最后，我想问一下大家，你们现在明白为什么说"闺中少妇不知愁"吗？古人常说"女为悦己者容"，你的丈夫远在边塞，你一个人"春日凝妆"干什么呀？你打扮得漂漂亮亮的给谁看呢？可见她是一个"不知愁"的傻媳妇。

清代黄生在《唐诗摘抄》中说："感时恨别，诗人之作多矣，此却以'不知愁'三字翻出后两句，语境一新，情思婉折。闺情之作，当推此首为第一。"

少妇思夫恨别本多愁怨，诗人偏以"不知愁"逆起，再以"忽见"二字陡转，全诗的意脉峰回路转，读来实在是欲罢不能，以新颖之思，抒细腻之情。

2. 从对面着笔

我们来讲一首杜甫的爱情诗——《月夜》。

杜甫一生极少逢场作戏，他的爱情诗都是写深挚的夫妻恩爱，从不写销魂失魄的婚外恋。

这首诗的写作时间和《春望》在同一年，"安史之乱"以后，开始时杜太太在奉先，最后移居离长安不太远的鄜州。杜甫被叛军围困在长安，所以他才有《春望》的"国破山河在，城春草木深"。因为他太太隔在鄜州，又因为兵荒马乱中不通消息，这才有了"恨别鸟惊心""家书抵万金"的名句。从稍后《述怀》一诗看，他一直到秋天仍打听不到妻子的音信，还以为太太和孩子都遇害了："寄书问三川，不知家在否。比闻同罹祸，杀戮到鸡狗……自寄一封书，今已十月后，反畏消息来，寸心亦何有？"

我曾和朋友们说过，男人还没有结婚时，他想家可能就是想父母；已婚男人说他想家，那百分之百就是想老婆。

这首诗的主题思想就是想老婆。

我们看看杜甫是怎样想老婆的——

今夜鄜州月，闺中只独看。

遥怜小儿女，未解忆长安。

香雾云鬟湿，清辉玉臂寒。

何时倚虚幌，双照泪痕干。

"今夜鄜州月，闺中只独看。"大家注意，"看"不能读kàn，而要读平声kān，由于五言律诗要押平声韵，不能押仄声韵。这首诗的平仄，是仄起仄收，首句不押韵，仄仄平平仄，平平仄仄平。

杜甫当时滞留长安，他老婆隔在鄜州。大家注意，清人说杜甫的诗歌很"难入"，为什么读起来"难入"呢？他不像李白那样飞流直泻，而是回旋曲折，细腻委婉。

明明是他在长安看着月亮想老婆，可他偏偏不说是自己想老婆，而是说今天夜晚我老婆在鄜州看着月亮，想我想得要命，这怎么办呢？

人的性格虽千差万别，但归纳起来只有两大类，一种叫内向型，一种叫外向型。内向型和外向型的人表达感情的方式是不一样的。

我以外向型和内向型的女性为例，看她们怎样表达对丈夫的思念。

假定他们夫妻感情都很好，老公去外面出差半年多了。一看到久别的老公到家，这时家里要是没有公公婆婆，也没有小孩在场，如果老婆是外向型性格的，她一看到老公马上就说："死鬼，你还知道回家，这半年我想你快要想死了！"

此情此景，性格内向型的少妇该怎样表达感情呢？她会在夜深人静的时候，悄悄地问她老公："老公，这半年多，你在外面想我不想？"

现在的很多男人更喜欢第一种女性，其实第二种也是蛮好的。

杜甫在表达感情上非常委婉。"今夜鄜州月，闺中只独看"两句是说，我老婆一个人在夜晚看月亮，想我想得要命，这怎么办呢？你们听懂了没有？他不仅委婉地表达了对老婆的思念，而且也表达了一个丈夫对老婆的关切。

在烽火连天的乱世，丈夫不在自己身边，一个人独自带一群小孩，此时"独看"，你们想想，杜太太该有多孤独。

闺中为什么是"独看"呢？他不是有儿女吗？下面的第三四句就紧承"闺中只独看"。

颔联"遥怜小儿女，未解忆长安"，这两句是什么意思呢？很多人将它翻译为：可怜我那些小儿小女，他们还不懂得思念在长安的爸爸。这一类翻译全错，都是未婚男人的误读。

杜甫实际上想说什么呢？他说，可怜我那些小儿小女，他们还不理解妈妈思念长安的心事，也就是他们不懂得妈妈正在思念他们的爸爸。他们不懂得妈妈的心事，因为杜太太肯定不会向儿女倾诉。

我们设想一下，他老婆把儿女送到床上睡觉了，她一个人在房间外面，边看月亮，边想老公。她女儿跑过来喊："妈妈，你一个人在阳台上干什么，回来跟我们一起睡觉吧。"杜太太肯定不会这样说："你们这几个死鬼好好睡觉，我一个人在月亮下想你们的爸爸。"

我刚才说了第三四句紧承第二句，那么第五六句紧承第一句："香雾云鬟湿，清辉玉臂寒。"

"清辉"就是月亮的光辉，遥应首句"今夜鄜州月"。大家注意，"香""雾""云""鬟""湿"是写老婆看月亮的时间很长，露珠打湿了她的头发后，散发出淡淡的幽香。

从古到今，女孩子都用香的东西洗头发，唐朝用什么东西洗头发我不知道，但肯定比今天健康，肯定是有机产品。

"云鬟"就是一头乌黑的头发。"玉臂"就是他老婆的胳膊、手臂。杜甫和他老婆此时都是四十多岁的人了，他老婆已经是几个孩子的妈妈，杜甫还说四十多岁的老婆的手臂是"玉臂"。"香雾""云鬟""清辉""玉臂"，我的个天！写什么东西大家知道吧？杜甫说过他爱老婆没有？没有。

"香雾云鬟湿，清辉玉臂寒"，这两句不仅写得美丽，老实说还写得很性感。只有夫妻之间才能这样写，其他异性这样说就有点轻佻了。他在对老婆亲昵细腻的描写中，融进了自己的欣赏与挚爱。

大家看过电影《手机》没有？《手机》中有个情节，一个叫费墨的大学教授和他的女研究生有点暧昧。那个费墨是由张国立演的。电视主持人叫严守一，是葛优演的。费墨与女研究生在酒店里开了一间房，被他太太发现了，不依不饶，吵得很厉害。费墨跟他的好朋友严守一吐苦水。费墨用四川话对严守一说："有一个美女研究生，对我有点崇拜。我们在酒店里开了一间房，但最后没有上去。我心里一直在挣扎，想来想去还是怕麻烦。还是农业社会好，进京赶考，几年不归，回来跟妻子说啥子都是成立的。我们夫妻同床共枕几十年了，现在是有一点审美疲劳。"

我曾经跟我太太重复了这段话，我太太很不高兴。她说两个多小时的电影，你什么都不记得，只记得这一段。其实电影我都记住了，不过这一段我记得特别熟。大家注意，费墨说对妻子"有点审美疲劳"。杜甫跟他老婆几十年了，都四十多岁的人了，那时候十几岁就结婚，还说他老婆的手臂是"玉臂"，他一点审美疲劳都没有，他爱老婆真的爱疯了。

在成都草堂时，杜甫已是五十多岁的老人，大家看看，还形容他老婆恩爱到什么程度，"自去自来梁上燕，相亲相近水中鸥"。大家都知道，中年夫妻早已是左手握右手，但杜甫一辈子都爱他老婆。

明明是自己想老婆，偏偏说老婆如何想自己，前六句都是从对面着笔，全为拟想之词。

最后两句才直抒胸臆："何时倚虚幌，双照泪痕干。"什么时候才能夫妻团聚，夜深人静把窗帘一拉，我们抱头痛哭，哭完了再把对方的眼泪擦干呢？

这首诗写深厚的夫妻恩爱情。杜甫是个非常高尚的人，不一定是个好情人，但他绝对是个好丈夫。

我要是有个女儿，我首选让她嫁给杜甫。我的女儿要是嫁给李白，那我真是死不瞑目。因为李白才气太大，机会太多，这个家伙又控制不了自己，那我真的是放心不下。嫁给杜甫我就放心了，相信他们的夫妻感情，会像陈年老窖一样愈久愈香。

有位外国诗人说，女人在爱情中更加聪明，男人在爱情中更为愚蠢。愚蠢的原因就是失去理性。德国的著名诗人海涅曾说："爱情是我的罪恶。"因为海涅的爱情像熊熊烈火，对一个女性火一样地充满激情，同时也就是对另一个女性——妻子的严重伤害。《月夜》一诗中的爱情，不是"春心莫共花争发，一寸相思一寸灰"的单相思，不是"十年一觉扬州梦，赢得青楼薄幸名"（杜牧《遣怀》）的拈花惹草，它们所抒写的是生死与共的夫妻恩爱。

这首诗在艺术上也非常有特点。首先，诗人完全从"对面着笔"。清代纪晓岚在《瀛奎律髓刊误》中说："入手便摆落现境，纯从对面着笔，蹊径甚别。后四句又纯为预拟之词。通首无一笔着正面，机轴奇绝。"清人浦起龙也有近似的解说："心已驰神到彼，诗从对面飞来。悲婉微至，精丽绝伦，又妙在无

一字不从月色照出也。"(《读杜心解》)

这两位清代学者的话，估计大家还不太明白。所谓"摆落现境"，是杜甫越过眼前的实境，不写自己当下如何思念妻子，完全从对方那边着笔，拟想妻子现在如何思念丈夫，用浦起龙的话来说："心已驰神到彼，诗从对面飞来。"写法上就是"化虚为实"，将想象的东西写得活灵活现，既逼真又空灵。其次，抒情细腻委婉，章法上环环相扣。

3. 想象团聚

我们再讲一首李商隐写夫妻恩爱的诗 —— 《夜雨寄北》。

《夜雨寄北》题目一作《夜雨寄内》。通常认为是李商隐在大中五年，也就是851年，他在川东节度使柳仲郢的幕府中做幕僚的时候写的。而李商隐的原配妻子王氏，就是王茂元的女儿。王茂元既是李商隐的恩师，也是他的岳父。他妻子在这一年的夏秋之交过世。李商隐大概是几个月以后才知道妻子的死讯，因为古代没有手机，又没有电报，寄信很不容易。写这首诗的时候，可能他还不知道他太太已不在人间。

有人认为这首诗不一定是写给妻子的，可能是写给朋友的，因为他们认为他妻子已经死了。但一般认为他应该是写给妻子的，而不是写给友人的，是想念妻子，而不是想念友人。如果是写给男性友人，那这首诗就显得有点轻佻，未免写得太纤弱。

这首诗写得缠绵往复，古今读者都一致叫好。我们来看看这首诗好在哪些地方。

> 君问归期未有期，巴山夜雨涨秋池。
> 何当共剪西窗烛，却话巴山夜雨时。

"君问归期未有期"，想学写诗的朋友一定要认真揣摩，细心体会什么是顿宕。

"君问归期"，就是他的太太问他什么时候回去，突然一转，"未有期"，你说我什么时候回去，老婆，我真的不知道什么时候可以回去。大家注意，他连用两个"期"字。

"巴山夜雨涨秋池"，他在川东，就是巴蜀的"巴"做幕僚，他这个时候非常孤独，因为巴蜀一带夜晚总是下雨。读读杜甫的《喜雨》就知道，成都那儿也常下夜雨，"随风潜入夜，润物细无声"。"巴山夜雨涨秋池"，这是秋天写的，池塘里涨了很多雨水，雨水滴滴答答地落下来，凄冷、孤独、感伤。他老婆在那边独守空房，他一个人在这里也非常孤独。

"何当共剪西窗烛"，他说，什么时候我们夫妻团聚，在窗前共同剪烛花？"却话巴山夜雨时"，什么时候我们夫妻团聚，我再告诉你，在巴山一个雨声淅沥的秋夜，我想你真是想疯了。这两句话特别温馨。

大家注意，这首诗的构思特别巧妙，回环往复像音乐的节奏一样，前面的"巴山夜雨涨秋池"，很痛苦；后面的"却话巴山夜雨时"，又很温馨。同样一件事情，你读起来感觉不一样，因为后来的"却话巴山夜雨时"，是他想象中的团聚以后再说当年的痛苦。俄罗斯诗人普希金曾说过，"一切过去了的，都将成为美好的回忆"。

过去越痛苦孤独，团聚以后就越快乐温馨。在写作手法上，这首诗有很高的艺术水平。

"君问归期未有期"，一句之中有跌宕；"巴山夜雨涨秋池"，是叙眼前的实景；"却话巴山夜雨时"，写法上是化实为虚。

最后一句"却话巴山夜雨时"，为什么说是化实为虚呢？大家注意，他是说我们团聚以后，再来絮话当年的"巴山夜雨涨秋池"，此时的"巴山夜雨"已是事后回忆。

近代学者俞陛云评点此诗说："清空如话，一气循环，绝句中最为擅胜。"（《诗境浅说》）

这首诗语言上清空一气，结构上又回环往复，写得精巧而又缠绵。

4. 悼亡杰作

悼亡诗是古代诗歌的一种题材类型，通常是指丈夫悼念亡妻之诗作，始于西晋潘岳的《悼亡诗三首》。

唐宋最著名的悼亡诗词，要数元稹的《遣悲怀三首》、苏轼的《江城子》、贺铸的《鹧鸪天·重过阊门万事非》以及陆游的《沈园二首》。

这一讲我们来聊元稹的《遣悲怀三首》。

其一

谢公最小偏怜女，自嫁黔娄百事乖。
顾我无衣搜荩箧，泥他沽酒拔金钗。
野蔬充膳甘长藿，落叶添薪仰古槐。
今日俸钱过十万，与君营奠复营斋。

其二

昔日戏言身后意，今朝都到眼前来。
衣裳已施行看尽，针线犹存未忍开。
尚想旧情怜婢仆，也曾因梦送钱财。
诚知此恨人人有，贫贱夫妻百事哀。

其三

闲坐悲君亦自悲，百年都是几多时。
邓攸无子寻知命，潘岳悼亡犹费词。
同穴窅冥何所望，他生缘会更难期。

惟将终夜长开眼，报答平生未展眉。

元稹在男女关系上并不那么认真，大家都知道《西厢记》中有一个张生，有一个崔莺莺，元稹老人家就是张生的原型。《西厢记》的剧情来于元稹的《莺莺传》，但前者的结局是大团圆，后者的结局却是"始乱终弃"。张生先与莺莺苟且，后来又把莺莺甩掉。对元稹这种轻薄的行为，鲁迅先生极为鄙夷。

《莺莺传》中的莺莺是贵族千金，现实中的莺莺不过一风尘女子，野心勃勃的元稹可以和她调情，但绝不会和她结婚。后来，他高攀了韦丛，韦丛是韦夏卿的女儿。韦夏卿是太子少保，用今天的话来说，韦丛是典型的白富美。元稹既富于才华，又工于心计，后来官拜宰相。

元稹追求韦丛小姐，或许首先是"喜欢"韦丛之父，而韦丛父亲将女儿许他，肯定是欣赏元稹之才，韦丛必定也真心喜欢这穷小子。

元稹于唐德宗贞元九年（793年）明经及第，那时社会上流传着"三十老明经，五十少进士"的说法，即使明经及第也不被人们看重。元稹贞元十八年（802年）与韦丛结婚，当时她才二十岁，元稹二十五岁。虽然是翩翩才俊，但婚时仍籍籍无名。

韦丛高贵而又随和，美丽又绝无娇气，嫁给元稹后不仅善解人意，还能安于贫贱生活，又善于持家度日，他们婚后的日子穷得甜蜜。这么贤惠的妻子早逝，元稹的痛苦和思念可想而知。连写三首悼亡诗，首首都成了名篇。

第一首写韦丛生前的温柔体贴、勤劳贤惠。一起笔就说："谢公最小偏怜女，自嫁黔娄百事乖。""谢公"指东晋名相谢安，他特别喜欢才貌双全的侄女谢道韫，这里"谢公"代指韦夏卿。首联说韦丛出身豪门，在家受尽父母万般宠爱，可嫁给我这个穷光蛋后，我们的穷日子样样都过不顺心。"黔娄"是战国时齐国的隐士，生前食不果腹，死时衣不遮体，此处是诗人自喻。这两句通过婚前婚后生活的反差，凸显韦丛的温柔贤惠。中间四句细写"百事乖"。见我无衣换洗，她到处搜箱倒柜寻找。一旦酒渴太久，我又软磨硬泡地要她拔金钗换酒。没米充饥，她吃野菜也十分香甜；没柴生火，她扫落叶也不生气。越穷越是衬托出妻子的温暖，越是潦倒越能见出妻子的体贴。"荩箧"即用荩草编织的箱子，"泥"就是缠着她死磨。最后两句从过去跳到"今日"，妻子跟着自己一直受苦受穷，今天又富又贵苦尽甘来，贤妻却突然离我而去，这更加深了诗人的悲痛。

想想看，有几个显宦的千金小姐，能像韦丛一样跟着穷书生，一起吃野菜充饥，一起生火做饭，一起受穷受累？

第二首写韦丛死后，自己深沉的悼念。中间两联通过细节来寄哀思，把她的衣裳都施舍出去，因为怕睹物思人；她平时用的针线盒不敢打开，怕的是触景生情引起自己失控；忘不了昔日的夫妻恩情，对她往日的婢仆格外疼爱；生怕她在阴曹地府受穷，半夜做梦也忘不了给她送钱财。没有深切的思念，断然写不出这样复杂的情感。诗最后一句"贫贱夫妻百事哀"，现在还是我们常引用的名句。

第三首"闲坐悲君亦自悲"是它的主题，诗人悲妻也就是在悲己，而悲己也就是在思妻。西方一位哲人说过，最高的爱情是两个生命融为一体。人的一生太短暂了，连"同穴窅冥"死后重聚也做不到，来生再做夫妻更不可指望，我能做的只有整夜睁着双眼把你思念，报答你在穷困中对我的温情，在艰难中对我的挚爱。

写此诗之后元稹纳妾安仙嫔，并很快又续弦裴淑，"惟将终夜长开眼"成了笑话，这自然招致"薄幸"之讥，一生都洗不掉轻薄文人的恶名。但这不影响写此诗的时候，元稹动了真情。古人说"论道当严，论人当恕"，对元稹后来纳妾和续弦，我们也应该理解并宽容。韦丛病逝时元稹才三十一岁，而且膝下又无子女，要他从此鳏居终老未免残忍，再娶即使放在今天也合情合理。元稹对爱情并不专一，这不必也不能为之隐讳，他对婚与宦都充满心机，这更用不着为之辩解，可元稹与韦丛有真挚的爱情，他们婚后的夫妻生活十分甜蜜，这同样也不可否认。不能因为一句"惟将终夜长开眼"的动情之言，便认定元稹就是"渣男"，更不能因此便认为此诗"虚伪"。

这组诗最大的特点，是用平淡的语言，抒深沉的哀情，句句都是脱口而出，字字却能扣人心弦。从这首诗的字字真情，能想见元稹的声声血泪。孙洙在《唐诗三百首》中说："古今悼亡诗充栋，终无能出此三首范围者，勿以浅近忽之。"

不过，孙洙的话说得有点夸张，苏轼的《江城子·乙卯正月二十日夜记梦》，比元稹的《遣悲怀三首》更有名、更动人。

十年生死两茫茫，不思量，自难忘。千里孤坟，无处话凄凉。纵使相逢应不识，尘满面，鬓如霜。

夜来幽梦忽还乡，小轩窗，正梳妆。相顾无言，惟有泪千行。料得年年肠断处，明月夜，短松冈。

老实说，我每次读这首词，就容易读得哭起来。当时是熙宁十年（1077年），苏东坡在山东密州写的，跟他写《水调歌头·明月几时有》是一个地方，时间也隔得很近。

这个时候他老婆死了十年，他第一任太太叫王弗，第二任太太叫王闰之，王闰之是王弗的堂妹。王弗看人看得比苏东坡还准，哪些人是好人，哪些人是坏人，她都比苏轼更有眼光，好人坏人都蒙不过她。生活中她是苏轼的贤妻，处事时是苏轼的高参，情感上更是苏轼的知己。

为什么逝世十年后还在思念呢？因为她很贤惠，又因为她很聪明，还因为她从苏轼"于艰难"，俗话说"贫贱之妻不可忘"。

这个时候苏东坡被贬官，被贬得人不像人，鬼不像鬼，他不自觉地把自己身世之感，化入了对亡妻的深沉思念。

"十年生死两茫茫，不思量，自难忘"。一上来就直接对亡妻倾诉，这十年来我们生死两隔，哪怕从不思量你，也从来忘不了你。最深沉的思念，最深挚的情感，你想忘也忘不了。

英国有个心理学家说："想忘的恰恰是忘不了的，想记住的恰恰是最容易忘的。"

你看那个鬼英语单词想记一句，我记一百次也记不住。想忘的恰恰是忘不了的，譬如痛彻心扉的哀伤，刻骨铭心的悼念，"不思量，自难忘"。

"千里孤坟，无处话凄凉"，爱妻葬入千里之外的孤坟，我不能到坟头和你说句悄悄话，不能向你倾诉这十年来的凄凉，这十年来的思念。

且不说不能上坟"话凄凉"，"纵使相逢应不识"，苏轼说，老太婆，我们再见面，你我可能不认识了，你死了，我老了，你看看我如今成什么样子，"尘满面，鬓如霜"。

下片转入"记梦"："夜来幽梦忽还乡"，紧承上片的"无处话凄凉"，"小轩窗，正梳妆"，还是那温暖的闺房，还是那可人的模样，还是那朴素的梳妆，苏轼好像重回甜蜜的闺房之乐。久别重逢本应千言万语，可是他们夫妻"相顾无言，惟有泪千行"，这两句真是力透纸背，无限的悲哀，无限的思念，无限的凄凉，都在两人的"泪千行"之中，任何语言都无法诉说。"料得年年肠断处，明月夜，短松冈"，短松之冈、孤坟之中、明月之夜，是苏轼牵挂亡妻之地，是苏轼年年断肠之处，他们虽然是生死之隔，但彼此都放不下，都忘不了……

醒时思念之痛，梦里相逢之悲，是刻骨的哀思，是血写的泪书。

第21讲

诗中的"硬汉"

1. 铁哥们儿

这讲和大家聊聊唐诗中的"硬汉"——刘禹锡和柳宗元。

刘禹锡和柳宗元并称"刘柳",他们都是中唐政坛和文坛的跨界大牛,他们同为著名的政治家、著名的思想家、著名的诗人、著名的散文家。

古文上柳宗元与韩愈并称"韩柳",他们同为古文运动的倡导者,诗歌上柳宗元与韦应物并称"韦柳",他们同为中唐山水诗的代表。诗歌上刘禹锡有"诗豪"的美誉,晚年与白居易并称"刘白"。

柳宗元出生于773年,刘禹锡出生于772年,他们于793年同榜进士及第。

永贞元年(805年),柳宗元和刘禹锡参加王叔文集团的"永贞革新",他们是这个革新集团的主要干将,也是这个集团的思想家。"永贞革新"影响了他们一生,一生因它而兴,也因它而毁。

他们不仅年龄相仿,考场上又同榜登科,而且政治上一同进退，创作上相互欣赏，生活上彼此帮衬，社会理想、人生追求又基本相同，这对铁哥们儿三观相合，才华相当。

2. 老天太偏心！

柳宗元还是山水田园诗派的重要诗人，这里的"诗派"并非有什么组织，只是强调相同的题材偏好，以及相近的诗歌风格。从陶渊明、谢灵运、王维、孟浩然这一派继承下来，柳宗元的山水田园诗，既受惠于陶渊明，又取经于谢灵运，后者对他的影响也许更大些。

柳宗元的籍贯是山西，就是河东柳氏，但是实际上他出生在京城长安，他和刘禹锡都出身官宦人家，就是今天所谓的"官二代"，做官食禄是他祖祖辈辈的"天职"。

柳宗元年轻的时候就表现出过人的才华。大家如果想了解柳宗元，最好去读韩愈的《柳子厚墓志铭》：

子厚少精敏，无不通达。逮其父时，虽少年，已自成人，能取进士第，崭然见头角。众谓柳氏有子矣。其后以博学宏词，授集贤殿正字。俊杰廉悍，议论证据今古，出入经史百子，踔厉风发，率常屈其座人。名声大振，一时皆慕与之交。诸公要人，争欲令出我门下，交口荐誉之。

这篇文章写的是畏友眼中的柳宗元，比后世那些马后炮式的"塑造"更为可靠，现在对原文逐句解释，比泛泛介绍更为准确生动。

"少精敏"就是从小精明敏捷，可见柳宗元很早就鹤立鸡群。"无不通达"指他的学问非常广博。"逮其父时"是说他父亲还健在的时候，"虽少年"，虽然年龄很小，"已自成人，能取进士第，崭然见头角"，他这个时候就露出了头角，预见了他前程远大。"众谓柳氏有子矣"，所有人都羡慕柳宗元的父亲说，你有个能光宗耀祖的好儿子，"其后以博学宏词，授集贤殿正字"，很快就当了官。

柳宗元二十一岁就考上了进士。唐朝人说，"三十老明经，五十少进士"。五十岁考上进士就算是年轻的，而他二十一岁就考上了。

我们今天很多人二十一岁可能大学还没毕业，一般情况下是二十二岁大学毕业，他二十一岁就考上了进士，很快就"授集贤殿正字"。

韩愈评价他"俊杰廉悍"，就是既才貌英俊杰出，又为人清廉高洁，个性更是无比强悍。用我们今天的话说，在"高富帅"之外，还应加上"才"与"能"。

"议论证据今古"，他每次说话都是旁征博引。"出入经史百子，踔厉风发，率常屈其座人"，他只要和别人辩论，次次都雄辩滔滔，经史百家信手拈来，才气纵横又见识深远，在整个京城舌战无对手，在当时的长安声名大噪。"一时皆慕与之交"，所有人都仰慕柳宗元，都清楚地意识到他是一颗冉冉升起的政治新星，自然都想跟他套近乎交朋友。

"诸公要人，争欲令出我门下"，不是年轻的柳宗元想亲近权贵，而是所有权贵都想争夺柳宗元，希望把这位前程无限的才俊纳入自己的麾下。"交口荐誉之"是说他一时誉满京城。

老天真是太不公平了，柳宗元出身高贵也就算了，人又生得仪表堂堂；生得仪表堂堂也就算了，又加上聪明绝顶；聪明绝顶也就算了，又外加品性清廉高洁，更又加上为人精明强悍。只要占有其中任何一个优点，我们这些菜鸟男人就可以走遍天下，男人想要的优点柳宗元竟然样样都有。

老天对他太偏心了！

3. 强者

当然，高才不一定有好运，开挂的才华不一定有开挂的人生。

永贞元年（805年），柳宗元和刘禹锡参加了王叔文的"永贞革新"，他们都是这场革新运动中的健将。这场政治革新运动持续了一百多天，以高调的政治理想开始，以革新者被杀被贬的惨败结束。

著名的"八司马事件"，就是柳宗元、刘禹锡等八名骨干全被贬到偏远地方做司马。柳宗元被贬为永州司马，在永州一贬就是十年。

永州是柳宗元的贬所，也是他的福地，现存柳宗元的诗文共六百多篇，其中有三百多篇是在永州创作的，散文的代表作《永州八记》，政论文代表作《封建论》，寓言代表作《三戒》，还有许多诗歌代表作，都是在永州完成的。

他那首著名的五言绝句《江雪》，也是写于永州贬所：

千山鸟飞绝，万径人踪灭。

孤舟蓑笠翁，独钓寒江雪。

此时柳宗元名为永州的司马，实为被控制的拘囚，他在永州还写了一篇《囚山赋》，当时的政治环境十分黑暗，他个人的处境自然非常险恶。这首诗摄取典型的酷寒意象，表现自己当时那种孤寂的情绪，以及挑战环境那种孤傲的勇气。

诗题名为《江雪》，所以一起笔就渲染雪中苦寒："千山鸟飞绝，万径人踪灭。""千山""万径"都盖着皑皑白雪，在这冰天雪地之中，除了满天飞舞的雪花，天上的鸟儿完全绝迹，地上更见不到人影，所有能飞的鸟、能走的人、能跑的兽，全都躲了起来逃避严寒。

前两句的"千山""万径"，是为即将出场的人物勾勒背景，天上山上路上一片死寂，此时竟然出现了"孤舟蓑笠翁，独钓寒江雪"，整个画面顿时出现一片生机，在鹅毛大雪纷飞之时，在生物踪迹"灭""绝"之地，忽见寒江之中，孤舟一叶，渔翁一人，全然不顾风雨交加的气候，披蓑戴笠"独钓寒江雪"。我的个天！这太牛了！

屡次读这首诗我都会想起刘桢的名句："风声一何盛，松枝一何劲！"就会想起海明威的《老人与海》中那位打鱼的老人。

柳宗元是一位与险恶境遇抗争的勇士，是一位挑战悲剧命运的孤胆英雄。

天寒地冻的雪天，连禽兽都不敢出来觅食，这个时候谁会去钓鱼呀？柳宗元偏要出来"独钓寒江雪"。再说，谁都知道冰天雪地鱼儿深潜藏伏，根本不会跑出来上钩，人们也不会出来垂钓，此时寒江独钓多半是空手而归，这位"蓑笠翁"是知其不可为而为之，他哪里是要钓鱼充饥，明明是在表现不信邪不服输的勇气。

柳宗元被贬以后，政治环境对他来说非常凶险，但他从来没有低头，精神上从来没有趴下。他在永州写了《永州八记》，写了很多篇赋，还写了他最好的论文，像《封建论》。他一直感觉自己可以东山再起，从理论上探讨治国兴邦之道，《封建论》上万字的长篇论文，阐述封建制的形成机制，实行封建制的深刻动因。后来苏东坡对此文大为赞赏，认为"柳宗元之论，当为万世法"，"宗元之论出，诸子之论废矣"（苏轼《论封建》）。在苏轼看来，柳宗元的《封建论》出来以后，所有相关论封建的文章都可以扔进废纸篓。

政坛上他是具有政治操守的清流，从来不向政敌输诚变节；对朋友更是有情有义，见刘禹锡被贬到更偏僻荒凉的地方，他主动提出来与刘禹锡更换贬所；他为人正直，性情刚烈，比同时代的许多文人要讲义气，更有正气。

谁不佩服这种"独钓寒江雪"的胆量？谁不钦敬这种孤傲强悍的硬汉？

这首诗艺术上的技巧，值得我们大书特书。首先，"千山""万径"的背景，好像是航拍的景象，以寥寥十字勾勒出一幅广袤、辽阔、空寂的画面，是五言绝句中少见的大手笔，难怪宋代范晞文在《对床夜语》中说："唐人五言四句，除柳子厚《钓雪》（当为《江雪》）一诗之外，极少佳者。"他把《江雪》视为唐代五言绝句的压卷。其次，运用反衬的修辞手法，前面的"千山""万径"，与后面的"孤""独"，形成强烈的反差；前面的"鸟飞绝""人踪灭"，凸显后面的"独钓"的勇气，鲜明地刻画了"蓑笠翁"与天地抗争这一孤胆斗士的形象。再次，这首诗选取极少的意象，使用遒劲的语言，进行简洁有力的构图，结尾画面凝聚到"独钓寒江雪"，风骨峭拔有力，诗风雄健冷峻。最后，人鸟"灭""绝"的酷寒，与渔翁"独钓寒江"的壮举，形成巨大的张力，无畏精神和刚毅勇敢力透纸背。

如果你要更进一步地理解柳宗元的《江雪》，不妨比较一下李白的《独坐敬亭山》：

> 众鸟高飞尽，孤云独去闲。
> 相看两不厌，只有敬亭山。

敬亭山在今安徽省宣城市。此诗写作时间很难确定，有人说写于唐玄宗天宝三载（744年）或稍后，李白被"赐金放还"不久，有的认为写于天宝十二载（753年），有的则认为写于唐肃宗上元二年（761年）。李白生前多次到过宣城，其实这三种说法都无确证。不过，我倾向于认为它被写于长流夜郎赦还之后，他以有罪落魄之身，加之衰老多病之体，许多人见了他像躲瘟神一样，那时的李白才会深切感受到世态炎凉，才会深刻感受到孤独，才会写出这种刻骨铭心的杰作。

《江雪》与《独坐敬亭山》有很多相近的地方，一个说"众鸟高飞尽，孤云独去闲"，一个说"千山鸟飞绝，万径人踪灭"。初看他们写的情景似乎相同，细读便知前者是抒写内心的孤独，后者则是借气候的酷寒来写环境的险恶。

李白即使没有疾病缠身，生前很多人也不喜欢他。杜甫《不见》说："不见李生久，佯狂真可哀。世人皆欲杀，吾意独怜才。敏捷诗千首，飘零酒一杯。匡山读书处，头白好归来。""世人皆欲杀"显然过于夸张，绝非所有人都想把他杀掉，不过是强调世人对李白的误解与隔膜，从此可以想见这位盖世天才多么孤独。杜甫到底还是他的好哥们儿，能够理解他，知道珍惜他，他看出了李白的狂属于"佯狂"，看到李白佯狂装疯背后的悲哀。

"众鸟高飞尽"，能飞的鸟都飞走了；"孤云独去闲"，连能飘的云儿也飘远了，能走能飞能飘的统统都离我而去。"相看两不厌，只有敬亭山"，他说，敬亭山老弟，现在只有你不讨厌我，我不讨厌你了。为什么敬亭山与他"相看两不厌"呢？敬亭山是跑不动，要是能跑也早就跑了。这个时候他和敬亭山称兄道弟，看到冷漠的敬亭山觉得非常温暖。把无情之山写得有情，正反衬有情之人的无情。

李白通过奇特的想象，写自己心灵的巨大孤独。柳宗元则是通过江雪的酷寒，写自己精神的强悍。

柳宗元是那个时代真正的强者。

4. 云霄一鹤

刘禹锡是河南洛阳人，出身书香门第。他到底属哪个民族至今仍有争论，有人说他是西汉中山靖王刘胜的后裔，有人说他是汉化匈奴的后裔。不管是哪一种情况，他都是中华民族的子弟，喝中华文化的乳汁长大成人。中华民族是个大熔炉，比如我现在是汉族，说不定我的祖辈就是胡人。

上面和大家讲过，刘禹锡和柳宗元都是"永贞革新"的骨干。刘年轻时候身体瘦弱，但是他一生禀性乐观，为人更是性格强悍。

和柳宗元不同，一方面他性格强悍，另一方面他又很洒脱，虽然内心刚强，但他身段柔软。柳宗元是文坛和政坛上的硬骨头，因而很容易被打碎折断，而刘禹锡却是"何意百炼钢，化为绕指柔"，用关汉卿的话来说，他属于那种"蒸不烂、煮不熟、捶不扁、炒不爆，响当当一粒铜豌豆"。

和苏东坡相同，不管遇到哪样打击，不管到哪个地方，他都能自己活得快乐，也给别人带来快乐。

大家看看，柳宗元四十七岁就死了，而刘禹锡活到七十多岁，柳宗元年轻的时候身体强壮，刘禹锡小时候却离不开药罐。想不到因祸得福，刘禹锡久病成良医，他对医学有独到的研究。当然，能享高寿的原因，主要还是他豪迈豁达的天性，还有他那大丈夫的能屈能伸。

805年初到贬所，刘禹锡被突然的打击震蒙了，《汉寿城春望》借古墓残碑的颓圮，表现自己被弃的悲凉，可他很快就振作了起来，我们看看他的《秋词二首》。

其一

自古逢秋悲寂寥，我言秋日胜春朝。
晴空一鹤排云上，便引诗情到碧霄。

其二

山明水净夜来霜，数树深红出浅黄。

试上高楼清入骨，岂如春色嗾人狂。

哪怕是在贬所，哪怕正值秋天，他整个人照样精神抖擞，所以他笔下的秋天必定天高气爽。

"自古逢秋悲寂寥"，悲秋有非常久远的传统，战国时宋玉一到秋天就哀叹，"悲哉，秋之为气也"（《九辩》）；杜甫逢秋也唉声叹气，"玉露凋伤枫树林，巫山巫峡气萧森"（《秋兴八首·其一》）。

刘禹锡说我和他们感受大不相同："我言秋日胜春朝。"为什么说"秋日胜春朝"呢？《秋词二首·其二》回答了这个问题：秋天处处山明水净，恰如素雅恬淡的美女，而春天满眼水气烟花，像烟视媚行的歌伎那样招人；秋天满山深红浅黄，像成熟的少妇别具风韵，春天随地都是大红大绿，就像喜欢炫耀的贵妇，只知道展示一身珠光宝气。

当然，"晴空一鹤排云上，便引诗情到碧霄"，这才是"秋日胜春朝"独特的胜景，这也是诗人的神来之笔。我的个天！"晴空一鹤"直插云霄，把诗人的诗情引向了"碧霄"。实话实说，刘禹锡的"晴空一鹤排云上"，李白的"长风万里送秋雁"，二者都写得开阔壮美，但李白的是"长风"送"秋雁"，节奏相对比较徐缓；刘禹锡则"一鹤排云"，秋日晴空一鹤搏击云天，显得更有向上的冲击力，形象地表现了诗人凌云的壮志。

将"古"人与"我"并举，其果断自信简直到了爆棚的程度，傻子也能看出来，"晴空一鹤"其实就是诗人的化身。蓬勃向上的乐观精神写在他脸上，豪情锐气的硬骨头精神融入他的血液中。经历了二十多年连续的贬谪生涯，贬谪成了刘禹锡的家常便饭，每次被贬到偏远州县，都成了他的一次远游，我们今天"诗和远方"的梦想，就是那时刘禹锡的日常生活。他沉迷于各地的民歌，而且写了不少乐府民歌：

竹枝词二首

其一

杨柳青青江水平，闻郎江上唱歌声。
东边日出西边雨，道是无晴却有晴。

竹枝词九首

其二

山桃红花满上头，蜀江春水拍山流。
花红易衰似郎意，水流无限似侬愁。

其七

瞿塘嘈嘈十二滩，人言道路古来难。

长恨人心不如水，等闲平地起波澜。

浪淘沙九首

其一

九曲黄河万里沙，浪淘风簸自天涯。

如今直上银河去，同到牵牛织女家。

其八

莫道谗言如浪深，莫言迁客似沙沉。

千淘万漉虽辛苦，吹尽狂沙始到金。

这些诗歌大都写于他任夔州刺史期间，可见他对当地民俗民歌的陶醉，这些民歌活泼欢快的情调，表现了诗人在贬所轻松快乐的心情。

5."诗称国手"

大家翻一翻文学史就知道，中唐诗坛可谓群星灿烂，元白、韩柳、刘柳、韩孟、郊岛、张王，还有稍早的大历十才子等，他们每位诗人都个性鲜明，元轻白俗，郊寒岛瘦，长吉鬼才……

和盛唐诗人一样，中唐诗人个个都自我感觉良好，"人人自谓握灵蛇之珠，家家自谓抱荆山之玉"（曹植《与杨德祖书》），韩愈曾对吕医山人夸海口说，"自度若世无孔子，不当在弟子之列"。(《答吕医山人书》)不过，才气高并不能保证运气好，有的一举高中，如柳宗元和刘禹锡，有的久困场屋，如孟郊、韩愈，有的人生开挂，有的命运多舛……

不同的经历，不同的个性，不同的身份，不同的追求，自然就容易形成不同的圈子，不同的集团，譬如今天的微信，有同学群，有战友群，有企业家群……也有的一言不合就中途退群，有的意见分歧就另组他群，有的入群只想"潜水"，有的入群为了"布道"……

俗话说，"以今度古，思过半矣"。中唐同样是不同的人组成不同的群体，青年和中年时的白居易与元稹是好兄弟，并称为"元白"，还有个"元白诗派"。元稹死后，刘禹锡与白居易两人常在一起相互切磋，相互欣赏，相互勉励。刘禹锡视白居易为自己的畏友，白居易称刘禹锡为"诗豪"，晚年的刘禹锡和白居易这对好兄弟，时人和后人将他们并称"刘白"。

唐敬宗宝历二年（826年）冬，任和州刺史的刘禹锡接到朝廷诏令，要他马上卸任回洛阳任职，总算结束了近二十三年的贬谪，能回到他朝思暮想的东都了！

和州就是今天马鞍山市属的和县，与今天的南京只有一江之隔。刘禹锡从没有去过南京，回洛阳前抽空到那儿去游玩了几天，折回扬州时，白居易因病罢苏州刺史，正好取道扬州回洛阳，恰巧两人在扬州碰面。

　　我们普通人再亲热的碰面，最多也只会碰出名烟名酒，而刘白两位天才偶一碰面，一下子就碰出了著名的诗篇。可不，"沉舟侧畔千帆过，病树前头万木春"（刘禹锡《酬乐天扬州初逢席上见赠》），就是那次碰面碰出来的名句，至今我们仍然传诵不衰。这场酒席不知是谁埋单，值得千秋万代的后人感念，这种酒席真是多多益善，要是我有幸遇上了也乐意掏钱。

　　酒逢知己千杯少，白居易也承认那回喝高了，醉后挥毫写下了《醉赠刘二十八使君》。

　　　　　　为我引杯添酒饮，与君把箸击盘歌。
　　　　　　诗称国手徒为尔，命压人头不奈何。
　　　　　　举眼风光长寂寞，满朝官职独蹉跎。
　　　　　　亦知合被才名折，二十三年折太多。

　　"刘二十八使君"就是刘禹锡，刘在同宗同辈的兄弟姊妹中排行第二十八，所以称为"刘二十八"。汉代把太守刺史称为"使君"，汉以后"使君"通常是对州郡长官的尊称。白居易称刘禹锡为刘使君，因为刘此前做过多地的刺史。

　　"为我引杯添酒饮"，"引杯添酒"的意思是说，来，给我的酒杯斟满美酒，我今天和刘使君一醉方休。"与君把箸击盘歌"，"箸"就是筷子，喝高兴了用筷子敲盘子高歌，可见这哥儿俩都喝疯了。首联切题"醉赠"。

颔联"诗称国手徒为尔，命压人头不奈何"。"国手"指某种才华或某项技能称雄全国的人。你这"诗称国手"又有什么用呢？兄弟，你的命实在是太苦了，真是无可奈何。

颈联"举眼风光长寂寞，满朝官职独蹉跎"，无能的浑蛋个个都春风满面，你这有才的诗人却孤独寂寞，满朝文武都忙着晋升，而你却在荒僻贬所蹉跎岁月。

"亦知合被才名折"是一句调侃，意思是说，谁让你这么有才，谁叫你这么有名，我们男人想要的，老兄你一个人占全了，老天一向十分公平，折磨你一下是应该的。当然，老天心也太狠了一点，"二十三年折太多"，折磨了二十三年也折磨得太久了。

这首诗用朋友聊天的平易语言，表达对刘禹锡杰出才华的惋惜，对他不幸遭遇的不平。诗中有赞美，有戏谑，有安慰，也有同情。

我们再看看刘禹锡的和诗《酬乐天扬州初逢席上见赠》。

巴山楚水凄凉地，二十三年弃置身。
怀旧空吟闻笛赋，到乡翻似烂柯人。
沉舟侧畔千帆过，病树前头万木春。
今日听君歌一曲，暂凭杯酒长精神。

这是一首和诗，和作比原作更加难写，没想到刘禹锡因难见巧，和诗比原诗反而更为出彩，不只金句迭出，而且通篇动人。

唱酬诗是以诗相互赠答，其实就是彼此以诗聊天。刘禹锡这首诗是酬答，首联"巴山楚水凄凉地，二十三年弃置身"，是接过白诗尾联"二十三年折太多"的话头。刘禹锡说，我从朗州、连州、夔州到和州，被贬到巴山楚水甚至岭南，连续被贬了二十三年，这是我一生最好的盛年，就这样成了被抛弃的废人。

"怀旧空吟闻笛赋，到乡翻似烂柯人。""闻笛赋"典出向秀的《思旧赋》。三国曹魏末年，向秀好友嵇康、吕安相继被害。后来向秀赴洛阳经过嵇康旧居时，邻人的笛声让他悲从中来，于是作《思旧赋》。刘禹锡借用此典是怀念王叔文、柳宗元等已经过世的朋友。"烂柯人"来源于南朝传奇小说《述异记》，说有个叫王质的农民，到山中砍柴的时候，看到有几个童子在下棋，一局棋还没结束，王质起身看自己的斧子时，那木头的斧柄已经完全腐烂了。等他回到村子已隔了几百年，与他同时代的人都已不在人世。第三四句紧承"二十三年弃置身"，由于贬谪太久，加之磨难太多，很多友人都已下世，人世早已面目全非，恰如杜甫说的那样，"文武衣冠异昔时"。

前四句说得非常感伤沉痛，岂料第五六句突然振起："沉舟侧畔千帆过，病树前头万木春。""到乡翻似烂柯人"本是伤心语，但豁达的刘禹锡认为它是历史的规律，正因为"人事有代谢"，这才"往来成古今"。他以"沉舟""病树"自比，眼看"沉舟侧畔"千帆竞发，"病树前头"万木皆春，刘禹锡非但没有半点嫉妒，反而看得十分通透乐观。这两句本是回应白诗"举眼风光长寂寞，满朝官职独蹉跎"，白居易意在为刘禹锡打抱不平，刘禹锡反过来安慰白居易。

尾联"今日听君歌一曲，暂凭杯酒长精神"，表达对白居易的谢意，"杯酒"答谢白诗的"为我引杯添酒饮"。

接连贬谪二十三年，连朋友也觉得他"折太多"，刘禹锡本人却被"折"出了意气风发，被"折"得生机勃勃，贬谪成了他的淬火炉，他被淬得更加通达、坦荡和坚韧。

白居易后来在《刘白唱和集解》中说："'沉舟侧畔千帆过，病树前头万木春'之句，真谓神妙，在在处处，应当有灵物护之。"这种"神妙"之句，肯定不是由于"灵物"保佑，它源于刘禹锡的才气与历练。

6. 笑到最后

刘禹锡在朗州一待就是十年，从805年一直到815年才回京城。

唐宪宗准备起用柳宗元、刘禹锡等人，认为他们都是当世英才。元和九年（814年）召他们回来，他们到京时已是元和十年（815年）春天，他和柳宗元几乎同时到京，异常高兴自不在话下。

他们两人科场为同榜进士，政坛上一同进退，情感上同病相怜，连写诗也好像梦魂相同——临近京城时，在不同的地方，几乎同一时间，他们俩各写了一首七绝。

诏追赴都二月至灞亭上

柳宗元

十一年前南渡客，四千里外北归人。

诏书许逐阳和至，驿路开花处处新。

元和甲午岁诏书尽征江湘逐客余自武陵赴京宿于
都亭有怀续来诸君子

刘禹锡

雷雨江山起卧龙，武陵樵客蹑仙踪。

十年楚水枫林下，今夜初闻长乐钟。

经过十年永州和朗州的贬谪磨难，我们可以想象"四千里外北归人"的喜悦、"今夜初闻长乐钟"的兴奋，还有"诏书许逐阳和至"的期待，所经之处"驿路开花处处新"，时令已是春回大地，个人好像又进入人生的春天。

其实，那时刘禹锡已是四十多岁的中年，他在《阙下口号呈柳仪曹》中感叹说："铜壶漏水何时歇？如此相催即老翁。"
即使他蒙了那么重的冤，受了那么多的罪，回来了就会有希
望，他是一个习惯向前看的人："十年毛羽摧颓，一旦天书召
回。看看瓜时欲到，故侯也好归来。"（《酬杨侍郎凭见寄》）

没想到回京城不久，满怀希望就变成了满腔失望，刘禹锡
那首《元和十年，自朗州承召至京，戏赠看花诸君子》，给他
和柳宗元等人招来大祸。

> 紫陌红尘拂面来，无人不道看花回。
> 玄都观里桃千树，尽是刘郎去后栽。

他们回到京城的时候，是元和十年的春天，长安有个道观
叫玄都观，是著名的游览胜地。他们走的时候玄都观还没有桃
花，大概他们刚一走，就栽了许多桃树。十年以后的春天，桃
花开得极其艳丽，整个玄都观都落英缤纷，一片绯红，刘禹锡
和几位朋友一道去赏桃花。

这首诗原本是"戏赠"的游戏笔墨，由于诗写得实在太好，
兄弟们自然一致叫好，开始是一同赏花的几位朋友传阅，后来
一夜间整个京城男女都在传诵。

一二句写看花的盛况："紫陌红尘拂面来，无人不道看花
回。"这两句置读者于万紫千红的春色之中，挤在车马喧阗的
街道，迎着扑面而来的"红尘"，回来的人是因看花而回，去

的人是为看花而去，归者脸上挂着满足和喜悦，去者眼中充满了急切的期待。可以想象玄都观的桃花，盛极一时，艳极一时，红极一时。

后两句交代玄都观桃树的由来："玄都观里桃千树，尽是刘郎去后栽。"此刻玄都观里，满是让人趋之若鹜的桃花，十几年前那儿根本没有桃树，它们全是"刘郎"被贬后新栽疯长的。

不管是有意还是无心，这都让人容易从新栽的桃树，联想起满朝得意的新贵，让人想到权贵的炙手可热，以及官场上的趋炎附势。讽刺在似有似无之间，反而更加辛辣；轻蔑越是不露痕迹，越是显示对权贵的鄙夷。

这首诗在艺术上极为高明，可惜无人道出它的特点。首先，它层层倒叙，句句蒙后省略，如读到第二句"无人不道看花回"，才清楚首句"红尘拂面来"，是因为看花的人潮汹涌，使得马路上尘土飞扬；读到第三句"玄都观里桃千树"，才明白第二句人们看的是玄都观里的桃花；读到第四句"尽是刘郎去后栽"，才知道第三句"桃千树"的来由。这种写法既让人疑窦丛生，又让人惊喜连连。其次，玄都观盛开桃花的艳丽，诗人正面不着一笔，读者全从游人口中得知，游人也不正面出来描述，而只从不经意的一句"无人不道看花回"中暗示，诗人并没有说桃花如何绚烂，读者好像满眼落英缤纷，这种写法有点像绘画中的烘染，也有点像绘画中的背面敷粉。最后，由于诗歌全用比体，讽刺在有无之间，诗风显得含蓄蕴藉，读者易于浮想联翩。

有人爱肯定就有人恨，有人开心肯定就有人闹心。

这首诗中对政敌的蔑视，引起政敌对他更为仇视，不仅重回政治中心的希望落空，反而被贬到更偏僻更荒凉的远州。你不想低头，就别想出头，这是中国古代官场的永恒法则。

于是，刘禹锡先被贬播州刺史，播州在今天的遵义地区，唐代时那里荒无人烟。此时他的好兄弟柳宗元挺身而出，陈述刘禹锡上有七八十岁的母亲，下有几岁的幼儿，我愿意代刘禹锡去播州。稍后裴度也为刘禹锡求情，好不容易才将他改贬为连州刺史。柳宗元被贬为柳州刺史，就是今天广西壮族自治区的柳州市。柳宗元死在了柳州任所。

被贬了十几年以后，唐文宗大和二年（828年），刘禹锡被召回京城任主客郎中，他仍忘不了十四年前的伤心之地，这年春天他重游了玄都观，并写了另一首七言绝句《再游玄都观》并序。

余贞元二十一年为屯田员外郎，时此观未有花木。是岁，出牧连州，寻贬朗州司马。居十年，召至京师，人人皆言有道士手植仙桃，满观如红霞，遂有前篇以志一时之事。旋又出牧，于今十有四年，复为主客郎中。重游玄都观，荡然无复一树，惟兔葵燕麦动摇于春风耳。因再题二十八字，以俟后游。时大和二年三月。

百亩庭中半是苔，桃花净尽菜花开。

种桃道士归何处？前度刘郎今又来。

玄都观因已无游人，"百亩庭中"一半被青苔霸占，桃花已经荡然无存，只有野菜花散乱地自开自落，可见道观的荒凉破败，与十四年前"玄都观里桃千树""无人不道看花回"形成强烈反差。

到此人们自然会问："种桃道士归何处？"他们当年那么猖狂，桃花当年那么浓艳，盛极一时的小人，艳极一时的桃花，都跑到哪儿去了呢？"前度刘郎今又来"，被你们贬斥折磨的"刘郎"，如今重新回来了。当年的"种桃道士"已经魂归西天，当年的那些政敌已作鸟兽散，"前度刘郎今又来"明显语带挑衅，但政敌已经没有力量站出来挑刺。

眼看桃花盛开，眼看桃树荡然无存，眼看政敌起高楼，眼看他们楼塌了，刘禹锡熬到了最后，他也笑到了最后。"前度刘郎今又来"，别提他有多自豪了！

805年被贬，828年再回，尽管从壮年变成了老年，但他仍然豪气干云。哪怕垂垂老矣，他还说"莫道桑榆晚，为霞尚满天"（《酬乐天咏老见示》），哪怕行将就木，他照样"马思边草拳毛动，雕盼青云睡眼开"（《始闻秋风》）。

刘禹锡才是真正的诗中"硬汉"，他一生不仅没有老年，而且永远都红霞灿烂。

图书在版编目（CIP）数据

戴老师高能唐诗课 / 戴建业著 . -- 北京 : 北京联合出版公司，2022.2（2025.9重印）
ISBN 978-7-5596-5810-4

Ⅰ . ①戴… Ⅱ . ①戴… Ⅲ . ①唐诗－诗歌欣赏 Ⅳ . ① I207.227.42

中国版本图书馆 CIP 数据核字（2021）第 267518 号

戴老师高能唐诗课

作　　者：戴建业
出 品 人：赵红仕
责任编辑：徐　樟
封面设计：沐希设计

北京联合出版公司出版
（北京市西城区德外大街 83 号楼 9 层　 100088）
河北鹏润印刷有限公司印刷　 新华书店经销
字数 280 千字　 880 毫米 × 1230 毫米　 1/32　 11 印张
2022 年 2 月第 1 版　 2025 年 9 月第 4 次印刷
ISBN 978-7-5596-5810-4
总定价：56.00 元